Isabelle REBOUL

ÂME SENSITIVE

Tome 2

DEPENDANCE

Red'Active ÉDITIONS

Isabelle Reboul vit dans le sud de la France avec son mari et ses deux enfants. Sa carrière entre parenthèses, elle se consacre aujourd'hui à l'écriture. Elle n'oublie pas cependant la transmission du savoir et l'éducation, deux valeurs qui sont pour cette professeure de sciences chères à son cœur.

De la même autrice :

Âme sensitive, © *2021 autoédition*

Âme sensitive, Dualité © *Red'Active Éditions 2023*

À Anne, ma tendre amie.
À mes amours, Guillaume,
Léonie et Baptiste

Que vos choix soient le reflet
de vos espoirs et non de vos peurs.

Nelson Mandela

Prologue

Antoine, tu es un monstre ! Tu es responsable de l'accident de ton frère. Que vais-je faire ? Te dénoncer à la police ?

La route se dressait devant moi, un gouffre de culpabilité. À mesure que j'avançais, je la voyais grandir en moi : l'image de la lâcheté. Elle me giflait !

La Nouvelle-Calédonie, mon échappatoire.

J'appuyai sur l'accélérateur.

Je sortis les bagages du coffre. Vissés par ma souffrance au bitume, ils m'ordonnaient de faire face ! Au lieu de cela, mes larmes sèches les extirpèrent. Allez, Mégane ! Soulève ces putains de valises, et emmène tes enfants loin d'ici !

Au décollage, les jumeaux ouvrirent de grands yeux lorsque l'avion souleva leurs petits corps innocents. Leur joie de vivre me brûlait. J'espérais que le souffle m'éparpille, me disperse aux quatre vents.

L'image revint.

Mon système parasympathique prit le relais. Je m'enfonçai dans le siège et sombrai brutalement dans le sommeil, comme si mon cœur avait cessé de battre.

Par instinct de survie, ou par lâcheté ? Courage ? Que sais-je ?

1

« La vie est si cruelle, elle frappe au hasard des détours ».

Sept ans après, été 2019, Paris, Mégane,

Ce soir, Tom, maman, Austin et moi allons assister à la première de la pièce de Lisa. Depuis qu'elle fait du théâtre, elle va beaucoup mieux. Elle a ça dans le sang, comme sa grand-mère. Je suis si fière d'elle !

Avec mon association, je n'avais plus beaucoup de temps à leur consacrer, à tous les deux. Alors, j'avais pensé que le théâtre, comme une sorte d'art-thérapie, pourrait aider les jumeaux à combattre leurs frustrations, surtout Tom. Hélas, il s'y était opposé. Il refusait tout ce qui venait de moi, quand bien même cela lui apporterait la paix. Il était si malheureux. Depuis que je connaissais la cause de son mal-être, le fossé s'était creusé davantage entre nous. J'étais désemparée.

Maman, Austin et moi sommes assis au premier rang. Je suis si impatiente que j'ai l'impression que le rideau noir est fermé depuis une éternité. J'imagine ma Lisa, dans les coulisses sombres du théâtre, le trac pour seul compagnon.

Quelle chance de jouer au Paris-Villette : un vrai théâtre parisien !

Je me retourne vers Tom, assis un rang derrière nous. Il garde ses distances. Je ne le brusquerai pas, ce soir. C'est un trop beau jour. Ses grands yeux sont rivés sur le rideau. Il est impatient, lui aussi. Comme il aime sa sœur !

Austin me sourit. Après plusieurs mois interminables, nous allons enfin nous installer à Londres. Je soupire de soulagement et me caresse discrètement le ventre. Le fœtus commence à gigoter. Je souris. Une douce chaleur se faufile sur mes joues. Je suis en paix avec mes sentiments. Je savoure enfin ma quiétude.

Le rideau se lève ! Lisa est déjà sur scène, habillée en courtisane. Maman et moi avons passé des heures sur son costume. Elle a fière allure ! Elle emplit tout l'espace, et je ne vois qu'elle. Un jeune garçon, en costume de paysan du XIXe siècle, lui donne la réplique. Une boule d'appréhension se forme dans mon estomac et remonte jusque dans ma gorge. Lisa a passé tellement de temps à répéter sa pièce.

Pour la centième représentation de l'association, la directrice a permis à ses élèves d'écrire et de mettre en scène une œuvre originale.

— À dire vrai, monsieur le paysan ! Ce n'est pas moi qui ai mis un parasol dans votre potager.

— Vous trouvez ça drôle (à part : personne de basse extraction) d'avoir planté ce parasol au-dessus de mes tomates ! Les privant d'un soleil déjà trop capricieux à mon goût.

Le jeune paysan joue avec son chapeau de paille en simulant le parasol de façon grotesque.

— Si je trouve ça drôle ? C'est hilarant, même. Ha, ha, ha ! Mais je vous l'affirme, Monsieur, je ne suis pas l'auteure de cette plaisanterie.

— Allons bon ! Vous êtes (*à part* : et je le sais de source sûre) jalouse de mes tomates. Car leurs formes et leurs couleurs sont bien plus appétissantes que les vôtres !

Le paysan fait une grimace caricaturale en regardant la courtisane.

Le public éclate de rire.

— Oh ! Monsieur ! Comment osez-vous me comparer à vos tomates ? Je sais (*à part* : également de source sûre) qu'elles sont, hélas, votre seule compagnie.

La courtisane affiche une moue satisfaite.

— Je préfère la compagnie de mes tomates à celle d'une dame comme vous ! Qui s'adonne à des activités de commérages de basse-cour.

— Monsieur, s'il vous plaît de m'accuser, je ne resterai pas une minute de plus à vous écouter. Et m'en retournerai avec ce que je sais au sujet de ce parasol…

Le paysan ouvre des yeux ronds comme des tomates.

— Ainsi, vous savez, Madame ! Ah ! Je savais bien que vous caquetiez au salon.

— Eh oui ! Je sais. Je sais que vous m'aimez. Et que ce parasol a été mis là par…

– Je vous aime ??

Les mimiques du paysan étonné provoquent à nouveau un tonnerre de rires dans la salle.

– A été mis là, disais-je donc, par Gédéon. Il n'aime guère vous voir me tourner autour. C'est un gentleman, lui !

– Je vous tourne autour ??

Le public est hilare, et moi aussi.

– La seule chose autour de laquelle je tourne, Madame, c'est le puits, pour ARROSER mes TOMATES ! À propos, c'est vous qui m'y avez enfermé la semaine dernière… Ooooh ! Je vois clair dans votre jeu. MON puits et maintenant MES tomates. Ah ! Vous êtes un esprit malfaisant.

– Ne vous donnez pas cette importance. Mais regardez, voilà Gédéon, nous allons pouvoir lui demander. […]

Je contemple Lisa interpréter magnifiquement cette courtisane, bouger avec ostentation, occuper tout l'espace. À presque douze ans, elle n'est plus ma Lisa. Imprégnée de son rôle, une courtisane éprise malgré elle d'un paysan, elle glisse dans l'âge où le corps raconte des histoires dangereuses à l'esprit, encore innocent, de la tendre enfance.

Tout à coup, elle se fige ! Ses mots s'envolent et résonnent dans le silence. Elle ne trouve plus les suivants. Sa bouche articule vainement avant de former une demi-lune vers le bas. Elle va pleurer. Quelque chose la rend triste. Le temps s'arrête. Je le capture. Sa peine est tout entière. C'est si beau ! Cela fait partie d'elle, de nous. Mes yeux fixes lui parlent. Ce n'est rien, elle est parfaite. Son air mortifié me transperce le cœur. Une brûlure s'en échappe et s'écoule dans ma poitrine. Puis dans le reste du corps. Une douleur lancinante me berce.

Le regard pétrifié de ma fille me renvoie une vérité insupportable... À présent, elle pleure sur les planches et mon cœur saigne avec elle.

Je suis à terre.

Mes pensées s'éloignent, vers Lisa, vers Tom, puis se mêlent aux inquiétudes de la foule, à son cri. Moi, je n'entends que les mots de Lisa, ceux qui se sont envolés. Je veux les retenir. Ils sont plus forts que moi. Ils m'emmènent… Je connais la pièce par cœur, et je sais que Lisa est en train de la jouer dans sa tête. Je lui donne la réplique, mais je suis déjà loin. Dans un ailleurs, d'où je ne pourrais revenir.

Tout cela, je ne peux le raconter. Mais je sais que Lisa garde ces mots, quelque part, dans sa mémoire.

2

Bayonne, vingt ans après, Lisa,

Encore un an. Une nouvelle fois, j'empruntai cette allée fleurie qui me tordait le ventre. De nouvelles fleurs. De nouvelles tombes. Tout au bout, celle de mes parents. Je n'aimais pas les cimetières. Malgré l'habitude, je me trouvais trop jeune pour m'y rendre, trop jeune pour vivre sans eux. Le bouquet d'œillets était à sa place, frais et magnifique, comme toujours. Il y avait de la vie sur ces tombes. La rose rouge était là, elle aussi. À mon tour d'y placer quelque chose : moi ! Je me plantai devant la stèle avec un an de plus. Me trouveraient-ils changée ? Vieillie ? Cette année était particulière, car je fêtais mes trente-deux ans, l'âge qu'avait ma mère quand elle est morte.

« *Salut p'pa, salut m'mam, vous m'avez manqué. J'ai…, j'ai rencontré quelqu'un. Il s'appelle Pierre. Je suis sûre qu'il vous plaira. C'est un homme charmant, délicat. Il ne me fera aucun mal, maman. Je sais à quel point tu t'inquiètes à ce sujet. Rien n'est de ta faute. Je crois que je ne me trouvais pas assez bien pour ce genre d'homme, avant. Mais avec Pierre, c'est différent. Je me sens moi-même, et je n'en ai plus honte. Souhaitez-moi bonne chance !*

Je n'ai pas de nouvelles de Tom. Je suis désolée. Les lys blancs de mamie, les œillets de Tristan, la rose d'Austin, et Tom, vient-il au moins ? L'imbécile ! Il s'attire tellement d'ennuis. Pardon, m'man, dis-je en me mettant à sangloter. *J'ai ma vie, il faut que Tom le comprenne. Entre le travail et Pierre, je n'ai plus de temps pour ses conneries ! Mais j'ai dit que je ne parlerai pas de Tom. Je suis amoureuse,* ajouté-je en pleurant à chaudes larmes. *Mamie est malade. Cela devait arriver tôt ou tard. J'espérais le plus tard possible. Tom lui a causé tant de soucis. Il n'a eu aucune pitié pour elle quand tu es partie. Entre eux, ç'a toujours été compliqué, comme avec toi. Maman si tu savais comme c'est difficile ! J'essaie d'avancer malgré votre absence, malgré ton absence et tous ces mystères autour de ta mort. Si p'pa avait été là,* soupiré-je, *peut-être que tout aurait été différent pour nous.*

Je ne viendrai plus te voir, ni toi p'pa. J'ai trente-deux ans et la boucle est bouclée. Ce n'est pas que je ne vous aime plus… Non ! Je vous aime ! Vous serez toujours là, dis-je en leur désignant mon cœur, *mais il est temps pour moi de prendre la tangente et de tracer ma route. J'ai tourné en rond depuis trop longtemps. Adieu, mes parents chéris* ».

Avant de partir, je m'appliquai à ôter feuilles mortes et poussière de leur beau visage. Je leur chuchotai à l'oreille : « *Vous allez être grands-parents* ». En me relevant, je remarquai une lettre coincée dans les lys. En y jetant un œil furtif, je reconnus l'écriture de ma mère. Mon cœur fit un bon dans ma poitrine.

Paris, le jour suivant.

J'avais piétiné toute la matinée autour de la chaise. Je la connaissais dans ses moindres détails. L'assise était plus claire, usée par les fesses de ma grand-mère. La lettre était posée dessus, toujours pliée en trois. Je ne trouvais pas le courage de l'ouvrir. Était-ce ma grand-mère qui l'avait cachée dans son bouquet ? M'était-elle adressée ? À midi, les yeux exorbités sur le papier, ma curiosité était à son comble. Si ma grand-mère avait déposé cette lettre à mon intention, j'avais le devoir de la lire !

Je fis le vide dans ma tête, gonflai ma poitrine, et l'ouvris.

Maman,

Aujourd'hui, c'est l'anniversaire de la mort de Mathias. Et je suis à peu près dans le même état que lui après son accident. Drôle de coïncidence, n'est-ce pas ? Un an que son souvenir me hante. Je dois soulager ma conscience. Mathias n'est pas mort d'un accident de voiture. On l'a précipité dans un ravin. Je te laisse imaginer qui a pu faire une telle chose, tu y arriveras sans mal.

Je n'ai pas su faire le bon choix. Je me suis réfugiée dans le secret d'un homme... Je n'ai fait que me cacher sous son ombre, sans m'apercevoir qu'il bloquait ma lumière.

Si cela tourne mal, je te confie mes enfants. Tu prendras bien soin d'eux. Ils sont tout ce qui nous reste. J'aimerais les voir grandir encore un peu, voir Lisa se transformer en jeune fille, puis en jeune femme. Elle est si belle ! Voir Tom s'assagir un peu. Mais en aurais-je le temps ? Son image… Je l'ai cachée, maman, fais en sorte que Lisa ne la trouve pas. Ma plus grande peur, c'est qu'elle se souvienne !

Je suis si lasse. Mon corps souffre trop pour un seul homme. Il est vieilli, tordu. Aide-moi, maman, ne le laisse pas gagner ! Je n'en peux plus. Je l'aime trop. Je suis comme une éponge imbibée d'encre. Plus je l'aime, plus je me tache, et les enfants aussi. Tout s'assombrit autour de moi. Une lueur douce m'appelle. Elle caresse la noirceur de mon âme.

Je crois que je vous quitte. Par lâcheté ? Ou par courage ? Que sais-je…

Je t'aime, maman, ta Mégane.

Je m'assis et mes larmes se mêlèrent aux leurs, séchées sur le papier, là, où elles avaient pleuré tour à tour. J'apprenais – entre les lignes – que mon père avait été assassiné, entraînant sans doute le suicide de ma mère. Rongée par une image mystérieuse… J'étais abasourdie. J'avais été mise sur le côté, hors-jeu, durant toute mon existence.

Ma mère est morte d'un AVC, nous avait dit ma grand-mère. Une rupture d'anévrisme. J'allais avoir douze ans. L'enfance ne comprend pas ces choses-là, mais elle n'en oublie pas les effets. Nous n'en avions jamais reparlé. Mamie disait : *« Lorsqu'on tombe de cheval, il faut tout de suite remonter en selle ».*

Alors, j'avais continué le théâtre.

Mamie avait raison. Il faut remonter.

Tom, lui, ne l'avait pas vu sous cet angle. Une colère sourde et féroce l'avait englouti. Peu à peu, sa selle avait pris une autre forme. Une couleur pâle. Un parfum de solitude. Un air de dépendance... Lentement, ma grand-mère l'avait suivi dans la mélancolie. À la mort de ma mère, je n'avais pas réalisé qu'en une journée, j'avais perdu plus que je ne pourrais en gagner durant une vie entière.

La mort de maman était taboue à la maison.

Les enfants savent que les tabous sont des mensonges.

Malgré tout, je nourrissais l'espoir qu'un jour, le vent tournerait et emporterait la vague qui nous tourmentait. Mon optimisme ne me lâchait jamais. J'étais convaincue que nous méritions le bonheur.

Désormais, cette lettre me plongeait dans le chaos. Ma mère aurait-elle fait une tentative de suicide un an après la mort de mon père ? Quelque chose ne collait pas. De quoi était-elle vraiment morte, six ans après ? D'un anévrisme ? Dorénavant, je ne croyais plus ni à la thèse du suicide ni à celle de l'anévrisme.

Une nouvelle ère s'ouvrait devant moi. J'avais vécu dans l'optimisme, c'est vrai, construit ma vie - un peu bancale sur le plan affectif, mais quand même -, une chaise à trois pieds sur laquelle je savais m'asseoir. À quel prix ? Celui du mensonge ? Je réalisai soudain pourquoi les ténèbres avaient choisi d'ensevelir mon frère et ma grand-mère : ils devaient savoir des choses que j'ignorais…

J'étais avocate. Si mon père avait été assassiné, j'avais moins de trois ans pour élucider l'enquête - le délai de prescription pour les crimes étant de trente ans. Je devais découvrir l'assassin de mon père, rassembler suffisamment de preuves, constituer une liste de chefs d'accusation… Je le soupçonnais aussi d'être responsable de la mort de ma mère. Je devins haineuse. À mon tour, je ressentis toute la souffrance que ce monstre avait infligée à mes proches. Comme Tom, j'en voulus à la terre entière. Je portai instinctivement ma main comme un bouclier sur mon ventre fragile en me demandant soudain dans quel monde ma fille allait naître.

Je lus cette phrase encore et encore : « *Je me suis réfugiée dans le secret d'un homme* ». *Infractions occultes ou dissimulées ?* Ma mère avait-elle réellement dissimulé un assassinat ? Je devais digérer la nouvelle. Cela pouvait même s'apparenter à de la complicité de meurtre ! Je palpai la lettre tandis que le dégoût s'emparait de moi. *C'est un cauchemar et je vais me réveiller. Cette lettre n'existe pas !* C'est alors que certains mots me soulagèrent. Des mots qui exprimaient sa souffrance, sa culpabilité et sa confusion. Ne méritait-elle pas de connaître la paix ? Qui était cette personne qui lui avait volé sa conscience et, par là même, son bonheur. Qui avait volé la vie de mon père ? Tom et moi l'avions perdu à l'âge de cinq ans.

Ma mère s'était persuadée être la cause de tous ses malheurs, jusqu'à ce que sa propre image ne devienne plus qu'une tache d'encre d'un noir abyssal. La rage m'envahit. Une telle injustice ne saurait rester impunie ! Mes mains se mirent à trembler. Telles des serres de rapaces, elles broyèrent le papier vieilli jusqu'à en extraire un jus sale, mélange d'encre, de pleurs, de sueurs et de cris.

« Je l'ai cachée, maman, fais en sorte que Lisa ne la trouve pas. Ma plus grande peur, c'est qu'elle se souvienne ! »

De quoi devrais-je me souvenir ?

3

Je m'approchai lentement de la porte. L'odeur aseptisée de la chambre, mêlée à celle des déjections et de l'urine, m'emplit les narines. Ma grand-mère dormait plus de seize heures par jour. Elle était comme un bébé, un petit ange neuf auquel il fallait tout apprendre. Du moins est-ce ainsi que j'aimais me la représenter. Plus personne ne venait à la maison. Mes soirées mondaines se résumaient à dîner avec Pierre et ses parents. Aucun de nos amis n'avait compris notre choix, ou ne l'avait supporté. Les gens peuvent être si superficiels parfois ! Et bientôt, ma grand-mère aurait un compagnon. Mon bébé aussi dormirait beaucoup et ne sentirait pas très bon.

Je lui essuyai le front avec une éponge naturelle imbibée d'eau de rose tiède et réconfortante, avant de la déshabiller et de poursuivre sa toilette. Je m'appliquais à partager son intimité de la manière la plus digne et la plus délicate qui soit. Cela ne la réveillait jamais. Ensuite, je m'asseyais près d'elle et commençais une nouvelle lecture : « *Acte I Scène I ; ARGAN. Trois et deux font cinq, et cinq font dix, et dix font vingt…* » Ma grand-mère soulevait péniblement ses paupières. C'était notre rituel ! Chaque semaine, je lui contais une nouvelle pièce.

Quand j'étais enfant, ma mère et ma grand-mère me donnaient souvent la réplique. Elles inventaient des pièces en créant des personnages sur mesure. Toujours des rôles dans lesquels j'étais enfermée, bloquée, ou prise au piège. Je devais improviser une suite afin de sortir triomphante de ces situations. Tom ne ratait aucun de nos spectacles. Sa joie et son excitation étaient pour moi le plus beau des cadeaux. Avec ma troupe de théâtre, je jouais aussi à travers le pays les plus belles pièces de Molière, Rostand, Marivaux et autres grands dramaturges français des siècles derniers. À cette époque-là, ma vie ressemblait à un conte de fées.

Je comprenais dorénavant le message de mes pairs. Chaque jour, mon métier d'avocate me rappelait combien ma mère et ma grand-mère avaient contribué à façonner la femme accomplie que j'étais. Leurs valeurs : défendre et libérer la vérité.

Mais pas ce matin-là.

Le corps fébrile de ma grand-mère recelait un message, une vérité que je découvrais pour la première fois : victime de son sort, elle m'avait menti toute sa vie.

Elle m'écoutait d'un regard bienveillant tandis que je gesticulais devant elle. Son rire emplit la chambre quand j'arrivais au passage du malade imaginaire où Toinette, la servante, et Argan, son maître, s'échauffaient la bile autour d'une chaise :

Toinette, *se sauvant du côté où n'est point Argan.*

– Je ne veux point qu'elle épouse votre Thomas Diafoirus.

Argan, *de même.*

– Carogne !

Toinette, *de même.*

– Et elle m'obéira plutôt qu'à vous.

Argan, *s'arrêtant.*

– Angélique, tu ne veux pas m'arrêter cette coquine-là ?

Angélique

– Eh ! mon père, ne vous faites point malade.

Argan, *à Angélique.*

– Si tu ne me l'arrêtes, je te donnerai ma malédiction.

Toinette, *en s'en allant.*

– Et moi, je la déshériterai, si elle vous obéit.

Argan, *se jetant dans sa chaise.*

– Ah ! Ah ! je n'en puis plus. Voilà pour me faire mourir.

Je m'écroulai dans la chaise en simulant Argan, exténuée par cette triple prestation. Incapable de poursuivre, j'accompagnai ma grand-mère dans un fou rire incontrôlable, nerveux, qui me libérait de toute cette colère accumulée depuis la lecture de la lettre.

J'enlaçai tendrement ma grand-mère sans trouver le courage de la regarder. Savait-elle que je l'avais trouvée ? À mon grand soulagement, elle fit le premier pas.

– Je vais mourir, dit-elle, les yeux mouillés par la vieillesse.

– Chut… Ne dis pas de sottises. Tu as encore du temps, répondis-je en lui caressant la joue.

– Oui, je sens qu'il m'en reste un peu. Suffisamment pour te parler de choses…

– Je sais, mamie, j'ai trouvé la lettre, fis-je précipitamment pour balayer la souffrance de son visage pâle. Ne t'inquiète pas. Je m'en charge.

– Oh, ma douce Lisa, je n'ai plus les moyens de m'inquiéter de quoi que ce soit, maintenant. Mais tu dois savoir ce qui t'attend quand je serai partie. J'ai essayé de la garder à bonne distance, tu sais ?

– De qui parles-tu ? De quoi as-tu peur ? Tu sais que tu peux tout me dire.

Ses yeux se voilèrent.

– De quoi parlions-nous, mon enfant ?

Je soupirai, triste et abattue.

– De rien d'important. Repose-toi. Je reviens tout à l'heure.

Son corps s'affaissa et elle se rendormit, agitée.

Je m'apprêtais à quitter la chambre, quand elle se redressa brusquement sur le lit comme si elle revenait d'entre les morts. Les yeux exorbités, elle fixa le mur devant elle et marmonna des propos dont je n'eus pas la certitude qu'ils m'eussent été adressés. Mal à l'aise, j'assistai à cette expiation :

— Pardonne-moi, ma fille ! Pardonne-moi ! Tu dois partir. Protège-les, tous ! Surtout Tom. Oh, d'ici quelque temps, la maladie m'aura fait oublier qui je suis et qui tu es, et je ne veux pas qu'elle…

Son état s'aggravait. Elle fut prise d'une sorte de transe qui me terrifia. Je la secouai malgré sa fragilité, car j'eus peur qu'elle n'y survive pas. Je criai : « Charlène ! » Son regard convergea lentement dans le mien. Elle revint enfin à elle.

— Qu'est-ce que je disais ?

— Tu disais que tu ne voulais pas qu'elle…

— Oui. Je ne veux pas que tu me gardes ici.

— Non, ce n'est pas de cela dont tu parlais ! Et puis, on en a déjà discuté.

— Oui, mais cette fois tu vas m'écouter ! Je ne veux plus que tu me gardes avec toi. Vis ta vie, ma chérie. Tu n'as pas besoin d'une vieille dame sénile à tes côtés. Tu vas avoir un bébé, et je veux qu'il occupe toutes tes pensées et tes journées. C'est un grand moment dans la vie d'une femme. Ne me gâche pas ce plaisir, surtout !

— Tu veux te débarrasser de moi, c'est ça ? ironisai-je, émue.

J'essayais de rendre la situation plus légère. Sa maladie grandissait d'heure en heure tel un gouffre béant dans son cerveau. Nous en savions si peu. La maladie d'Alzheimer est cruelle et sauvage. Ma grand-mère avait raison. Je devais accepter notre éloignement, l'inévitable et fatale séparation qu'entraînerait sa mort dans un futur proche, même si l'envisager me paralysait. Néanmoins, il m'était impossible de respecter son choix. À l'inverse de ma grand-mère, l'enfant qui poussait dans mon ventre était un étranger pour moi, et j'avais tout le mal du monde à lui prodiguer autant de soin qu'à elle.

Je m'étais trompée sur toute la ligne. Ce n'était pas ma grand-mère qui cherchait à me faire connaître la vérité, pour la simple raison qu'elle l'avait elle-même oubliée.

Mais alors, qui avait placé cette lettre ?

4

Je pensais avoir plus de temps, mais la spirale infernale s'acharna contre moi. Cet hélicoïde s'enfonçait dans ma chair sans possibilité de retour en arrière. Je n'avais pas eu le temps de connaître mon père, pas eu le temps de dire au revoir à ma mère, pas eu le temps d'aimer mon propre frère, alors quoi de plus normal que ma grand-mère meure avant que je n'aie le temps de m'y préparer. Mais y serais-je parvenue ? Devrions-nous avoir le pouvoir de nous séparer du dernier être qui fait ce que l'on est ?

La cérémonie funèbre fut à la hauteur de sa personne, sobre, mais juste. Ma grand-mère avait peu d'amis, et sa famille se résumait à une nièce qui était encore de ce monde avec ses enfants, Tom et moi. Mais Tom n'était pas là, et l'aigreur qui remontait dans mon œsophage n'était pas due à ma grossesse. Il m'écœurait.

Pierre serra fort ma main au moment de l'inhumation. J'essayai de toutes mes forces d'absorber son énergie. Hélas, ce ne fut pas suffisant. Il me manquait une main maternelle. Une main, qui aurait dû souffrir davantage que la mienne, qui aurait dû puiser mon énergie ! Je ne m'étais jamais posée en victime, mais dorénavant, j'endossais le poids de la solitude, et je trouvai cela profondément injuste.

Après l'enterrement, nous nous rendîmes dans un

restaurant que ma grand-mère aimait beaucoup. J'étais fière à l'idée de faire un bon repas après elle, avec tous les gens qui avaient compté. C'était ma manière de lui passer un message : « *Nous avons ri ensemble jusqu'à ton dernier souffle, et je continuerai à me souvenir de toi comme ça, dans les bons moments, mamie* ». Nous sortîmes donc tous la panse repue, du baume au cœur et, à en juger par la pantomime de certains, avec aussi un petit coup dans le nez ! Ce qui me fit rire. Il me sembla d'ailleurs que l'humeur générale était montée d'un cran. « *J'espère que tu nous vois de là-haut, mamie* ».

Avant de partir, je me dirigeai seule sur la tombe, une lettre à la main. À mon tour d'en faire la lecture et de la déposer entre les lys blancs sauvages que j'avais cueillis autour de la serre familiale, jadis, l'atelier de ma mère. Mon dernier hommage :

Mamie chérie,

Comment te remercier pour ces années passées avec toi ? Merci d'avoir été ma mamie, merci d'être devenue ma maman. Mon seul regret est que tu ne connaisses pas mon enfant. Pour tout, sache que je ne t'en veux pas. Pars tranquille ! Je dois apprendre à vivre sans toi. Ce sera une tâche bien difficile, mais je crois que j'en ai la force. Alors, merci pour ça aussi. N'en veux pas à Tom, il est perdu. Je l'aiderai encore s'il le faut. C'est ce que tu voulais, ainsi que maman. Et je crois que j'en ai envie aussi.

J'ai des choses à régler ! Je pensais que tu m'avais mise

sur la voie. C'est mieux ainsi. Tu es morte en paix, mamie. Ton visage était lisse, reposé, heureux. Quelle que fût ta dernière pensée, elle t'a bien accompagnée, va ! J'espère que tu vivras des moments heureux dans l'âme de ceux qui te portent. Dans la mienne, cela ne fait aucun doute.

À ton souvenir, mamie ! À celui de cette famille qui se désagrège sous mes pieds au moment où je souffle ces mots sur ta tombe. Que la pluie les mêle à vos corps meurtris pour les apaiser, que le vent les élève toujours plus haut pour vous guider, et que le jour se lève pour m'éclairer. Que notre amour triomphe et me donne le courage d'affronter ce qui vient. Amen.

Je t'aime mamie, je t'aime maman, je t'aime papa. Je vous aimerai tellement plus encore chaque jour que la nature m'accordera.

Bien à vous tous, Lisa.

Cette dernière prière m'arracha des larmes effrénées et, comme par un vertige, je fus aspirée dans le trou. Une main me retint *in extremis*. Une femme au regard dur et intemporel m'observait. Sa silhouette droite ressemblait à une branche sèche qui menace de se briser, ses traits creusés, davantage à des cicatrices qu'aux marques du temps. La coiffe hirsute qui ornait sa mince tête lui donnait des airs de vieux plumeaux sales. Un tableau lugubre que ma mère aurait sans doute immortalisé. Qui a dit que la vieillesse était un naufrage ?

— Vous allez bien ? demanda-t-elle.

Son expression sincère et désabusée me mit à l'aise.

— Merci, oui. Simplement, c'est un jour important, et j'ai du mal à renoncer.

— Il est toujours déchirant de s'éloigner de ceux que l'on aime.

J'acquiesçai de la tête.

— Venez, Pierre vous attend. Il fait froid et brumeux ici, vous allez tomber malade.

Elle s'approcha et m'enveloppa de son manteau. Une odeur riche et forte de vieille dame m'imprégna jusqu'aux os, provoquant un haut-le-cœur que j'eus du mal à réprimer.

— Et vous êtes ? demandai-je.

— Une vieille amie…

Cette apparition fut le relais qui me permit de m'éloigner de la tombe. Elle me conduisit tendrement de ma grand-mère à Pierre. Avant de me quitter, elle m'enlaça, malhabile, en murmurant à mon oreille : « *Courage, Lisa ! Je sais que tu en auras besoin* ». Cette familiarité me laissa interdite.

— Et votre manteau ? criai-je.

— Ce n'est pas le mien, garde-le.

Sa voix résonna dans le brouillard jusqu'à se perdre dans les ténèbres. Elle était déjà partie. Tel un spectre, sa silhouette s'était noyée dans la lumière des feux follets.

Je croisai le regard interrogatif de Pierre. D'où venait cette femme ? Et quel genre de relations entretenait-elle avec ma grand-mère ?

Son visage me disait quelque chose…

5

C'est curieux comme, d'un instant à l'autre, la vie peut basculer sans que personne ne trébuche. Durant les jours qui suivirent les obsèques de ma grand-mère, je me sentis comme aux prises avec un cauchemar qui me tenait éveillée. Malgré cela, mes mouvements demeuraient fluides, portés par l'habitude. Nul n'aurait pu deviner ma détresse.

La vie reprit son cours. Je me réfugiai quelque temps dans le travail, brouillant ma peine. Je noyai mon chagrin dans une affaire des plus obscures, un crime de sang-froid, jusqu'à ce que l'heure de mon congé maternité sonne. Je redoutais ce temps d'accalmie. La douleur m'avait rendue fuyante.

Dorénavant, j'utilisais mon temps libre pour réagencer la chambre de ma grand-mère. Elle était spacieuse et très bien exposée, au sud-ouest de la maison. Pierre l'avait choisie pour notre enfant. En outre, il pensait que cela m'aiderait à faire mon deuil.

Notre fille s'appellerait « Charlène, Mégane, Marie », les prénoms respectifs de ma grand-mère, de ma mère, et de la mère de Pierre. Mais nous utiliserions le diminutif : « Charlie ». Plusieurs générations seraient ainsi à ses côtés pour la porter, la guider dans la vie.

Ce matin-là, mes yeux balayaient la pièce avec une appréhension nouvelle. Mon cœur battait la chamade et Charlie gigotait dans mon ventre. Depuis un mois, j'entrais, rangeais, repeignais, mais jamais encore je n'avais touché au lit. Comment trouver la force d'enlever ces objets ? La pièce de Molière sur la commode, sa dernière tenue, ses lunettes, son odeur même. Je fermai les yeux. Son expression s'anima sous mes paupières. Son rire résonna dans ma tête comme l'écho de ses jours entre ces murs, imprimant une vivante nostalgie sur mon corps. Je me mis à virevolter dans la pièce en criant le passage d'Argan et de Toinette.

Je ris très fort avec elle.

Un sentiment d'accomplissement et de gratitude gagna mon cœur. Mon deuil était différent de celui que j'avais vécu pour ma mère, et dont je gardais toujours une douleur vive et amère.

Je m'assis au bord du lit. Le manteau était au bout. Quelle femme étrange. Quelle rencontre étrange. Lorsque je le saisis, ses effluves remontèrent le long de mes cloisons nasales, un accord parfaitement immonde de vieux mur moisi et d'essences musquées entêtantes, comme les siens. Sous mes doigts, je palpai un objet plutôt dur dans la poche droite. J'y précipitai la main. Il était enveloppé dans un élégant mouchoir monogrammé *C.L.* : les initiales de ma grand-mère. Je devinai sa forme à travers le mouchoir… C'était une clé.

À en juger par sa qualité médiocre, il s'agissait probablement de celle d'une porte intérieure. Les questions que posait cette clé me donnaient déjà la migraine. Ma concentration me faisait défaut ces temps-ci. Les joies de la grossesse ! Je cherchais les pâtes dans le placard des assiettes, ou mes sous-vêtements dans le tiroir de Pierre. Il se moquait de moi. En revanche, je me rappelais cette femme dans les moindres détails. Ce n'était pas son manteau, avait-elle dit. Il était donc hautement probable que ce ne soit pas sa clé non plus… et qu'elle me fût adressée... tout comme la lettre.

J'examinai froidement le métal en le faisant rouler entre mes doigts, comme pour l'apprivoiser. Je sentais de l'électricité statique sur ma peau. Timide d'abord, puis franchement désagréable. Je lâchai la clé brusquement. Je ne faisais pas grand cas des signes, mais cet objet manifestait clairement ses intentions.

***

Charlie vit le jour dans ce lit où, quelques mois auparavant, ma grand-mère avait clos ses paupières. J'y tenais beaucoup. Après trente-six heures de travail, et six longues heures où ma fille me tint éveillée, je pus enfin goûter mon sommeil.

– C'est quoi ce couffin en osier, et ce baldaquin

rose ?

Je reconnus cette voix, même après deux ans de silence. Les balbutiements de Charlie tournaient dans la pièce. J'ouvris les yeux en esquissant un sourire.

– Il a traversé les siècles, ce couffin. C'est notre histoire, marmonnai-je, encore vaseuse.

Tom écarta le tissu pour déposer Charlie dans le couffin.

– Charlie, hein ? dit-il en lisant l'inscription brodée sur la couverture.

Il vint m'embrasser sur le front.

– Oui. C'est son surnom. Elle s'appelle Charlène. Cela ne te plaît pas ?

– Au contraire ! Charlie, c'est mieux que Charlène.

– C'est bien ce que je me disais.

Tom n'appréciait pas l'hommage rendu à notre grand-mère. Il ne l'aimait pas beaucoup. Il n'aimait pas grand monde, d'ailleurs. Un long silence passa, troublant. Tom se pencha sur le berceau et donna un baiser à Charlie.

– Félicitations ! Sache que je partage ton bonheur, clama-t-il, le regard fuyant.

– Tu pars déjà ?

– Je reviendrai.

Depuis que Tom était sorti de ma vie, je n'étais plus moi-même. Un sillon avait creusé mon visage et, dès lors, ma substance s'écoulait vainement.

Alors que je gardai les paupières closes, les pleurs de Charlie faisaient à nouveau la ronde autour de moi. Pierre était sûrement rentré, et il devait s'appliquer à bercer notre fille pour m'offrir quelques précieuses minutes de sommeil. Mais rien ne calme l'appétit vorace d'un nourrisson, en particulier lorsque la source de sa concupiscence est si proche. Qui plus est, j'aspirais à ce moment de volupté avec ma fille. Combler son appétence, et la sentir abandonnée dans mes bras, m'emportant avec elle jusqu'à la catharsis.

Mon corps se raidit lorsque j'ouvris les yeux. Cette femme était là ! Mon bébé dans ses bras secs et cassants, prêts à l'empaler. Son allure frêle semblait à peine la soutenir. Paralysée, j'imaginai Charlie passer lentement de cette enveloppe déstructurée à mes bras chauds et charnus de la masse d'amour accumulée durant ces neuf mois.

— Donnez-la-moi. Elle a faim, bégayai-je en évitant de la brusquer.

— Elle est parfaite. Allez, Charlie, c'est l'heure de manger !

Mes muscles se décontractèrent à mesure que je sentais le petit corps chaud de Charlie peser contre le mien.

— Je vous laisse. J'attends à côté. C'est un moment privilégié, et je ne veux pas le gâcher.

Elle s'éclipsa, comme au cimetière, tel un fantôme

charismatique. Que me voulait-elle ? Cette question m'angoissait et je me crispai. Mon allaitement se transforma alors en pure torture où chaque succion me secouait de décharges électriques semblables à des coups de fouet. Le moment était gâché.

Charlie s'endormit contre mon sein. Je me levai difficilement pour la coucher quand une tignasse rousse échevelée gonfla dans l'entrebâillement de la porte.

— Que me voulez-vous ? Comment m'avez-vous trouvée ? Qui êtes-vous ? m'enquis-je en me remettant au lit.

— Je suis navrée. J'aurais dû trouver un autre moment pour… Vous ne me croirez pas, mais ceci n'est que le fruit du hasard. J'ai frappé, et la porte était ouverte. Puis je vous ai vue dans la chambre. Le couffin…, murmura-t-elle confusément.

— Alors, quand vous frappez aux portes et que personne n'ouvre, vous pensez que cela vous donne le droit d'entrer !? Ou de prendre ma fille ! dis-je d'un ton mordant.

— Pardon. Je vois que le moment ne joue pas en ma faveur.

— Non, c'est sûr !

— Je voulais simplement vous parler. J'ignorais qu'aujourd'hui…

— … était le jour le plus important de ma vie ?

Elle soupira.

— Vous avez raison. Je n'aurais pas dû. Excusez-moi.

Tout, dans son allure, témoignait de la femme accomplie qu'elle avait été : droite, la rhétorique ciblée et juste. Un timbre d'une rare clarté, sans le moindre tressaillement. Mais l'image que j'avais sous les yeux était triste et déformée, brisée. Qu'avait-elle perdu, elle ?

— Qu'est-ce que vous voulez ? la sommai-je.

— Le temps viendra. Avez-vous trouvé la clé ?

— Oui… Mais…

— C'est bien. À bientôt, Lisa. Profitez de votre famille.

Cette dernière phrase sonna comme les saisons : éphémères.

N'allais-je pas en profiter longtemps ?

6

– Vite, vite ! Mets ta capuche. Je ne veux pas qu'elle nous voie ensemble !

– C'est trop tard ! Elle nous a repérés…

– Alors, je m'éclipse.

– Mais qu'est-ce que je lui dis, moi ?

– Que tu veux aller chez elle ! C'est pour ça que nous sommes ici !

– Rose ?!

Tom a fière allure ! Je le regardai longuement avant de m'approcher. Ce n'était plus l'adolescent chétif de mes souvenirs. Sa carrure était forte et puissante, ses muscles sculptés se dessinaient au travers de son sweat à capuche. Il était toujours aussi grand. J'imaginais qu'il lui ressemblait à présent… Je n'avais pas de souvenir de mon père ni de sa présence rassurante – comme ma mère le décrivait – mais j'avais Tom. *Il s'est donc décidé à venir fleurir la tombe de mamie.* Ce n'est pas trop tôt ! Je distinguai une autre silhouette près de lui. En m'approchant, il me sembla la reconnaître. Il s'agissait de la femme au manteau !

– Tu la connais ? demandai-je, alors qu'elle disparaissait entre les arbres.

– Qui ? répliqua Tom en suivant mon regard.

– Cette femme avec qui tu t'entretenais.

– Il n'y avait personne !

J'étais sûre de l'avoir vue, pourtant. Cette ombre

étirée entre les deux grands cyprès, cette allure tendue et rêche, cela ne pouvait être quelqu'un d'autre.

– J'ai cru…

– Tu as dû l'imaginer, tonna Tom. Je suppose que la maternité t'épuise.

Tom eut un mouvement de recul. Il planta son regard dur sur moi. Je ne voulais ni le braquer ni le faire fuir. Je lui adressai un sourire de connivence, puis je me postai devant la tombe.

Le printemps était arrivé très vite. Je venais présenter Charlie à ses grands et arrière-grands-parents, bien que leurs rôles se confondent dans ma tête. Je pleurais trop de monde et l'ordre n'était pas logique. La tombe me faisait toujours cet effet. Comme un vertige, elle m'aspirait contre elle. Je vacillai, effrayée. Heureusement, Tom prit Charlie dans ses bras.

– Tu es parti si vite la dernière fois. Je n'ai pas eu le temps de faire les présentations. Charlie, je te présente ton oncle ! Tom, voici Charlie.

Mon frère nous étreignit tendrement. Dans ma vie, les moments d'une telle intensité avec lui se comptaient sur les doigts d'une main. À l'abri de notre intimité, Tom partageait enfin nos pertes, et fêtait la naissance de sa nièce. Un rapprochement inattendu cependant, après toutes les horreurs que nous nous étions dites, deux ans auparavant. Les horreurs et la violence.

À seize ans, Tom s'était émancipé et avait quitté le foyer que nous formions avec Charlène, notre grand-mère. Je lui en avais beaucoup voulu. Cette famille était déjà affaiblie par sa petitesse, et il nous avait laissées.

Depuis ce jour, il était encombré d'un épais brouillard. Depuis ce jour, et bien avant lui… Je pensais jadis qu'il était perdu, qu'il avait rejoint le mauvais côté de la famille : « *Un jardin sombre et mystérieux,* me disait ma grand-mère. *Un jardin où rien ne pousse à part la haine et la colère* ».

— Tu me reviens, mon frère adoré, murmurai-je dans ses bras.

Il resserra son étreinte autour de nous en expirant bruyamment.

— Je peux venir chez toi quelque temps ?

— Tu sais bien que tu y es autant chez toi.

Tom sourit par-dessus mon épaule.

Je fermai les yeux et un vertige de bonheur m'ancra dans le moment. Mon frère jumeau était ma moitié, ma part manquante. Rien ne pouvait me procurer autant de joie que sa demande.

Je quittai Bayonne, le cœur léger.

Tom, Pierre, Charlie et moi, réunis sous le même toit. Partageant enfin ces moments qui m'avaient tant manqué, dans cette maison qui racontait notre histoire, nos valeurs, nos identités profondes.

L'idée même que mon frère ait pu me mentir au sujet de cette femme m'était totalement sortie de la tête…

7

Notre jardin était vaste. Tom réinvestissait les lieux, évitant toutefois le kiosque : *son* atelier... Bien que la maison fût assez grande, Tom insista pour s'installer dans la dépendance au fond du jardin. Je n'y allais jamais. C'était un endroit sombre et humide.

— Tu ne reçois pas grand monde, dit-il en examinant le lieu.

L'endroit était rustique, en effet. Mais la literie était neuve.

— C'est qu'avec mamie, tu vois…

— Je comprends.

Par la fenêtre de la cuisine, j'espionnais mon frère. Perdu dans ses pensées, il circulait autour du kiosque, comme un cheval de bois grippé dans son carrousel. Je croisai les doigts pour qu'il trouve la paix, ici.

Enfin, il se décida à entrer…

— C'est devenu mon bureau, dis-je en le rejoignant. Je l'utilise aux beaux jours.

— Je pensais que tu garderais l'atelier tel que maman l'avait laissé. Avec ses pinceaux et ses toiles. C'était quoi la dernière, déjà ?

« *Maman* ». L'entendre prononcer ce mot, ici, me fit monter les larmes aux yeux. Jamais « *maman* » n'avait été aussi vivante qu'à cet instant dans son atelier, entourée de ses enfants. Tom s'aperçut de mon trouble. Lui aussi sentait sa présence. Et le silence qui suivit lui laissa toute sa place.

– Une sculpture de nous deux. Elle n'a pas eu le temps de la terminer, m'étranglai-je. J'en ai exposé le plus possible, dis-je en regardant les œuvres, le reste est entreposé au grenier. Mais il n'y en avait pas tant que ça, quelques paysages, des portraits de nous et de mamie, d'Austin aussi. Cela m'a étonnée qu'il y en ait aussi peu. Maman passait tout son temps libre dans son atelier.

– Hum. Tu as bien fait d'en faire un bureau. Cet endroit est propice au travail. Pas étonnant que maman et toi ayez fait le même choix.

Tom me donnait sa bénédiction. C'était important pour moi. Lui aussi avait son mot à dire, sa place à faire, chez nous.

Durant le repas, les conversations allèrent bon train. Les deux hommes de ma vie se remémoraient des souvenirs, renouant avec le passé. Je fus happée par la magie du moment, projetée plus de dix ans en arrière, lorsque Tom et Pierre faisaient leurs études ensemble. Ils étaient si complices à cette époque. Tom tenait Charlie dans ses bras. Je m'enivrai de ce tableau. J'étais pleine de gratitude envers mon frère. Ce revirement à 180 degrés depuis la naissance de Charlie, aussi inattendu qu'inespéré, était un cadeau du ciel qui changerait notre futur.

Je regrettai néanmoins qu'il reste si discret sur sa vie privée. Tom était pudique depuis toujours. Qu'avait-il fait durant ces deux années ? Avait-il rencontré quelqu'un ? Nous aurions bien le temps d'aborder ces sujets, dorénavant.

Avant de le quitter pour la nuit, je déposai une rose sur son lit, une rose blanche, les premières du jardin, ses préférées. Ce fut plus fort que moi.

— Tu as un vase ? demanda-t-il, paniqué à l'idée que la rose ne fane sous ses yeux.

Tom avait toujours eu peur de la décrépitude et de la mort.

Je tournai la poignée de la salle de bain… Alors que la céramique roulait sous ma paume, je me rendis compte que je ne l'avais jamais ouverte auparavant. Je n'en possédais même pas la clé. J'ignorais même s'il s'agissait d'une salle de bain.

Je me retournai brusquement et croisai le regard attentif… de Tom. *La rose attendra !*

— Cette femme, celle que j'ai cru voir avec toi au cimetière, elle…, elle m'a donné une clé.

Nos regards inquiets se portèrent en même temps sur le petit orifice de la poignée. Je sortis la clé de ma poche. Elle ne m'avait pas quittée depuis.

— J'ai peur, Tom. J'ai peur de ce qu'il y a derrière cette porte.

— Cette femme t'a-t-elle donné ou dit autre chose ?

demanda-t-il.

– Non. Rien en particulier. Juste qu'elle était une vieille amie de mamie. Mais c'est étrange, j'ai le sentiment d'être proche d'elle, et en même temps, elle me fait peur !

– Si j'étais toi, je n'accorderais pas d'importance à tout ça. Mamie est morte et enterrée, comme le reste de notre famille. L'important, maintenant, c'est Charlie, ton couple et ta vie.

– Et toi ?

Tom me sourit en m'attirant dans ses bras.

– Oui, et moi. Je suis bien réel. Je suis encore là. Alors, s'il te plaît, laisse les fantômes au placard, veux-tu ?

Sa dernière phrase m'asséna un coup dans la poitrine. L'image était si parfaitement choisie ! Quels fantômes allais-je trouver derrière cette porte ? Tom me fit promettre de ne rien tenter jusqu'à son retour. Il avait tout à coup quelque chose d'urgent à régler… Mes yeux s'écarquillèrent de surprise quand je le vis rassembler ses affaires.

Tom s'en alla tranquillement en humant la rose sous la pluie fine qui s'était mise à tomber.

Un fantôme de plus…

S'il ne voulait pas que j'ouvre cette porte, il ne m'aurait pas quittée ce soir-là. Il m'aurait pris la clé.

Je lui fis signe juste avant qu'il ne disparaisse de

mon champ de vision. Une violente décharge dans ma colonne vertébrale, comme un gong qui sonne, m'avertit du danger. Tom était crédule et malléable. Manipulé par la drogue et ses besoins insatiables. Je devais savoir de quoi il retournait. Je ne tiendrai pas ma promesse.

Je retournai sur mes pas.

J'enfonçai la clé dans la petite serrure. Juste avant d'ouvrir la porte, je pensai à ma fille. Comme si ma vie en dépendait. Un sentiment de devoir me poussa à tourner la poignée. Je pénétrai alors dans une pièce d'un noir absolu, chargée d'odeurs de vieilles tapisseries moisies, de peintures et de solvants. La pièce sentait le manteau.

Un deuxième atelier ?

Je cherchai l'interrupteur, en vain. Il n'y en avait pas. Peu à peu, la lumière de la chambre se propagea dans la pièce. Lorsque mes yeux s'acclimatèrent à la pénombre, je distinguai des formes géométriques banales, telles que des carrés, des rectangles, puis d'autres, bien plus quelconques… C'étaient des tableaux, des sculptures ! Je fus tout d'abord fascinée. *Quelle main de maître* ! Ma mère était digne des plus grands artistes du siècle passé. Van Gogh, Picasso, Monet… Je passai d'une toile à une autre, en remontant le fil de l'histoire… Ces œuvres avaient ce petit quelque chose en plus, cette sensibilité que l'on retrouvait parfaitement dans le geste. Elles étaient plus grandioses que celles dont je disposais.

Ma mère avait trouvé sa muse.

J'entrai en connexion avec elle, avec... lui. Et je pleurai intérieurement avec autant de rage qu'elle avait eu de passion pour l'aimer. Circulant entre les toiles, je me sentais comme une étrangère. Une balade honteuse.

Il était partout. Toute son inspiration. Ma mère avait daté ses œuvres. Il apparaissait que cet homme était entré dans sa vie, avant, pendant, et après mon père. Le savait-il ? Avait-il ressenti le même dégoût ? La trahison.

« Son image... Je l'ai cachée, maman, fais en sorte que Lisa ne la trouve pas ».

J'aurais aimé que le toit s'entrouvre, que la pluie dissolve et fasse disparaître la peinture. Mais l'eau aurait ruisselé en fines gouttelettes sur les toiles indemnes. Sans doute le temps les avait-il rendues imperméables. Car aucune tache n'obscurcissait son beau visage. Il était radieux, si présent à mon souvenir... Antoine.

« Oui, maman. Mamie l'avait bien cachée. »

Dans le jardin, mes pas grinçaient sur l'herbe mouillée comme si je marchais sur un vieux parquet troué. Dans ma chemise de nuit blanche, qui m'arrivait au pied, les yeux injectés de sang et les boucles décoiffées, je devais ressembler à un spectre sorti de ces vieilles planches.

À présent, nous étions liées par une histoire commune : l'œuvre de ma mère poursuivait son mal. Son art : une allégorie déifiant la peur. Et je l'avais contractée, moi aussi.

— Que se passe-t-il ? demanda Pierre lorsque je pénétrai dans l'entrée.

J'avais besoin de temps pour intégrer tout ça. Je pourrais simplement balancer toutes ces « ordures » à la poubelle ! Mais ce serait comme jeter son âme. Non. Je me l'interdis absolument.

— Tom est parti, répondis-je laconiquement.

Pierre fronça les sourcils, soucieux.

Je claquai la porte sur la dépendance, pensant qu'une dizaine de mètres seulement séparait ma famille de *lui*. Son regard… Une telle passion m'effrayait. J'en frissonnai. Dorénavant, j'aurais la sensation de partager mon intimité avec un autre homme.

Charlie attendait sagement dans les bras de son père que je la nourrisse. Elle était si mignonne.

— Viens là, toi.

Et je dus me déshabiller.

8

Mathias est mort aujourd'hui. Je suis dans une ombre profonde.

Nous avons inhumé Mathias, hier. Et j'ai enterré ma conscience avec lui.

Cela fait un mois que Mathias est parti. Je n'en dors plus. C'est ma faute !

Brûlez-moi sur le bûcher ! Je suis un démon. Hier, j'ai embrassé cette ombre qui a tué mon âme.

Je me dégoûte.

Je n'ai plus d'espoir. Il va vivre et je vais mourir…

Protégez mes enfants et ma mère.

Chaque soir, je lisais ces bandelettes de papier sur lesquelles ma mère avait écrit un repenti, un souhait ou une pensée. Une seule bandelette suffisait à me perdre dans la foule des miennes. Cette boîte à biscuits trouvée dans la dépendance était la boîte de Pandore de ma mère. Et je venais d'en libérer tous les maux.

Ma position était ardue : j'en savais trop ou pas assez ! Et cette pièce m'obsédait. Je l'avais nommée : « La pièce interdite ». Elle comblait la partie de moi qui cherchait la vérité. Dans quel but la connaître ? En premier lieu, par orgueil. Car tous, Antoine, un étranger pour moi, la femme au manteau, Tom, et même ma grand-mère, en savaient plus long sur mon histoire. En second lieu, la lettre de ma mère, son désespoir au point de vouloir disparaître, et ses accusations au sujet de la mort de mon père, avaient actionné les vérins de ma marionnette.

J'y pénétrai pour la troisième fois, le regard fuyant. Je n'étais pas là pour *lui*. Sa présence picturale me mettait mal à l'aise. À travers son regard, je ressentais leur intimité, leur sexualité. J'y pensais sans relâche.

En déplaçant tableaux et sculptures, je tombai sur une autre boîte. Elle sentait le bois fraîchement sculpté... Elle renfermait un joli carnet bleu orné d'un pelliculage saillant doré. Contrairement aux rubans précédemment découverts, ce carnet était rempli de mots qui formaient des phrases, des paragraphes, des chapitres…

Ma mère aurait-elle écrit un livre ?

La gorge nouée, j'en parcourus le corps un peu aléatoirement. Il était question de passion, d'amour, et de haine. Autant de sentiments qui m'étaient étrangers. Sans doute les avais-je enterrés avec elle.

Je rangeai le précieux carnet dans ma table de nuit. Je passai alors plusieurs soirées à en caresser la peau veloutée. Je voulais l'amadouer. Je me sentais en danger avec ce livre trop doux et trop calme. Je me préparais à affronter le déferlement de ses mots.

Quelle image de ma mère y trouverais-je ? La reconnaîtrais-je alors ?

Je me réveillai. Des milliards de mots dans ma tête remplaçaient mes neurones. Mes yeux oscillaient rapidement dans le salon. J'avais peur ! Pierre était de garde. Je remis une bûche dans la cheminée et restai recroquevillée près de sa chaleur. J'étais sur le point de jeter le carnet au feu. Je venais d'en terminer la lecture et je désirais l'anéantir, qu'il rejoigne l'enfer avec elle ! Mais je n'irai pas au bout de mon geste. Le livre resta suspendu dans ma main au-dessus des flammes.

Tom entra par la porte de la cuisine. Un revenant !

Au choc, s'ajoutait la fatigue de nuits sans sommeil à nourrir et veiller mon bébé. La silhouette de Tom dansait dans ma tête, entre le papier et les flammes de la cheminée.

– C'est quoi ça ? demanda-t-il en désignant le carnet.

– Tu as réglé « tes affaires » ? marmonnai-je en éludant la question.

– Tu devrais aller dormir, répondit-il en faisant de même.

– J'ai perdu le sommeil. C'est à cause de cette femme au cimetière, dis-je pour le jauger.

– Je te l'ai dit, il n'y avait personne. Tu étais bouleversée. Il y a eu mamie, la naissance de Charlie.

– Peut-être. Mais toi ? Tu n'es pas triste pour mamie ?

– Bien sûr que si ! Mais, c'est différent. Tu le sais très bien.

– Je le sais, mais je ne sais pas pourquoi.

— Il n'y a rien à expliquer. Arrête de vouloir que le monde pense comme toi. Je ne suis pas toi ! Dans quel état tu es, soupira-t-il en me serrant dans ses bras.

Nous restâmes accroupis au sol. Une boule fraternelle.

— Tom, tu savais ? Pour maman ? Pour toi ? murmurai-je, noyée dans ces lettres flammes qui dansaient devant moi.

— Tu l'as ouverte, c'est ça ? Putain, je t'avais dit de laisser les fantômes dormir, gronda-t-il.

Ah, mon frère ! Tu as toujours lu en moi comme dans un livre ouvert. Mais dans celui dont je te parle, les fantômes n'ont jamais été aussi vivants !

— Comment savais-tu que la pièce contenait des éléments du passé ? m'enquis-je.

— Je ne le savais pas, mais tu viens de me le confirmer. Qu'as-tu trouvé ?

Les flammes enroulaient mes chevilles et remontaient le long de mes jambes. Mes paupières, elles, descendaient comme pour faire contrepoids.

— Lisa ! Tu m'entends ? Qu'as-tu trouvé ?

Tom me cachait quelque chose…

— Réponds-moi ! lança-t-il en se reculant.

D'un regard oblique, je lui désignai le carnet.

Il jura et soupira longuement en l'apprivoisant dans ses mains. Il s'apprêtait à subir la même épreuve. Quant à moi, j'étais déjà partie. Les flammes m’emmenaient loin dans les pages du carnet de ma mère. Et mes rêves, comme un diamant sillonnant un vinyle, se promenaient sur son écriture fluide et voluptueuse. Dans le recoin d’une lettre bien calligraphiée se cachaient ses pièges, ses montagnes et ses gouffres. Mais qu’importe ! J’en franchirais les obstacles et entendrais sa musique, son histoire…

9

Décembre 2012, Paris, Mégane,

Voilà trois semaines que Mathias était maintenu dans un coma artificiel. J'espérais tant qu'il trouve une raison suffisante de se battre et de continuer malgré tout, pour les enfants. Ils avaient tant besoin de lui. Dans cette chambre, assise sur le bord du lit, je tenais ses mains, moites et froides. Bien que je sois exténuée du voyage – nous étions rentrés la veille de Nouvelle-Calédonie –, le temps s'était arrêté. Je ne l'abandonnerais pas une seconde fois.

J'avais ressenti un profond mal-être, là-bas. Je ne voulais pas laisser Mathias, mais cela avait été plus fort que moi. Antoine s'était livré pour la première fois dans ce café, me confiant les secrets qui avaient rongé son âme. Puis cette image ! Comment ne pas la fuir ? Comment supporter l'ignominie ? J'avais donc vécu les vacances avec Lucy et les enfants comme un rêve surréaliste, l'épilogue d'une vie insensée. Mais à présent, la duperie s'était tue. J'avais tellement honte pour Antoine !

Un homme entra. Il me reconnut le premier.

— Mégane ?

Il se rappelait mon prénom…

J'étais confuse. Son regard se posa sur moi, sur mon allure négligée.

— Tristan ?

Nous nous sourîmes.

Cinq ans auparavant, Tristan était le jeune médecin qui m'avait annoncé ma grossesse alors que j'avais été hospitalisée pour l'appendicite.

— Qu'est-ce que vous…

On frappa à la porte. Lorsqu'ils entrèrent, je reconnus les parents de Mathias. Je m'enfuis, me faufilant entre les silhouettes. Je ne voulais ni les voir ni leur parler. Et c'était bien réciproque à en juger par l'expression de leur visage.

Dans le couloir, j'avançai, le cœur lourd. *Je l'ai quitté si vite.* Tristan s'élança sur mes pas. Son regard tendre me fit du bien. Selon lui, l'état de Mathias était stable. Je n'aimais pas ce mot : « stable », juste une position d'équilibre, comme dans ces jeux pour enfants où la bille nichée tout en haut du manège n'attend qu'un souffle pour basculer d'un côté ou de l'autre. Mathias et moi flirtions avec cet équilibre. Prêts à basculer, nous aussi. Tristan décela mon malaise. Il me raccompagna jusqu'à la sortie.

Les jumeaux et moi passâmes encore six soirées à veiller leur père dans le coma. Nous étions sa famille. À chaque visite, Tristan tâchait de se montrer rassurant. Il s'occupait si bien de lui. Enfin, son état de santé s'améliora. Il ne nécessitait plus le maintien du coma.

Le lendemain serait un grand jour ! Les médecins allaient le réveiller.

Tristan m'invita à dîner. Je ne devais pas rester à ruminer ce soir-là, à me passer en boucle les multiples possibilités, l'espoir ou le néant. Mais ce n'était pas tout. Très égoïstement, j'espérais que Mathias se réveille pour sauver mon salut. S'il mourait... *Mon Dieu...* - rien que d'y penser, mon corps tomba de plusieurs étages -, s'il mourait, je mourrais avec lui.

La baby-sitter était arrivée. Je m'appliquai à me farder à outrance. J'avais le teint blême. Je voulais faire meilleure impression à Tristan que lors de notre première rencontre à l'hôpital.

Je me demandais pour quelle raison il s'intéressait à moi, avec mes deux « valises » et mon air « à côté de ses pompes ». Il m'intimidait. La médecine était un domaine qui me fascinait de plus en plus. Quel engagement ! C'étaient eux, les vrais héros ! Tous ces médecins..., les héros de l'ombre. Ils étaient si généreux de leur personne.

— Ça fait longtemps que tu es installé à Paris ? demandai-je durant le dîner.

— Deux ans. On m'a offert le poste de chef de service. Pas le plus facile. Celui des urgences. Et toi ? Tu es ici depuis longtemps ?

— Ça fait cinq ans environ. Quand on s'est rencontrés, à l'hôpital de Bordeaux, j'étais en visite chez mes parents.

– Et Mathias ? Est-ce qu'il est ton petit ami ?

– Il l'était. Il ne l'est plus. C'est le père des jumeaux.

– Cet homme que je vois rôder autour de sa chambre peut-être… ?

– Un homme ?

– Dans la trentaine. Assez beau garçon. Il m'a demandé si tu venais voir Mathias. Il te cherche, à l'évidence.

– Ne lui dis rien surtout. Entendu ?

– Bien sûr.

Tristan était un homme plein d'assurance et de fraîcheur. Néanmoins, il en demeurait délicat. Il ne chercha pas à en apprendre davantage sur ce « beau garçon » qui en avait après moi. Nous finîmes la soirée sur son balcon, un moment d'intimité somme toute amical, sous la bruine d'automne et les senteurs d'herbe mouillée qu'exhalait la cour commune en bas de l'immeuble. Nous parlâmes longuement, comme deux êtres qui ont soif de l'inconnu de l'autre.

J'étais fascinée par sa faculté de se distancier de ses patients, et de la mort. Il la côtoyait sans essayer de la combattre. Bien au contraire, il la comprenait. En ce sens, Tristan était un homme qui croquait la vie à pleines dents !

À la pointe du jour, il me laissa à l'arrêt de bus et

accompagna sa démarche d'un baiser sur la joue, l'air bouleversé.

Je n'aurais pas dormi, de toute façon.

Grâce à lui, ma nuit blanche n'avait pas été si longue. Je veillai Mathias avec un regain d'énergie. J'avais le devoir de lutter à sa place ! J'étais prête à tout lui accorder, y compris une nouvelle vie avec les enfants et moi s'il le désirait encore… Mais qu'il se réveille ! C'était si long.

Tristan sortit de la chambre. Son visage tranquille avait fait place au doute. Mes mains entourant celles de Mathias, toujours froides, tremblaient. Les médecins ne le réveilleraient pas comme prévu. Mathias avait fait une infection durant la nuit. À vrai dire, je n'avais pas écouté ce long jargon chirurgical. Mon attention s'était figée sur la gravité du visage de Tristan. Désormais, Mathias était sous antibiotique, et son état n'était plus suffisamment « stable » pour le sortir du coma. Sa bille avait perdu sa position d'équilibre. Mathias glissait dans le creux du manège. Je n'en fus pas surprise. Quand je le regardais sur son lit d'hôpital, je voyais bien qu'il était plus proche de ses rêves que de moi. Je sortis de la chambre, impuissante. Il n'y aurait pas de plan B., Mathias ne s'était pas réveillé.

Dans le couloir de l'hôpital, je croisai ses parents. Ils discutaient avec Tristan. Rose pleurait. Pour la première fois, j'éprouvai de l'empathie pour « la mère ». Uniquement pour la mère. Ils ne me virent pas. Je me cachai derrière un chariot, comme dans ces mauvaises séries américaines, pour entendre leur conversation. Lorsque Tristan regagna la chambre de Mathias, Rose se tourna vers son mari et dit : « *C'est sa faute. Cette saleté lui a tout pris. Elle ne perd rien pour attendre ! Je ne veux pas revivre ça...* »

Rose n'avait pas tout à fait tort. C'était bien moi qui avais réveillé la jalousie d'Antoine. Mais je n'étais pas responsable de sa folie. Pourquoi m'accusait-elle aussi facilement ? *Bah ! Ce que pense Rose n'a aucune importance.*

« *Je ne veux pas revivre ça…* ». De quoi parlait-elle ?

Le téléphone sonna au milieu de la nuit. La sirène après la catastrophe. Je ne dormais pas, elle sifflait déjà à mes tympans. Mathias avait fait un arrêt cardiaque. Son visage s'illumina devant mes yeux, son sourire d'ange, son regard tendre, ses cheveux d'ébène. Sa voix résonnait dans ma tête. Je l'entendais rire avec les enfants. Je pleurai. Ma vie venait de s'envoler avec le dernier battement de son cœur.

Il s'était bien battu, lui. M'assénant le coup fatal de son implacable justice contre mon silence…

10

Le jour des funérailles, je pleurai longuement sur sa dépouille. Je ne voulais pas quitter Mathias. Durant la cérémonie, mon esprit s'échappa, cherchant un moyen de l'atteindre. Je lui demandai pardon, sans trop y croire, puisque je ne me pardonnerais pas moi-même.

Je tenais la main des jumeaux qui regardaient le cercueil descendre dans le caveau et emporter leur papa à tout jamais. À cinq ans ! *Mon Dieu,* qu'est-ce qu'ils y comprenaient ? L'innocence leur fit ouvrir de grands yeux avant de laisser place au désespoir. Leur tristesse me terrassa. Je ne voulais pas qu'ils assistent à l'enterrement. Rose avait insisté, et j'étais trop faible pour me battre. Pourtant, la dernière chose que je souhaitais était que mes enfants voient leur père s'enfoncer dans la noirceur du monde. Ma mère était là elle aussi, Dieu soit loué.

J'entendis l'âme de Mathias crier : « *Vengeance !* », quand les enfants jetèrent une poignée de terre sur son cercueil, avant de laisser place à un silence effroyable, que je comprenais, horrifiée. La famille se dispersa, bruyante pour nous deux. Me retrouvant enfin seule devant la tombe fraîche, je m'agenouillai dans la terre, et me mis à prier. « *Papa, prends bien soin de mon Mathias, je te le confie. Et… protège-moi comme tu l'as toujours fait. Donne-moi ta force. Je vais en avoir besoin…* » Sur cette pensée assommante, je me redressai et mes pieds glissèrent dans la terre fraîchement remuée. Mon corps bascula en arrière et mon dos buta sur quelque chose…, sur quelqu'un. Je sentis son torse contre moi, ferme, sa lente respiration, son odeur musquée. J'étais déjà vaincue. *Il* était la seule personne capable de me réconforter, la seule aussi capable de me détruire. Il me tourna le menton afin que je le regarde. Mon regard demeura ancré dans l'abîme avec Mathias. Je ne voulais pas qu'*il* lise sur mon visage. Je sentis son souffle brûlant dans mes cheveux, sur ma nuque. *Il* me sortit du chaos avec un baiser. Ses larmes coulaient sur mes joues, y laissant un froid glacial lorsqu'elles s'évaporaient dans le vent. Il pleurait.

Comment osait-il venir ici, sur mon caveau familial ? Car Mathias avait souhaité être enterré au côté de mon père à Bayonne. Je ne l'avais pas compris tout de suite, mais Mathias savait que, le moment venu, je viendrais me coucher près de lui. Nous aurions alors l'éternité pour nous retrouver. Il aurait l'éternité pour me pardonner. Ce choix adoucirait ma douleur pour le restant de ma vie.

– Lâche-moi. Tu es un Monstre ! Si tu viens marquer ton territoire, sache qu'il est en cendres. Il n'y a plus rien à sauver, haletai-je.

– Pourquoi es-tu si brutale avec moi ? C'était mon frère !

— Je t'interdis de parler de lui comme de ton frère ! C'est toi ! C'est toi qui l'as tué.

Antoine plissa les yeux, diaboliquement calme.

— Que cherches-tu ? À ce que je porte ton fardeau à ta place ? Ah ! C'est déjà fait. J'ai accepté de n'être qu'une moitié de femme pour toi, un bout d'âme dans le prolongement de la tienne. Durant cinq ans, j'ai essayé de chasser ton souvenir. De me réconcilier avec l'ombre que tu as fait de moi. Mais je n'ai plus la force de me battre seule contre tes démons. Je ne sais si je pourrai enfermer ton secret…

Antoine me caressait la joue tout en me tenant fermement la nuque. Son regard était tendre. Son sourire, paisible. Déséquilibrée, je basculai un peu plus, me retrouvant prisonnière entre ses bras. Ses lèvres happèrent les miennes, son souffle me susurrait des mots doux à l'oreille. Je sentais son érection courir sur ma cuisse, devant Mathias qui nous regardait. Un spectacle honteux pour moi, jubilatoire pour Antoine. Mon corps frêle et tremblant entre ses mains de fer n'était pas en mesure de négocier la trêve. Mathias, cependant, me donna la force de lutter. Il était près de moi. Je me débattis rageusement, mais Antoine ne desserra son emprise que lorsque je me mis à hurler.

Il disparut.

À nouveau seule, agenouillée devant la tombe, devant *ma* tombe, je jurai de le détruire jusqu'à ce que la mort nous sépare. Je sursautai quand les mains de ma mère m'attrapèrent par les épaules pour me relever.

— Rentrons chez nous, dit-elle.

Antoine n'avait pas nié, et pourtant, lorsque je fermai les yeux à l'arrière de la voiture, son sourire ravageur et sincère m'apparut et me réchauffa.

C'est un ange, mon ange ! J'entendais le cœur de Mathias battre dans la poitrine d'Antoine. Sa fréquence mélodieuse, telle le clapotis des vagues à contre-courant, annihilait mes sens tandis qu'elle impulsait à Antoine une force peu commune, comme un balancier sans fin. Antoine m'attrapa par le bras et me tira en arrière pour m'écarter de la tombe de son frère. Sur l'instant, je l'aurais suivi où qu'il aille, sans même savoir qui il était. Simplement parce qu'il m'aveuglait et que j'avais besoin d'être aveugle. Je voulais que son visage d'ange masque la vérité, qu'il l'écrase avec ses baisers, qu'il l'anéantisse avec sa force, parce que mon amour m'empêchait de le pousser dans la tombe et de l'enterrer vivant avec son frère !

Ma tête pesait lourd sur l'oreiller. Antoine dormait à poings fermés. La mort de Mathias l'avait libéré de ses inhibitions. Antoine était plus conscient de son corps et enclin aux émotions de l'amour.

Si je l'avais osé, j'aurais écrit qu'il était devenu plus

sage.

À l'évidence, lui et moi n'étions pas hantés par les mêmes démons. Les miens me poussaient vers lui inéluctablement. Ma tête ballottait à présent. J'avais fait une folie, une abominable folie, *j'ai embrassé cette ombre qui a tué mon âme...*

L'esprit brouillé, les images tanguaient. Antoine s'inclinait dangereusement, prêt à basculer dans le vide. J'ouvris les yeux brusquement. Ma mère m'adressa un tendre sourire dans le rétroviseur. La voiture en plein virage. Lisa dormait contre mon épaule, tandis que Tom regardait au loin, par la vitre.

Ce n'était qu'un mauvais rêve.

Nous finîmes les vacances de Noël à Bayonne, chez ma mère. Naturellement, après le décès de mon père, il y avait déjà trois ans, elle avait quitté Mérignac pour se rapprocher de sa sépulture à Bayonne, ma ville de naissance. Je n'y avais que peu de souvenirs – à l'exception du cimetière –, car j'avais passé une grande partie de mon enfance à l'étranger, notamment en Nouvelle-Calédonie.

Chaque jour, nous nous efforçâmes d'entreprendre une nouvelle activité. Cette ville était magnifique, chargée d'Histoire. Parfaite pour distraire les enfants, les détourner de leur chagrin. Car cette année, le père Noël avait emporté leur papa dans sa hotte pour le rapprocher de sa destination, les étoiles.

La veille de notre départ, pendant que ma mère et les jumeaux flânaient dans le quartier historique, j'allai me recueillir sur la tombe de Mathias et de mon père. Je m'y rendais chaque jour, mais ce jour-là régnait un calme résolu. Dans le silence du vent, je sentis leur amour me frôler comme une caresse. Sans doute devrais-je laisser faire le temps. J'esquissai un sourire en songeant que Mathias s'était trouvé le voisin idéal. Seul mon père était capable d'aimer si fort ! *Paix à leurs âmes.*

Je me promenai dans le quartier du petit Bayonne et m'arrêtai devant le musée. Depuis la mort de Mathias, c'était la première fois que je manifestais de l'intérêt pour autre chose que la mélancolie. Je n'avais plus pensé à l'art depuis. J'aperçus ma mère et les enfants à l'intérieur. Elle adorait les musées et tout ce qui se rattachait à la culture. Cependant, je n'étais pas certaine que les « traditions régionales » captivent beaucoup des enfants de cinq ans. Je souris en les voyant s'amuser à cache-cache entre les piliers. Ensuite, nous allâmes boire un chocolat chaud et rîmes des moustaches de lait que les enfants se dessinèrent autour des lèvres. Premiers rires non étranglés par les larmes. La journée se termina au bord de la Nive. Tandis que Tom et Lisa jetaient des cailloux dans l'eau, mon regard se perdit dans les milliers d'éclats rougeoyants que formait le crépuscule dans les éclaboussures.

Ce fut vraiment une belle journée.

11

La vie reprit son cours. Guirlandes et boules avaient été retirées pour laisser place au doux parfum de janvier et de son lot de bonnes résolutions. La mienne ? Continuer sans Mathias. Son absence pesait sur les jumeaux comme une croix sur le dos. Une croix que j'aurais aimé porter à leur place. L'apparition d'Antoine aux obsèques n'avait fait qu'aggraver mon trouble. J'avais besoin de réponses. Je ne pouvais plus regarder mes enfants sans que le sourire satisfait d'Antoine se dépeigne sur leurs lèvres innocentes. Ça me tuait... Cependant, je tenais bon. Je connaissais sa tactique. Il frappait au moment où je trébuchais.

Tristan m'offrait son appui. Je le laissais s'approcher doucement, s'introduire dans ma vie. Cet honnête homme. Il me faisait la cour comme un parfait gentleman du XVIIIe siècle. Il comprenait le combat que je livrais, bien qu'il en ignore toute la férocité.

Pourtant, cette complicité naturelle m'effrayait. J'avais peur de ne plus trouver ni âme ni saveur dans mes relations amoureuses, de ne plus rien ressentir. Car je m'étais perdue entre l'hôpital et… cet homme, toujours dans mes pensées, dont, pour la troisième fois, ma plume refusa de coucher le prénom sur cette page, tant il en aurait sali le papier.

Les bénéfices du séjour à Bayonne s'estompèrent aussi vite que l'eau s'évapore sur une ardoise, et je fus contrainte d'admettre cette vérité : j'étais trop faible pour faire « comme si ». Mes jambes étaient comme des spaghettis, fines et cassantes, et le regard de la société m'était insupportable. Il me renvoyait sans cesse à *lui*. Je perdais la raison, la distinction entre le bien et le mal, tout ça… Je rêvais de lui, souvent. Son visage, son sourire m'apparaissait telle une grâce : ces beaux rayons de soleil qui percent entre les nuages. Ce paradoxe m'étouffait.

J'avais peur de le croiser dans les transports en commun, dans les parcs, au supermarché… Petit à petit, je commençai à vivre en parfaite recluse. Néanmoins, je ne voulais pas de cette vie pour les jumeaux. Ils méritaient de grandir dans un monde de poupées, de petits oursons doux et aimants, de contes et de comptines, de ballons d'anniversaires… Je n'avais pas le droit de leur voler leur enfance et pourtant, je devais les protéger en me protégeant moi-même. J'étais encore si faible. J'ignorais si je pourrais lui résister.

Et lui, m'oublierait-il ?

Non.

Un soir, alors que je rentrais de ma journée de travail, je trouvai une lettre déposée à mon attention devant ma porte. Elle était d'Antoine. Il savait donc où j'habitais.

« Il faut qu'on se parle ! Viens chez moi. Sinon, c'est moi

qui viendrai ! »

Un long frisson glacé s'invita le long de ma colonne vertébrale. Pas question qu'Antoine voie les enfants. J'irai !

Je sonnai chez lui plus de dix minutes, sans succès. Je descendis la cage d'escalier, la tête basse. Après toutes ces années, Antoine avait fait de moi sa marionnette, impuissante face à son pouvoir destructeur. Je m'arrêtai sur une marche pour reprendre mes esprits, lorsque mon regard rencontra des chaussures, puis un pantalon, une ceinture, un pull-over… Un homme, grand et élégant, se dressait devant moi. C'était lui. Je le savais aussi sûrement que mon cœur cognait dans ma poitrine. Parce que sa présence me pénétrait entièrement. Plantée comme un santon, je l'observai. Il n'avait pas changé. Jamais. Pour moi, il serait toujours ce garçon fragile et écorché. Dangereuse vision. Mon courage vacillait comme mon corps sur ces marches. J'avais envie de l'embrasser. Pourrais-je lui faire du mal ? Arriverais-je un jour à le défier ?

— Tu voulais me voir, demandai-je avec un trémolo dans la voix.

— Viens. Nous serons mieux à l'intérieur, répondit-il.

— Non. Je crois qu'il est préférable que nous allions dans un endroit… fréquenté.

– Tu as peur de moi alors, affirma-t-il, la mine triste.

Comment fait-il cela ?

– Ce n'est pas ça ! Et tu le sais…

Il m'adressa un sourire désarmant, conscient de son pouvoir.

– Voilà, c'est de ça que j'ai peur...

– Tu me manques tellement. Depuis ce matin-là, sur la plage… Mon erreur… Tu ne peux pas savoir comme je regrette mon geste.

S'il faisait allusion au matin où il avait tenté de m'étrangler sur la plage d'Étretat, j'avais dorénavant un problème de conscience plus grave à lui asséner.

Il me saisit par les épaules et je reculai promptement en trébuchant sur les marches.

– OK. Allons boire un verre, capitula-t-il.

Installés autour d'un verre de blanc, Antoine et moi nous regardions. Je repensais à son histoire, celle qu'il m'avait livrée lorsque Mathias était à l'hôpital, quelques semaines auparavant. L'enfant mal aimé, l'adolescent brisé… Cela m'attendrit. Seul mon ventre contracté, lucide et juste témoignait du danger. Je devais l'écouter.

– Les affaires marchent bien à ce que je vois.

Je gagnais du temps.

– Oui. Le marché de l'informatique est en plein essor.

– C'est bien, dis-je en me raclant la gorge.

Antoine me fixait en souriant. J'avais sans nul doute le plus grand séducteur du siècle sous les yeux, et certainement le plus dangereux aussi. Les épreuves me fragilisaient. Le chaos s'invitait souvent dans ma tête ces temps-ci et, dans ces moments, mon corps prenait le relais : la survie du corps contre la mort de l'esprit.

La main d'Antoine s'avança lentement sur la table en pianotant. Il tentait un rapprochement. Lorsque je sentis le contact, je retirai ma main brusquement, malgré la sensation de plénitude qui m'avait envahie. Cela ne m'était pas arrivé depuis des années.

– Pardonne-moi, Mégane. Pardon. Je t'aime toujours. Je suis heureux que tu sois venue, murmura-t-il, néanmoins blessé de ma réserve.

– Je te pardonne, dis-je, faisant allusion à l'étranglement, parce que maintenant, je comprends ta jalousie à l'égard de ton frère. Mais pour ce que tu as fait…

– Chut, fit-il en me mettant un doigt sur la bouche. Ne parlons pas de ça ici. Viens chez moi… Et je te dirai tout.

Je n'eus pas le choix. Sournoisement, Antoine me menaçait. Il y avait eu sa lettre, et à présent son regard.

À peine eut-il refermé la porte de son appartement, qu'il me plaqua contre le mur pour m'embrasser. Je luttai de tout mon être afin de lui résister.

– Je vais te dénoncer, éructai-je pour l'écarter.

– Mais de quoi tu parles ?

– N'es-tu pas fatigué de faire semblant ? Ah ! Ton air innocent crèverait l'écran, mais il ne prend pas avec moi. Et la boxe, comment ça se passe ?

Moue d'incompréhension. Je devins plus explicite.

– Ta bosse sur le front, ça va mieux ? Elle s'est résorbée, on dirait ! Tu as de la chance, parce que moi, vois-tu, j'en ai une grosse qui grandit dans le ventre. Elle me bloque la respiration ! Je ne savais pas qu'ils admettaient les voitures sur les rings !

– Tu m'accuses de sa mort, c'est ça ? ricana-t-il.

– Évidemment ! Il faudrait être stupide pour ne pas l'imaginer.

– Oui ! L'imaginer… Tu as raison sur ce point.

– Alors, tu nies ?

Antoine planta ses yeux livides dans les miens, noirs de haine, puis les baissa. Je regardai sa salive qui peinait à descendre dans sa trachée. La mienne se bloqua dans mon pharynx et provoqua un hurlement de rage.

– Ah ! Salaud ! Ordure ! Assassin !

Tous ces mots retenus depuis la mort de Mathias, et qui étouffaient dans mon ventre, en sortirent comme des boulets de canon. Malheureusement, ils ricochèrent sur l'âme métallique d'Antoine pour me revenir en pleine figure.

– Ah ! Tu délires, ma pauvre. Ce qu'il s'est passé entre Mathias et moi ne te concerne pas. Mathias est mort d'un accident de voiture. C'est la seule vérité qui sortira de ma bouche. Je suis désolé si tu veux en entendre une autre.

Épuisée, blessée par les balles du désespoir, je pleurai. Antoine me prit dans ses bras avec autant de passion que j'avais exprimé ma colère. Sans doute le voyais-je plus noir qu'il ne l'était, puisqu'il s'évertuait à dire que cela ne me concernait pas.

Mathias est mort et ce ne sont pas mes affaires !

Je ris de douleur.

– Je vais te laisser un peu de temps, Mégane. Tu n'es pas prête à entendre ce que j'ai à te dire. Sache que je serai là pour t'aider à traverser cette épreuve.

La journée se termina sans aveu, et me plongea dans la confusion la plus totale : le bien, le mal..., finalement, quelle différence ? Dans ses yeux, je n'en vis aucune.

Tout cela était *ma* faute.

C'était moi le mal dans cette histoire. Moi, l'Injustice, tant que je continuerais à taire la vérité sur la mort de Mathias.

12

— Pourquoi tu ne peins plus, maman ? C'est à cause du monsieur que tu as déjà peint ? demanda Lisa, l'air grave, en entrant dans ma chambre.

Lisa faisait allusion à Antoine.

Je la pris dans mes bras. Le manque. Mathias était le seul père que les jumeaux aient jamais connu.

— Oh ! ma chérie. Il est devenu laid, vois-tu ? répondis-je en frissonnant. Et j'attends de peindre quelque chose de beau, tu comprends ?

— Ben, moi je suis belle !

— Tu es magnifique, mon ange ! Tu sais quoi ? Tu as raison. Mets-toi là, fis-je en désignant le coin qui bénéficiait de la plus belle lumière.

Je regrettais tant mon atelier.

Je pris promptement mon crayon, une grande toile, et me mis à la croquer.

Quand j'eus fini, je lui fis promettre d'oublier vite ce monsieur, en la serrant tendrement contre moi.

— C'est promis. Je t'aime, maman !

Je sentis son petit cœur battre vite et fort dans sa poitrine. L'énergie de l'innocence, tout ce qui me manquait…

— Allons au théâtre, lançai-je en passant un bras autour de ses épaules – j'avais inscrit les jumeaux pour les aider à évacuer ces émotions qui les étouffaient.

Ils auraient le théâtre, et il me restait la peinture. Comment avais-je pu négliger le plus important ?

Le halo de lumière autour du visage d'Antoine le sublimait. J'avais de la chance de pouvoir le peindre dans cet atelier magnifique, chez moi.

– Avoue que tu ne peux pas te passer de moi ? lança-t-il, rayonnant.

Je souris gravement. Qu'espérais-je au fond, sa rédemption ? À défaut, quelques regrets. Je détourai ses hanches. Mon pinceau s'appliquait à épancher de l'encre invisible sur le papier, mes larmes.

– Pourquoi ne puis-je être comme toi ? La raison perdue, dis-je laconiquement.

Ses mains, encore humides, quittèrent le papier rugueux pour caresser mes joues, tendres et lisses. Elles s'embrasèrent à leur contact, déversant des larmes de feu qui brûlèrent le dessin.

– Ces larmes… vengeresses, elles sont pures, authentiques, je t'aime pour ça, entendis-je chuchoter. Cela devait finir d'une façon ou d'une autre. Je regrette juste que… Ma Mégane, tu es simplement un dommage collatéral dans cette histoire, expia-t-il.

Le sel asséchait ma gorge, et pourtant, ses mains liquides m'étranglaient à présent. Je me noyais. Le feu de mes larmes ne parvenait pas à les vaporiser. Le dessin, lui, était en cendres.

Antoine quitta sa position de modèle. La vague

s'avança vers moi, nue. Lentement, elle resserra son étreinte autour de mes tempes. Mon pouls s'accéléra. Je soufflai sur les cendres en espérant qu'il disparaisse. Rien à faire, il était bien là. Je le reconnaissais alors. Son crime, Antoine le portait dans ses gestes, sa bouche. Son odeur en était imprégnée. Il n'était ni loyal ni désolé.

Son portrait m'éclaboussait par sa candeur.

Je me risquai à le toucher. Peut-être parce que je souffrais trop. Je flottai, naviguai sur sa peau de pêche tout à coup. M'élevant au-dessus des âmes perdues, sachant bien que la redescente n'en serait que plus rapide.

Et je recommençai avec délice à embrasser cette ombre qui avait tué mon âme…

J'émergeai lentement. Je m'étais assoupie en attendant l'heure d'aller chercher Lisa et Tom au théâtre. Sous mes yeux, le tableau de Lisa était bien réel, lui. Elle était si belle.

Encore un de ces cauchemars dans lequel je me donnais à Antoine, la mort dans l'âme !

Du bout des doigts, je caressai mes lèvres. Leur volupté m'indiquait tout le contraire, me jetant dans le désarroi.

13

Paris, Lisa,

Je serrai Charlie contre moi. Moi aussi, je sentais son petit cœur battre vite et fort contre ma poitrine. Je humai son parfum délicat de nourrisson, cette odeur unique qui lie l'enfant à sa mère pour la vie. Comme Charlie, mon odeur avait fait la joie de ma mère. Tout son courage aussi. Et, lentement, je devais apprendre à lui pardonner…

Tom me regardait. Son corps leste s'appuyait contre l'encadrement de la porte. Ses yeux gris-vert me questionnaient. Il me trouvait sans doute courageuse d'être mère sans modèle. Je me demandai si Tom serait père un jour. Il avait manqué d'un père, bien plus que moi d'une mère. À vrai dire, Tom avait manqué de tout. Rien ne l'avait jamais épargné, pas même sa sœur qui le soupçonnait de lui cacher bien des choses.

– Tiens, fit-il en me déposant dans la main ma pierre porte-bonheur. C'est l'heure !

Le théâtre de quartier de la rue Saint-Georges dans le 9e arrondissement de Paris faisait salle comble. Le trac montait. Je reprenais mon rôle après la maternité. Le rôle féminin principal.

Tom était venu nous applaudir. Il avait une bonne place. Le trac monta encore d'un cran. Des années que mon frère ne m'avait pas vue jouer sur scène.

J'appréciais ses efforts.

Je serrai fort mon gri-gri, un talisman orné d'une pierre de Jade, avant d'entrer en scène. Mon rituel. Ma grand-mère me l'avait rapporté d'un de ces voyages. Il chassait les mauvais esprits. Je savais qu'elle me regarderait, de là-haut. Qu'elle serait derrière chacun de mes pas, chacune de mes répliques, comme toujours.

Depuis les coulisses, j'écoutais le public rire et applaudir entre chaque scène. Cette comédie romantique décalée, à la Molière, faisait un carton. J'étais sur un petit nuage. Nous en étions à la fin du deuxième acte. La pièce en comptait trois.

– Vos paroles reflètent si mal vos attraits. Mais puisque vous m'y obligez, je vais vous expliquer la chose.

Justin me donnait la réplique. Il était mon amour éperdu, dans cet acte.

– Vous appelez ça « la chose », vous ?

– Oui, bien entendu !

– Moi ! Je l'appelle frivolité. Pour ne pas dire…

– Ne le dites point !

Justin écrasa ma bouche avec son pouce puis en caressa langoureusement le contour. Il approcha ses lèvres :

– Ce langage ! De votre bouche, pourtant si séduisante. Je pourrais…

Dans la pièce, j'étais censée lui rire au nez en le traitant de bouffon rêveur ! Mais je n'en fis rien. Justin me faisait penser au portrait d'Antoine. Cette passion dans les yeux… La carrière de Justin était prometteuse ! Il me fit perdre pied. Je basculai, bégayai. Une seule phrase sortit alors, limpide entre toutes, puissante comme un boulet de canon :

– J'ai recommencé à embrasser cette ombre qui a tué mon âme !

Justin me regarda, interloqué. Immobile, j'analysai ce que je venais de dire, ce qui m'avait échappé. J'eus envie de tourner le dos à mon public pour m'enfuir à grandes enjambées. Mais Justin enchaîna son texte, avec une expression d'encouragement. Ce lapsus avait dû passer inaperçu. Mais pour moi, tout était fichu. Le plaisir d'être sur scène, la plénitude d'exulter, la jouissance d'être dans la peau d'une autre ! J'étais *moi*, cruellement ancrée aux planches de ce théâtre. Je ne jouais plus la comédie. Je jouais simplement le drame de ma vie. Cette pensée fut comme un détonateur ! Telle une diva des plus grands opéras, je chantai mon désespoir, le criai, le tonnai. L'afflux de sang dans ma tête me fit perdre mes jambes. Je m'écroulai à terre. Tremblante et imbibée de larmes, je ne trouvai face à moi que le silence.

Le rideau tomba !

J'avais confié mon âme au néant. Quelle absurdité

de se livrer à une foule vide ! Lorsque je me relevai, elle me renvoya l'écho du parquet grinçant.

Tom accourut en coulisses. Je me cramponnai à son cou, telle Cendrillon en guenilles.

Je n'eus pas le courage d'affronter la troupe. Je savais que je venais de gâcher des semaines de travail. Leur monde.

Tom et moi nous retrouvâmes face à face dans le salon de notre enfance. Tom m'observait, inquiet, et en colère. Tom était toujours en colère.

– C'est quoi toutes ces horreurs que t'as balancées ? Qu'est-ce qui t'a pris ? gronda-t-il.

– Ça tournait dans ma tête en permanence. Il fallait que ça sorte.

– Devant cinq cents personnes ?

Mes lèvres s'affinèrent.

– Je me le reproche assez. J'ai tout gâché ce soir, soufflai-je pour moi-même.

Tom m'adressa un regard compatissant chargé de reproches.

– As-tu lu le carnet ? ajoutai-je en lui tendant l'outil de ma souffrance.

– C'est des conneries, tout ça ! Tu perds ton temps ! Maman est morte, habitée par des démons plus forts qu'elle !

– Les mêmes que les tiens, apparemment… Ne me fais pas croire que tu n'en as aucun. Que tu ne crois pas à tout ça ! dis-je en tapotant le carnet. Tes démons sont peut-être encore plus féroces que les siens.

Tom baissa les yeux.

– Quelque chose cloche. Cette histoire possède une part inachevée et…

– C'est parce qu'il y a Charlie, c'est ça ? soupira Tom. Tu te poses des questions parce que tu es mère, maintenant. Mais tu n'es pas *elle*. Pourquoi souffrir du passé ? Tu n'abandonneras pas ta fille, tu m'entends ! Cette « vérité » que tu cherches n'existe pas !

– Ç'a l'air de t'arranger, on dirait ?

Les mots de Tom sonnaient faux à mes oreilles. Ils jouaient une piètre mélodie. La mélodie du mensonge.

– Viens ! Je vais te montrer, déclarai-je en me levant d'un bond.

J'empoignai Tom. Mieux valait qu'il voie par lui-même.

Tom le dévisagea longuement. Antoine était partout. Comment ne m'en étais-je pas aperçue plus tôt ? La ressemblance était frappante. Désormais, je devais aimer mon frère malgré le dégoût. Je me recroquevillai et pleurai en silence. Tom me souleva, mais je n'étais plus Cendrillon - Cendrillon conservait l'espoir d'être aimée –, j'étais Hamlet, dans la tragédie de William Shakespeare. Il ne manquait plus que le fantôme de ma mère pour parfaire la scène !

Dans une manipulation parfaite, Tom me déposa

devant la maison en murmurant : « *Oui, je le savais* ». Cet aveu me fit souffrir par-delà les tréfonds de mon âme.

— Tu savais et ne m'en as jamais rien dit ? Tu savais que maman et lui, ils…, ils…

Les mots s'agrippèrent à mes lèvres, mais leurs lettres glissèrent une à une dans ma gorge, et je les avalai.

— Je crois que tu devrais te laisser du temps.

— Ah ! rageai-je, me laisser du temps, hein ! Mais toi, depuis combien de temps me dissimules-tu la vérité ?

Je lui cognai le torse avec mes petits poings serrés. Il m'étreignit vigoureusement en me couvrant de petits baisers nerveux.

— Calme-toi !

Je reculai. Tom me tenait toujours fermement, comme s'il avait peur que je l'assomme et le séquestre quelque part.

Il me vint alors à l'esprit un « détail » qu'il ignorait peut-être.

— Antoine est ton père ! tonnai-je.

J'espérais lui faire aussi mal. J'échouai.

Il secoua la tête, méprisant, avant de s'en aller et de me laisser plantée là ni vraiment chez moi ni vraiment ailleurs.

Que Tom savait-il d'autre ?

14

La veille au théâtre, j'avais montré ma part d'ombre.

Il faut se méfier de la nuit. Si les ombres n'existent plus, c'est pour mieux céder leur place aux fantômes.

J'avais peur de perdre les pédales. Je pris donc le premier train pour Bayonne. Je devais rendre son fantôme à ma mère. C'était à elle que je devais dire ces mots. Ceux qui s'étaient envolés dans la voûte du théâtre Saint-Georges, qui avaient gâché la pièce, et mon avenir par ailleurs.

Le théâtre était ma raison d'être.

Bayonne

« Salut mamie. Salut p'pa.

M'man ! tu pensais nous épargner, c'est ça ? Je l'ai lu ton torchon poisseux sous ses airs de livre d'or. Quand les mots s'envolent, que reste-t-il ? *Ce sont les derniers mots que tu as écrits. Eh bien, je vais te le dire, moi : le mensonge. Quelle lâche ! Tu as détruit ta vie pour un fantasme. J'enrage ! Ton cœur extravagant t'a consumée. Je l'ai compris dans les yeux d'Antoine. Son visage est partout dans ma tête, maintenant. Si je ne me détache pas, il me consumera, moi aussi. Tu n'es pas digne d'être enterrée avec mon père. Il était fou de toi et tu l'as trahi ! Si tu ne partageais pas cette tombe avec lui, je te cracherais dessus. Nous mentir ainsi, à Tom, à moi ! Jamais je ne pourrai te le pardonner.*

Jamais… Jamais… Jamais… »

Mes nerfs me lâchaient. Agenouillée sur la pierre tombale, je gémissais en pleurant. Ces derniers jours avaient été trop éprouvants. Mon monde s'était écroulé. Mot après mot, page après page, je m'étais vidée de mes larmes, de tout ce qui m'avait fait, moi, Lisa Parisi !

— Lisa ? Lisa… Lisa !!!

Un son diffus me parvint. Était-ce mon vertige qui bourdonnait à mes oreilles ? Des bras me soulevèrent brusquement. L'homme plaqua son corps chaud contre le mien, raide, et je reconnus la respiration de Pierre. Mon cerveau grippé mit encore quelques minutes à comprendre. Il était réellement là, avec moi. Je m'étais endormie ou évanouie sur cette pierre tombale. Et elle avait absorbé toute mon énergie.

— Mais qu'est-ce qu'il t'arrive ? Enfin, regarde-toi ?

— Et Charlie ?

Je peinai à aligner deux mots tant ma mâchoire était contractée.

— Tom est resté avec elle.

Je le fusillai du regard.

— Que pouvais-je faire d'autre ? Mes parents sont à l'autre bout de la France ! Tu t'es enfuie sans même dire où tu allais ! Crois-tu que ce soit là le comportement d'une jeune mère ou d'une compagne ?

— Comment as-tu su où j'étais ?

— Avec Tom, on a pensé que… Putain, Lisa, je me suis fait un sang d'encre ! Ne me refais jamais une peur pareille ! jura-t-il en me piégeant dans ses bras.

Durant le trajet, je me blottis contre lui. Son cœur cognait fort dans sa poitrine et me berçait au rythme lent de ses battements. Je m'endormis, choquée, contre sa tendresse.

Tom avait dû lire le carnet.

15

Printemps 2013, Bayonne, Mégane,

Nous allions rendre visite à mon père pour le quatrième anniversaire de sa mort. Rose était là-bas, sur la tombe de Mathias. Cela ne pouvait être une coïncidence. Elle nous espionnait. Son regard me transperça dès qu'elle m'aperçut. Elle ne croyait pas à la thèse de l'accident. Elle me soupçonnait… Qu'elle aille au diable, puisque c'était la mère d'un démon. J'attendais qu'elle s'en aille pour m'approcher. Ma mère me prit au dépourvu. Elle s'avança avec les enfants. Je voulus les retenir, ils étaient déjà hors de portée. La peur s'étendit alors comme un tapis rouge entre nous. Ma mère et Rose bavardaient tranquillement. Elles avaient à peu près le même âge, et elles avaient perdu des êtres chers à leur cœur. Je découvrais leurs points communs tandis que le tapis rouge s'assombrissait, tout bariolé de noir, à présent, comme une fosse commune entre nous. Rose lança un regard mauvais à Tom – ni lui ni ma mère ne s'en rendirent compte. Le pont pour traverser la fosse. Je marcherais sur le cadavre de Rose s'il le fallait !

Tom entre mes jambes, je me recueillis sur les tombes dans un mutisme pesant.

— Sale garce. Comment oses-tu venir te recueillir sur sa tombe ? Parle ou bien… ! éructa Rose en aparté.

Sur l'instant, je ressemblais à une ombre, les ombres, ça ne parle pas, pas encore…

Rose partit.

Ma mère vint m'aider quelque temps à Paris. Je crois qu'elle se sentait seule à Bayonne, loin de nous. Elle avait raison de rester avec les vivants. Nous étions trop à l'étroit dans ce petit appartement désormais. Sans compter la présence de Tristan, de plus en plus fréquente… Sa sollicitude me touchait.

Mathias avait fait un legs aux jumeaux, une assurance vie dont ils seraient les bénéficiaires au cas où il lui arriverait quelque chose. Une démarche déroutante quand on considérait son âge… En tant que tuteur de ces fonds jusqu'à la majorité des enfants, je projetais de racheter la demeure de Mathias. Celle où nous avions coulé des jours heureux durant deux années. Mathias ne l'avait jamais quittée. Cette demeure du XVIIe siècle avait tant de charme ! Ce serait comme un hommage rendu à sa mémoire. Qui plus est, investir dans l'immobilier à Paris était un bon moyen de faire fructifier l'héritage des jumeaux.

Il y avait une chambre pour tout le monde, pour chacun des jumeaux, et une pour moi. J'en rêvais ! Ma mère, elle, avait même ses propres appartements dans la dépendance au bout du jardin non loin du kiosque en fer forgé, cette serre qui me servait autrefois d'atelier. Après quelques rafraîchissements, cela redeviendrait un paradis. J'étais si heureuse de retrouver mon atelier, presque comblée. Il était tel que je l'avais laissé. Je ressentais la présence de Mathias en ce lieu. S'il ne passait que peu de temps dans la maison du fait de ses nombreux déplacements, je pressentais que l'atelier était devenu son repaire après notre départ. L'endroit où il pensait à nous. Je m'imaginais déjà peindre des heures durant. Me laisser aller à la rêverie dans ma chaise à bascule baignée de lumière feutrée, douce et enveloppante. Si la paix de mon âme existait, c'est là-bas que je la trouverais.

L'hiver passa comme un trait, une rature fine et sans bavure sur notre bonheur. Nos cœurs affligés n'avaient nul besoin de cette correction. Pourtant, il en avait été ainsi. La mort de Mathias me renvoyait sans cesse à mes erreurs. Fort heureusement, les travaux des chambres et de la dépendance - tout le monde avait mis la main à la pâte - nous avaient accaparé l'esprit. Et le printemps s'était incrusté, tenace, dans notre décor endeuillé.

Les jumeaux avaient besoin d'exercice. Tous les jours, après l'école, nous nous rendions au parc des Buttes-Chaumont. Ce jour-là, le printemps s'était déguisé en hiver. Cela arrivait souvent et rendait les jumeaux très agités. Leur excitation était palpable. L'enfance impulse le souffle vital, elle connaît la vraie respiration. Lorsque j'étais avec eux, je tentais de redevenir l'enfant heureuse de mon père. De retrouver ma respiration. Et je me sentais mieux, de jour en jour. Il était temps que je reprenne ma vie en main. Je ne pouvais pas continuer à vivre dans la peur qu'il resurgisse. J'avais réalisé que, quelle que fût la responsabilité d'Antoine dans la mort de Mathias, je devrais vivre avec la mienne. Et peut-être qu'un jour, je pourrais lui demander pardon.

Les jumeaux s'amusaient dans l'aire de jeu. Je reçus un message de ma mère : elle n'avait pas manqué son train. Ma mère souffrait de douleurs articulaires. Chaque année, elle faisait une ou deux cures pour apaiser ses tensions. J'appréhendais de me retrouver seule face à moi-même.

De retour du parc, les jumeaux chantaient à tue-tête en ramassant des cailloux. La grisaille était loin. Leurs cheveux bouclés sentaient le vent. Leurs joues respiraient le bon air. Cette sortie nous avait aéré l'esprit à tous les trois. Chaque mois, il y avait un jour plus dur que les autres. C'était le 12. Nous étions le 12.

Je marchais, empreinte d'une douce rêverie. Je faisais des projets avec Tristan. Pourquoi pas ? Ce fut mon corps qui se figea en premier. Antoine était posté devant le portail de la maison. Il ne lui manquait que le *Bearskin* et la baïonnette, et on l'aurait confondu avec la garde royale d'Angleterre.

Tenant les enfants fermement par la main, j'avançai

vers lui, désemparée.

– C'est qui ce monsieur tout droit devant chez nous ? Il ressemble au monsieur de ta peinture, s'inquiéta Lisa.

Tom serra un peu plus ma main. *Mon Dieu, qu'avais-je fait en la lui montrant, dans un moment d'égarement, dans un moment de franchise ?*

– Il n'y a aucun danger, les enfants. C'est un vieil ami.

Voilà ! C'est tout ce que je trouve à dire ! Vieil ami !?

Les jumeaux furent immédiatement rassurés. À six ans, la parole de l'adulte est forte. Je paniquai. *Comment Antoine va-t-il se présenter ?* Il était tout près, toujours aussi grand, toujours aussi beau. Il se baissa à hauteur des enfants et tendit une friandise à chacun.

– Maman dit qu'on ne doit pas accepter de cadeaux d'un inconnu, s'exclama Lisa.

Mon cœur battait à tout rompre. *Que va-t-il répondre ?*

– Mais, je ne suis pas un inconnu…, répondit-il en me toisant.

– Vous pouvez prendre les bonbons, les enfants, lançai-je, torturée.

Les jumeaux s'en emparèrent, tels des joyaux.

– Tiens ! C'est pour toi, fit Lisa en lui donnant un caillou.

Antoine contempla l'objet, lisse, rond et soyeux,

des étincelles plein les yeux.

— Merci beaucoup, ma princesse.

La situation m'échappait.

— Les enfants, allez jouer dans le jardin. Je dois parler avec le monsieur.

— Comment tu t'appelles ? demanda Lisa avant de s'éloigner.

— Antoine, ma beauté.

Satisfaite, Lisa rejoignit Tom en sautillant.

— Qu'est-ce que tu veux encore ? grommelai-je en me tournant vers Antoine.

— Ça fait quatre mois, Mégane. Je pense que tu es prête maintenant…

— Je t'écoute.

— Pas ici ! Tu ne m'invites pas à entrer ?

— …

— Laisse-moi entrer, Mégane. Ce que j'ai à te demander ne se dit pas entre les bonbons et les cailloux !

— Une demande en mariage ? ironisai-je.

Je reçus Antoine comme un « hôte ordinaire », un vieil ami. Je me laissai prendre au jeu, ou au piège… Je l'installai confortablement dans le salon avec un café et des petits gâteaux. Nous restâmes un long moment à regarder les enfants jouer dans le jardin. *Quel bel endroit !* Sans compter la chevelure d'Antoine qui brillait au soleil couchant.

— Tu vas mieux, remarqua-t-il.

— Je réapprends à vivre, Antoine.

— Je vois, c'est bien. Et… je ne fais plus partie de l'équation, c'est ça ?

Je le regardai, amère.

— Mais qu'est-ce que tu veux à la fin ? Tu te pointes tous les trente-six du mois, et tu t'attends à ce que je lise dans tes pensées !

— Parce qu'elles sont faciles à déchiffrer ! Tout, Mégane. Je veux tout ! Toi, les enfants, *mes* enfants… Une maison… Celle-ci est charmante, d'ailleurs.

— Tu as terminé de jouer avec ta dernière conquête, alors tu t'ennuies ?

— Non. Tu te trompes. Je n'ai eu personne de sérieux depuis… toi.

Je me tins la tête entre les mains en me massant énergiquement les tempes. « *Il est dangereux,* me répétai-je, *je le sais* ». Mais dans ce contexte si particulier, je ne voyais plus le danger. Non. Je voyais son air léger, sa bouche sulfureuse, ses cheveux d'ange. Je voyais son pouvoir sur moi, son sourire sur mes enfants, leur interaction à travers la vitre, le rire d'Antoine qui m'éclata à la figure quand Tom lui fit sa plus belle grimace… Et je l'invitai à dîner. Sous la contrainte, certes, cédant aux larmoiements de mes enfants qui m'imploraient. Ils adoraient avoir des invités, et c'était chose rare, ces temps-ci. Ils n'eurent guère à insister. Antoine me manquait.

« Je sais ce que vous vous dites, vous qui lisez ce carnet : mais pourquoi se met-elle en péril comme ça ? Ne voit-elle pas son regard fou ? »

***

Lisa,

« Oui, maman… C'est ce que je me dis. Pourquoi fais-tu ça, si tu sais comment tout cela va finir ? »

***

Mégane,

« C'est le contexte. L'instant ! Vous n'êtes pas dans l'instant. Vous êtes dans l'histoire. Alors, que vous soyez… mes enfants, mes petits-enfants, un inconnu, ne me jugez pas trop sévèrement ».

***

On organisa un dîner moquette. On cuisina japonais. J'en raffolais. Antoine consacra tout son temps aux jumeaux. Je savais ce qu'il voulait… Évidemment, les jumeaux l'adorèrent. Antoine avait un côté enfantin, cela me plaisait. Il leur courut après autour du canapé, leur fit des chatouilles, joua à la bataille…, et au moment du coucher, leur conta une jolie histoire. J'assistai à tout cela, hébétée. Antoine ferait un bon père, cela ne faisait aucun doute. Il les aimait.

Après le dîner, j'entraînai Antoine dans mon atelier. Le repaire de Mathias. Il me tiendrait à bonne distance d'Antoine. Par malchance ou par hasard - les deux se confondaient dans ma vie –, il n'y eut pas un mot, pas un souffle. Mathias laissa son frère occuper tout l'espace, exister à sa place.

Comme si Antoine en avait le droit !

Il avait le pouvoir d'affaiblir la volonté des vivants et – je le comprenais –, même des morts. Mathias me rendait ma liberté… Pourquoi ? Mon père ne l'aidait-il pas à lutter dans l'au-delà ? Antoine venait de tuer Mathias une seconde fois. Sur cette pensée, je devins pâle comme la mort. D'un geste frêle et mal assuré, je refermai la porte derrière nous. Antoine planta son regard charbonneux dans le mien. Il y avait eu trop de rires, ce soir, trop de vin. D'un geste tranquille, il me fit un baisemain. Sa bouche glissa le long de mon bras, remonta sur ma nuque… Un frisson glacé, mais furieusement délicieux ondula sur mon visage lorsqu'Antoine mordilla ma mandibule.

J'étais victime de sensations contradictoires.

Il me saisit par les hanches avec toute la détermination de la passion, et envoya valser pinceaux et peintures de ma table de travail pour m'y asseoir. Dans quelle profondeur puisait-il l'énergie de la destruction ? Son jeu érotique était insoutenable. J'étais pantelante. Il me déshabilla, pour autant qu'il m'en souvienne. J'étais droguée par son essence. Le souffle court, debout devant le bureau, il me contemplait de sa virilité parfaite. Puis il me cambra lentement pour m'allonger sur la table, les fesses au bord du précipice, les jambes dans le vide. J'eus honte, tellement honte. Une larme d'indignation roula sur ma joue. Il m'empoigna fermement les seins…

— Arrête !

Nue et prostrée, je m'assis dans ma chaise à bascule et m'emmitouflai dans mon plaid. Mathias était enfin revenu, je l'entendais. Il me chantait des sons mélodieux qui m'apaisaient. À moins qu'il ne s'agisse des branches des arbres alentour qui jouaient de la musique contre les vitres de la serre au rythme du vent. Antoine grognait, il jurait, le regard noir, mais je ne bougeais pas. J'avais mal dans le cœur. Pour autant, je ne succomberais pas à sa réalité. Laquelle n'était ni bonne, ni mauvaise, ni juste ou logique. Il n'y avait simplement pas de place pour l'amour.

Il se jeta à mes pieds en me redemandant pardon. *Ce n'est pas à moi de le lui accorder !* Il recommença à me baiser les mollets, les genoux, l'intérieur des cuisses… Cet homme était encore plus fou que je ne le pensais. J'étais entraînée dans sa spirale infernale. Heureusement, la fraîcheur de la nuit qui condensait sur les vitres me ramena à la réalité. Les arbres discutaient avec moi. Leurs branches, tel du morse sur les carreaux, m'encourageaient à ne pas lui céder. Mais les râles pressants d'Antoine redoublaient d'efforts pour brouiller le message.

Quand je l'aperçus ! Le visage de Mathias, piégé dans l'angle des vitres de la serre, comme un hologramme dans un prisme. Il me souriait, l'air paisible. Je me levai d'un bond, affolée, en cherchant tout autour de moi. Il avait disparu.

— Qu'est-ce que tu fais ?

— Je cherche… une issue, Antoine ! Toi, qu'est-ce que tu fais ?

— Je sais que c'est dur pour toi. Mais ce serait plus facile pour tout le monde si tu étais consentante.

— Ah ! Plus facile pour toi, tu veux dire !

— Plus facile pour les jumeaux.

— Oui, c'est ça que tu veux ! J'ai compris ton manège à l'instant où je t'ai vu devant chez moi. Tu veux me prendre les jumeaux ! Mais Antoine, ne trouves-tu pas que tu m'as assez pris !? Pourquoi cherches-tu à me détruire ?

— Non ! Jamais je ne te prendrai les jumeaux. Je les aime, je sais que tu l'as remarqué. Je ne veux que leur bonheur !

— Tu mens ! Tu veux me posséder pour être leur père. Tu veux tout ! Ai-je raison ?

— Je t'observe ces temps-ci. Ta mère est là pour t'aider... Tu ne vas pas bien. Je ne suis pas sûr que tu leur sois bénéfique.

Je partis dans un fou rire, nerveux.

— Je ne vais pas bien parce que TU as assassiné leur père ! hurlai-je.

La rage d'une mère est difficile à contenir. Antoine me poussait à bout. Je l'imaginais capable de tout. Je le savais maintenant.

— Non ! C'était un accident. La vérité, soupira-t-il, c'est que ce soir-là, je suis allé voir Mathias pour le mettre en garde. Je lui ai interdit d'approcher les jumeaux. Je l'ai menacé de le tuer, c'est vrai, s'il lui reprenait l'idée de te les prendre. Nous nous sommes battus, et je suis parti. Le reste…, je n'y suis pour rien.

Sa posture restait infaillible. Elle ne le trahirait jamais. J'adoptai la même. Je restai debout, sur mes gardes.

— Je ne te crois pas ! Tu dis ça pour te rendre la vie supportable. Moi, je fais face à mes responsabilités.

— Crois ce que tu veux. Je n'ai aucun compte à te rendre. Si tu veux te pourrir la vie, fais-le. Mais ne m'accuse pas ! Et pour ta gouverne, Mathias s'est tué sur la route qui menait chez toi…

Je le giflai, une gifle dont j'aurais aimé qu'elle le tue. J'y mis toutes mes forces, mais elles m'abandonnèrent.

— Sors d'ici !

— Pas avant d'avoir obtenu ce que je veux, fulmina-t-il.

— Non ! Tu n'auras pas les jumeaux !

— Ce n'est pas à toi d'en décider. Je veux un test de paternité, et, au cas où je serais leur père - ce que je crois –, tu as intérêt à être conciliante et docile.

— Tu me menaces ? Crois-tu que j'ai peur de toi ? J'en sais plus sur toi que quiconque, alors fais attention !

— Et moi sur toi ! Je te retourne le compliment, ma jolie. Tu as souhaité sa mort, je te rappelle. Tu es la personne qui possède le meilleur mobile. Son « accident » a eu lieu quelques semaines seulement après l'enlèvement des jumeaux... Qu'as-tu contre moi, à part des paroles dans le vent ? Regarde-toi ! Tu vois des fantômes ! Je te le répète une dernière fois, laisse cette histoire derrière nous. Mathias est mort et enterré.

— Quelle pitié ! Je connais ton passé, violent, y compris avec ton frère.

— Ouais…, mais tu es seule. Tu ne peux même plus compter sur ma mère. À une époque, elle t'aurait aidée à me détruire, mais maintenant, elle te déteste au moins autant qu'elle me déteste. Elle nous tient tous les deux pour responsable de la mort de son fils chéri.

— Antoine, je t'en supplie. S'il te reste encore une once d'humanité, ne me prends pas mes enfants.

— Ça ! Il fallait y penser avant de coucher avec lui !

— Il est mort !!! Cela ne te suffit pas !!!

Son œil cinglant me fit comprendre que non… J'étais dans l'œil du cyclone. Comme Sarah, son premier amour et première victime, comme Mathias, et bien d'autres encore, qui sait. S'il n'y avait pas eu les jumeaux, je jure que je l'aurais tué sur l'instant.

Il était très fort. Je lui fis signe que j'étais d'accord pour le test, et, par là même, je signai mon arrêt de mort.

16

Le juge avait accepté le test de paternité. L'avocat d'Antoine avait fait preuve d'une telle véhémence envers moi ! Antoine ne me laissait aucune chance. Je paniquais. *Fuir ! Je dois fuir !* Je croyais désormais Antoine capable de tout. Mais ma fuite paraîtrait coupable, d'autant qu'Antoine s'empresserait de m'accuser du meurtre de Mathias. J'étais perdue… Échec et mat, par un fou bien plus rusé que moi. Cependant, il restait un espoir : la possibilité que Mathias soit le père biologique des jumeaux. Alors, Antoine serait naturellement écarté. Mais si… *Oh, non !* Si Antoine était le père, je devrais me soumettre à ce malade ou les perdre à tout jamais. *Non, non, non ! Mathias doit être le père ! Tristan ? Il m'aidera à fausser le test !* Je devais me débrouiller pour qu'Antoine aille le faire à l'hôpital. Un soulagement immense m'envahit. J'étais sauvée !

La procédure était bien encadrée et très contrôlée par le laboratoire, Tristan risquait gros. Néanmoins, lorsqu'il comprit ma détresse, il accepta de m'aider. Il échangea donc les échantillons d'ADN des jumeaux avec le mien...

Une semaine plus tard, nous reçûmes les résultats. Sans surprise, Antoine n'était pas le père biologique des jumeaux. *C'est fini ! Je suis libre !* Je regardai Tristan et éclatai en sanglots dans ses bras. Je venais de retrouver mes enfants. Car j'errais depuis des mois, depuis l'ultimatum d'Antoine, dans une torpeur aveuglante, comme si je les avais déjà perdus. Plusieurs mois de bataille juridique, d'avocats, de blessures à rouvrir alors qu'elles saignaient encore. Je l'aimais toujours. J'avais parfois l'impression qu'il était innocent. Que c'était moi le monstre, la perfide, qui voulait lui prendre ses enfants.

Le doute est l'arme la plus lâche entre toutes ! Mais une nouvelle ère allait commencer.

Antoine était devant la maison. Il n'eut nullement besoin d'être invité pour entrer : il entra ! D'un geste, je stoppai la course de Tristan, c'était à moi d'y aller, bien décidée à en découdre. Je m'avançai vers Antoine d'un pas assuré, l'air grandi.

– T'as trafiqué les résultats ?! maugréa-t-il en me jetant le courrier à la figure. Le labo a appelé. Sur la demande de mon avocat, les tests ont été vérifiés. L'ADN des jumeaux était strictement identique ! Ce qui est impossible. Tu… as vraiment fait ça ?

Je restai de marbre. Si c'était à refaire, je n'hésiterais pas une seule seconde. Je regrettai simplement d'avoir été démasquée. Antoine leva une main sur son front, le regard perdu dans l'immensité du ciel. Il fulminait de consternation.

– Je te fais si peur, alors ? implora-t-il en m'enveloppant le visage de ses longs doigts délicats.

Tristan nous observait de l'autre côté du jardin, prêt à bondir. Antoine lui adressa ce regard si parfait, empli de douceur et de souffrance.

– C'est ton beau docteur qui t'a aidée ? persifla-t-il, les lèvres tremblantes de haine contre ma joue.

Il le provoquait.

– Pourquoi ? Pourquoi me fais-tu souffrir ainsi ? souffla-t-il sur ma peau.

Mon cœur se déchira. Il jouait si bien la comédie.

– Tu sens si bon. Hmm…

Antoine me caressait la joue avec son visage. Il me vola un baiser. En une demi-seconde, Tristan fut sur lui. Un rempart entre notre folie.

– Je t'aime, Mégane, mon amour, ma douce Mégane, ne le vois-tu pas ? Si tu acceptais ça, tout serait réglé, déclara-t-il par-dessus l'épaule de Tristan.

Antoine le bouscula.

À ce stade, je ne savais pas s'il était simplement un inconditionnel rêveur ou un effroyable fou à lier. Je ne le savais pas. Le doute. Encore.

– Va-t'en, tonnai-je, effondrée par son aveu.

– Tu me le paieras ! Vous me le paierez tous les deux !

Lorsque ses ruses ne fonctionnaient pas, Antoine redevenait vite… Antoine.

Connaissez-vous l'ascenseur émotionnel ? En l'espace de quelques jours, j'étais passée de l'euphorie

– que ma vie fût libérée d'une menace sourde et pesante – à l'état de proie, convoitée par la plus puissante force au monde : l'amour paternel. Car Antoine aimait les jumeaux et ne reculerait pas. Néanmoins, je tiendrais le bras de fer. Armée jusqu'aux dents, les poings résolument serrés, la gorge fumante de cris sauvages, j'irais me battre en première ligne, car ce qui s'annonçait serait le combat de ma vie !

Arriva le jour des résultats du second test. Antoine et moi fûmes convoqués à l'hôpital... Sur nos chaises, dans le couloir brut du laboratoire, l'horloge retenait son souffle. Seules nos larmes entremêlées, ruisselant sur notre épaule commune, indiquaient l'écoulement du temps. Une clepsydre percée formant à nos pieds un océan de souffrance et d'incertitude. Sans doute était-ce la dernière fois que nous pleurions une même douleur. Car rien ne présageait ce qui émergerait de la génétique.

Je pleurais mon fils et Antoine pleurait sa fille…

Un fait incroyable et rarissime, qui méritait d'en faire écho à la presse, nous avait-on dit. La superfécondation ! Voilà comment les médecins l'appelaient. Mes deux ovules avaient été fécondés par deux hommes différents : Antoine et Mathias. Je devais le dire, je devais l'écrire, je devais le hurler pour que ce cauchemar s'arrête : Tom était le fils d'Antoine, Lisa, la fille de Mathias. *Mon Dieu, qu'avais-je fait ?*

J'étais abasourdie. Cette nouvelle réalité nous dépassait complètement, et compliquait davantage notre situation. Comment Antoine digérerait-il la nouvelle ? Ferait-il du mal à Lisa ? Me prendrait-il Tom ? *Les séparer ? Non ! Jamais !*

Quand la proximité devint insupportable, Antoine se dégagea de notre étreinte en me toisant. La douleur fit place à la haine – il se balançait déjà entre les deux. M'aimer ou me faire payer ma trahison ? La génétique avait tranché. Du moins, c'est ce que je crus au début… Mais je ne tarderais pas à comprendre qu'Antoine ne réfléchissait pas de la même façon : je lui volais son fils parce que j'avais une fille qui le répugnait. Dorénavant, Antoine considérerait Tom différemment, parmi ceux qui l'avaient rejeté. Il pourrait le faire souffrir. Le raisonnement d'Antoine n'avait rien de conventionnel, de sain, de bienveillant. Tout était pour lui, toujours et uniquement pour lui.

Nous avions besoin de temps pour intégrer ces nouvelles considérations. Antoine tressautait sur sa chaise, prêt à bondir ou à s'y enfoncer à jamais. Je le voyais se battre avec le fantôme de Mathias, ce frère plus présent à son esprit que jamais de son vivant, son démon. Je lui contins alors la tête entre mes mains et lui parlai avec les yeux : « *Tu vas y arriver, c'est possible. Tu peux les aimer tous les deux. Tu dois le faire par amour pour Tom* ».

Sa gorge était nouée. Si j'avais reçu un véritable coup de massue, ce fut encore Antoine le plus choqué. Après tout, j'étais la mère de deux enfants dont j'avais aimé le père, quel qu'il fût. Mais lui, que lui restait-il ? Il s'était persuadé d'être le père des jumeaux et, à présent, il devait partager sa paternité avec ce frère qui, selon Antoine, avait détruit sa vie. À croire que la justice divine existait. Que Mathias, dans l'au-delà, avait asséné à Antoine un retour de bâton bien mérité.

Je m'éloignai, telle une souris des serres d'un rapace endormi. Lorsque je fus en limite de portée, il m'attrapa la main, le regard perdu.

— Mégane, je…

— Je sais. Nous avons besoin de temps. S'il te plaît, ne précipitons rien, veux-tu ?

Antoine hocha la tête.

Pourquoi m'avait-il obligée à effectuer ce test ? La menace que je ressentais alors ne fut rien en comparaison de la terreur que je lus dans ses yeux.

17

Trois jours plus tard, Paris, Antoine,

— Monsieur Parisi, le laboratoire de génétique à l'appareil. Je vous appelle à la suite des résultats du test de paternité. Il y a un… comment dire…, un fait pour le moins curieux dans la synthèse. Je dois vous en informer, ainsi que votre ex-compagne. Pouvons-nous nous rencontrer ?

— Non. Docteur… ?

— Docteur Barbet.

— Je pars plusieurs mois à l'étranger pour le travail. Communiquez-moi donc cette « curiosité » par téléphone et j'en informerai ma f…, mademoiselle Lombardi.

— Ce n'est pas la procédure…

— Ah, non ? Sans doute est-il plus « professionnel » de fausser des résultats !

— Que voulez-vous dire ? Il…, il y a eu sans doute une négligence, mais…

— Oui, c'est certain ! Alors docteur, si j'étais vous, je dirais ce qu'il y a à dire !

Antoine ouvrit la fenêtre pour prendre une bouffée d'air. Cette matinée fraîche et ensoleillée lui fit du bien. *Quelle nouvelle !* Son cœur battait la chamade. Il ne s'était jamais senti aussi léger, libéré, même.

Il ne décollerait que quelques heures plus tard. Il

s'alluma une cigarette en pensant à Tom. *Bientôt, mon garçon, nous serons réunis.* Car dorénavant, il possédait un atout dans sa manche. Une arme redoutable contre les deux femmes de sa vie, celles qui l'avaient éprouvé, écarté toutes ces années. Et, le moment venu, il saurait s'en servir…

18

Paris, Lisa,

Tout ce qu'avait écrit ma mère était parfaitement clair. À mesure que je déroulais son histoire dans ma tête, les nœuds se défaisaient.

Malhabile, je fouillai dans le secrétaire et en sortis la lettre du cimetière, espérant découvrir un nouvel indice. Je repensai à cette femme… La femme au manteau. J'étais convaincue que c'était elle qui avait placé cette lettre au cimetière. Comment était-elle entrée en sa possession ? Idem pour la clé ? Qui était-elle ? Elle connaissait probablement les réponses à mes questions. Je devais la retrouver. Car il ne s'agissait pas que de mon père, je devais aussi venger ma mère.

Je retournai dans la « pièce interdite ». Je tournai la poignée et me retrouvai à nouveau plongée dans le noir. J'étais comme un voyeur qui s'immisçait dans leur intimité. Ma mère l'avait parfaitement peinte. Elle connaissait les risques. Je scrutai, fouillai, grattai minutieusement le papier, les toiles, à la recherche d'un mot, d'une phrase, d'une tache. Que s'était-il passé ensuite ? Pourquoi n'avait-elle plus rien écrit ? Je devais trouver autre chose. Il le fallait ! Sans quoi, je resterais butée à jamais sur sa dernière phrase : « *Quand les mots s'envolent, que reste-t-il ?* » Ce rempart silencieux qui avait mené à son déclin.

Pierre m'appela. *Il ne faut pas qu'il me trouve ici !* Je sortis à la hâte. Le mouvement d'air fit tomber une carte d'une étagère, trop en hauteur pour que je la remarque. C'était une photo. Je la glissai dans ma robe et refermai la porte à clé derrière moi.

– Tu es prête ?

Pierre était très élégant. Nous nous mariions dans quelques heures.

– Oui ! répondis-je en me regardant de la tête aux pieds.

J'étais essoufflée, mais toujours impeccable. Pierre m'embrassa en m'enlaçant tendrement. Il était ému, et je me reprochai d'être allée *là-bas* le jour de notre mariage. J'aurais aimé lui consacrer ma journée et mon cœur tout entiers.

Nous nous dirigeâmes vers la mairie du 18e arrondissement. Les parents et les témoins de Pierre nous attendaient. Quant à moi, j'avais vaguement demandé à deux copines de fac d'être mes témoins. Une petite cérémonie, mais non sans une grande émotion. Car je l'aimais. Dieu, que je l'aimais cet homme !

L'état civil fut prononcé. Pierre m'embrassa. On applaudit. Étais-je différente ? Je regardai le premier rang, ses chaises vides, en pensant à ma famille. Ma mère occupait la première place, puis ma grand-mère, mon frère, mon père. Ils me manquaient terriblement.

Ma belle-mère me tendit Charlie pour la photo. Je me sentis alors complète et légère. Puis ce fut le riz qui plut à flot, et nous recouvrit tout entier, cheveux, décolleté… J'avais des problèmes si simples tout à coup. Je désirais me débarrasser de cette robe, mêler mon corps à celui de mon mari, riz ou pas.

Une silhouette se détacha parmi les convives. Tom m'attendait sur le trottoir d'en face. Ma légèreté s'effondra. J'abandonnai mes invités sur la place de la mairie, et traversai la route en relevant ma traîne pour ne pas la salir. Ce fut raté. Je me tordis la cheville et le bas de ma robe atterrit dans le caniveau boueux.

— Qu'est-ce que tu veux ? Dépêche, je n'ai pas de temps à te consacrer aujourd'hui.

— Je suis triste que tu ne m'aies pas invité. C'est un jour important pour nous.

— C'est important pour moi ! Et moi, je suis triste que tu ne me dises pas la vérité. Tu me mens en permanence !

— Si je t'ai blessée, je m'en excuse. Mais tout ce que je fais, je le fais pour te protéger.

— Oh, arrête ! On dirait…

— Quoi ?

— Laisse tomber. Écoute, pas aujourd'hui, OK ? Je vais rejoindre mon mari qui se moque de ma chute, et ma robe sale et moi allons dîner au resto avec nos amis. Mais si tu veux, soupirai-je, tu peux te joindre à nous.

– OK.

– À en juger par ta tenue…, tu me connais bien, mon frère ! lançai-je, amusée.

Tom me sourit. Nous retraversâmes la route. Moi, en boitant. Lui, triomphant.

Pendant le déjeuner, une fête s'organisa à la maison, à l'initiative de Tom. Avec lui, j'avais peur qu'elle ne se termine en orgie. Il rameuta quelques copains. Ils s'occupèrent du ravitaillement pendant que Pierre se chargeait de la décoration.

La soirée battait son plein. Pierre retrouvait sa jeunesse. L'ambiance des soirées de médecine. C'était la première fois que je voyais Tom s'afficher avec une fille. C'était elle, la reine du bal. Pas moi. Je me sentis lasse. Je quittai Pierre et nos « invités », pour m'isoler un moment. C'est à peine s'ils le remarquèrent.

Je me réveillai dans le fauteuil à bascule à côté du lit de Charlie. La maison s'était tue. Je savais que je ne pourrais retrouver le sommeil sans lui avoir parlé. À tâtons, je cherchais Tom. Je trouvai Pierre, échoué dans le canapé. *« Il se rappellera longtemps sa nuit de noces »*, pensai-je, amusée. Tom était dans *notre* pièce. Enfant, cette chambre nous était réservée. Elle avait été notre repaire, lors des moments difficiles.

Je lui secouai l'épaule en tâchant de ne pas réveiller la fille et en évitant de regarder le corps de mon frère, nu.

Il écarquilla les yeux, mais son esprit était ailleurs.

— Quand les mots s'envolent, que reste-t-il ? murmurai-je.

— Quoi ?

— Viens !

Je le tirai par le bras pour l'emmener dans la bibliothèque. L'odeur des livres m'aidait à réfléchir.

— Vas-tu me dire pourquoi tu me réveilles au milieu de la nuit ?

Tom me détailla de la tête aux pieds.

— Et pourquoi tu portes encore ta robe ? Pauvre Pierre, souffla-t-il pour lui-même.

Je rougis.

— Mets ça, fis-je en lui tendant son pantalon.

Tom adopta une mine contrariée.

— Tu l'as lu ? demandai-je en songeant au carnet.

— Je l'ai brûlé ! Maintenant, tout est réduit en cendres. Alors, va de l'avant !

Je n'en crus pas un mot.

— La cendre, ça peut étouffer, déclarai-je en colère.

— Pas si tu fais le ménage, Lisa !

— Ce sont les derniers mots de maman : « *Quand les mots s'envolent, que reste-t-il ?* » Je crois qu'elle n'a pas eu le temps de raconter la suite. Tu ne veux pas savoir, Tom ? Tu ne veux pas savoir ce qu'il lui est réellement arrivé ?

Tom s'agenouilla devant moi. De ses grandes

paumes, il me saisit les mains en soupirant longuement.

– Je sais ce qui lui est arrivé. Maman n'avait d'yeux que pour Antoine. Elle n'a jamais aimé papa. Mais elle ne s'est jamais remise de sa mort. Et il y a eu cet accident cérébral.

– Ce que tu dis n'a aucun sens. Si maman et Antoine s'aimaient, à la mort de papa, ils se seraient naturellement mis ensemble. La vérité, c'est que maman tenait Antoine pour responsable de la mort de papa !

– Lisa, tu t'identifies trop à elle ! Il faut que…

– Oui ! Parce que, contrairement à toi, je ne veux pas vivre dans le mensonge ! Te rappelles-tu l'autre soir, au théâtre ? Pour moi aussi, les mots se sont envolés. Ils se sont dispersés dans cette foule anonyme, et j'ai perdu mon histoire. Je me sens si vide depuis. Je dois savoir la vérité. Si tu m'aimes, aide-moi !

Mes genoux tremblaient sous ma robe, et je pleurais abondamment.

– Bien sûr que je t'aime ! Tu es tout ce qu'il me reste ! confessa-t-il du bout de ses lèvres tremblotantes.

– Alors, cette fois c'est moi qui ai besoin de toi, avouai-je.

– Je te sens déterminée, soupira-t-il. Autant que tu l'apprennes maintenant. Antoine est vivant, et il a repris contact avec moi.

— Quoi ! hurlai-je.

Je fis les cent pas à travers la bibliothèque, au bord de la crise cataleptique.

— Calme-toi, OK ? Allez, Lisa, viens par ici. Tu me fais peur, là !

Et je perdis connaissance.

Je les entends rire. Ils se rapprochent. Tom empile ses planchettes de Kapla dans le salon. J'ai beau hurler, il ne m'entend pas. Papa ! Il court vers moi, mais il fait du sur place. Il hurle à son tour. Je n'arrive plus à respirer. Une femme vient sur moi.

— Lisa ? Tu m'entends ?

Encore engourdie, je hochai la tête pour rassurer Tom. Il me tenait dans ses bras.

— Donc… tu savais qu'il était ton père, hein ?

Je n'eus pour réponse que le silence.

— Tu es de son côté à lui, n'est-ce pas ? Tu ne crois pas à sa culpabilité dans l'accident de pa…, de mon père.

— Tu ne connais pas toute l'histoire… Laisse-moi tranquille. Ce que tu veux, c'est m'enfoncer.

— Je cherche à te protéger, au contraire. Mais il faudrait que tu me parles, que tu me dises la vérité.

— Je ne veux plus y penser ! Mais tu ne respectes pas cela !

Tom partit en claquant la porte. Si Antoine le

manipulait, nous étions perdus.

Je regagnai ma chambre. Je me déshabillai. Ma robe de mariée tomba mollement sur le sol, épuisée de sa journée. Et avec elle, la photo trouvée dans la « pièce interdite » avant mon mariage. J'avais oublié que je l'avais mise dans mon soutien-gorge. Elle était restée là plusieurs heures, contre ma peau, et y avait laissé son empreinte rouge... Je la regardai alors, plus en détail.

Cette femme !

Nous étions sur une plage, mais l'endroit ne m'était pas familier. Tom et moi devions avoir six ou sept ans. Mon frère était pâle comme la mort, tandis que je rayonnais à côté de ma grand-mère et de cette femme ! La femme au manteau.

Je l'observai longuement. J'avais besoin de sentir la photo entre mes doigts. Elle avait une histoire à me raconter. Au dos, il y avait une inscription : *Vacances en Grèce, avec Rose et les enfants. Noël 2013.*

Un an après la mort de papa.

Le regard fixe, je nageais en pleine confusion. Le passé me faisant oublier l'instant présent, je n'avais pas entendu Pierre arriver. Il me regardait intensément. J'étais à moitié nue.

– Tu me feras penser à remercier ton frère de m'avoir réveillé.

Je rougis.

Il me rejoignit pour me faire l'amour.
C'était notre nuit de noces.

19

Cela sonnait. Huitième tonalité. *Tom, décroche !* Dans les dossiers que je traitais, je devais corréler, recouper une multitude d'informations afin de démêler le vrai du faux. Je le faisais avec raison et patience. Mais là, il s'agissait du dossier de ma vie. Ma subjectivité opacifiait mon expertise. Mon empressement ainsi qu'une certaine forme de panique brouillaient les pistes. J'ignorais même sous quel angle l'attaquer. Bien visibles devant moi, j'observai les lettres, les cartes, les bijoux, les photos… Tout ce que j'avais trouvé dans la « pièce interdite » et dans le grenier. Un vrai casse-tête. C'était comme un puzzle dont Tom aurait été la première pièce. Si seulement j'avais gardé un souvenir de ces vacances… Peut-être Tom se souviendrait-il, lui ?

— Allô ? Tom…

Répondeur.

Je passai au plan B : tracer son Smartphone. Je n'en fus pas fière. À situation désespérée, mesure désespérée. L'application le localisa en quelques secondes. Tom était à l'autre bout de la rue…

Je courus.

Essoufflée, je frappai à plusieurs reprises. Personne.

— Tom, je sais que tu es là !

Ma gorge se serra. Mon poing allait s'abattre une

énième fois sur la porte, quand elle s'ouvrit. Une femme raide et sèche se tenait sur le seuil. Rose. La femme au manteau.

C'était une vieille dame. Environ l'âge de ma grand-mère. *A contrario*, Rose avait les traits durs, marqués par la tristesse et la colère. Elle jeta un œil furtif par-dessus son épaule. J'aperçus alors Tom descendre, indolent, l'escalier. Toutes les pièces du puzzle me tombèrent en même temps sur la tête et m'engloutirent. J'étais à l'évidence un « x » de trop dans une équation mathématique, une pièce rapportée.

Il bondit sur moi. Comme si la situation ne m'avait pas suffisamment amoindrie.

– Qu'est-ce que tu fous là, bordel ?!

– Je te retourne la question ! Je m'inquiétais pour toi !

– Comment m'as-tu trouvé ? Fous-moi la paix, Lisa, grommela-t-il, les yeux injectés de sang.

– Es-tu drogué ? m'enquis-je.

Je lançai à Rose un regard menaçant.

– Viens avec moi. On s'en va, fis-je en le tirant par le poignet.

– Nous devrions parler. Rentre, s'il te plaît, me proposa Rose calmement.

– Qu..., qui êtes-vous à la fin ? Qu'est-ce que vous voulez à mon frère ?

– Va-t'en ! Tu n'es pas la bienvenue ici ! tonna Tom.

– La bienvenue ? Ici ? Qu'est-ce que ça veut dire ? C'est où, ici ? Tu vis là ? C'est *elle* la vieille dame dont tu t'occupes ? Non, non, non. Elle n'a pas besoin d'aide. Regarde-la ! Elle est droite comme un I. On dirait un balai oublié dans un placard. C'est ça, ton projet fou ? T'enticher d'une vieille bourgeoise et attendre qu'elle crève pour hériter !

La voici la Lisa furibonde. Où était passé mon professionnalisme ?

Tom était bel et bien drogué. Il allait sortir de ses gonds et, dans ces situations, mieux valait ne pas se trouver face à lui. C'est pour cela que, pendant quatre ans, je n'avais plus eu de ses nouvelles. Il m'avait frappée.

La vieille s'interposa. Elle était faite d'une matière si dure que je me demandai si le poing de Tom n'allait pas lui revenir en pleine figure. Il arrêta son geste à quelques centimètres de son visage, le poing en suspens au-dessus de ses yeux.

Rose avait du sang-froid. Elle maîtrisait Tom mieux que moi. Je le reconnaissais amèrement.

– Pars ! lança-t-elle à contrecœur.

Je devais partir, c'est vrai, pour calmer cette situation explosive. Mais nous n'en avions pas terminé ! À peine avais-je tourné le dos à la maison de

Rose que j'aperçus notre rue. Tom vivait très près de moi. Cette pensée me réconforta. Mais en m'éloignant, l'angoisse de le laisser avec cette femme allait *crescendo*. Arrivée devant ma porte, je tremblai comme une feuille. Si Rose était une amie de ma grand-mère, pourquoi en faire tout un mystère ? Et pourquoi m'avoir protégée ? Rose s'était interposée entre Tom et moi alors que le choc du coup aurait pu la tuer.

Le lundi suivant – mon congé maternité touchant à sa fin –, je retournai au cabinet. J'étais frustrée et en colère que le dialogue fût rompu avec Tom, mais sentir l'odeur boisée de mon bureau me procura un immense bien-être. Je savourai la reprise en m'installant confortablement dans mon siège. Je pris le premier dossier de la pile qui s'amoncelait, puis un autre... Il s'agissait d'affaires mineures, comme je l'avais souhaité. Car mon travail était terriblement chronophage. Qui plus est, les affaires criminelles m'absorbaient, il était impossible de me raisonner quant au temps que j'y consacrais. Je devais y faire attention. J'étais mère à présent. Je ne m'appartenais plus entièrement. Ce que j'ignorais alors, c'était que les découvertes faites au sujet de ma famille m'absorberaient tout autant, que je manquerais de temps, et cruellement même, durant mon congé maternité.

Mon choix se porta sur un divorce. Je composai le

numéro du client. Son histoire entrait en résonance avec la mienne. Je me sentais proche de cet inconnu, presque redevable pour son dévouement envers ses jumeaux…

— Bonjour, Maître Lisa Parisi, avocate au barreau de Paris. Spécialisée dans le droit pénal, droit de la famille, des personnes et de leur patrimoine.

J'espérais l'impressionner. Cela m'avait manqué. C'est idiot.

— Vous savez, je ne voulais pas lui faire de mal, dit-il d'une voix brisée sans même se présenter. Je voulais juste qu'elle disparaisse de ma vue, comme elle l'a si bien fait ces six dernières années. Qu'elle nous laisse tranquilles !

Il sanglotait. Sa voix était juvénile, je l'imaginai comme un petit garçon qui venait de faire une bêtise. Cela me toucha.

— Mais je sais ce que vous allez dire. Je comprends. Vous faites votre boulot. Je n'espérais pas vraiment que vous acceptiez de me défendre. Qu'est-ce qui m'est passé par la tête ? Un copain m'a parlé de vous et j'ai cru qu'enfin j'aurais de la chance. C'est bête.

Sa voix s'éloigna. Il allait raccrocher, désespéré.

— Non ! Au contraire, je vais vous aider.

— Vraiment ? Mais, soupira-t-il, je n'ai plus les moyens pour une avocate telle que vous. Un des meilleurs cabinets de Paris. Sinon le meilleur ! Mon ex-femme, elle va tout me prendre.

— Justement, laissez-moi vous rendre justice. Nous verrons l'aspect financier plus tard.

— Pourquoi ? Je vous fais pitié, peut-être ?

Non, idiot ! Parce que ton histoire me fait penser à la mienne.

— Pas du tout ! Je fais mon travail et, selon moi, vous représentez la personne à défendre.

— Alors vous êtes quelqu'un comme il y en a peu…

— J'étudierai votre affaire. Je n'omettrai rien. Ayez confiance !

— C'est entendu. Merci, Maître.

Quand il raccrocha, je me sentis plus légère et, telle une plume, je me posai sur mon siège. J'eus l'impression de servir une cause plus noble que le cabinet. Tous ces mystères autour de ma famille et de la mort de mes parents me poussaient à aider cet homme humilié.

Le soir venu, j'avais un peu de temps libre. Pierre était de repos ce jour-là, il s'occupait de Charlie. Je fis donc un détour par chez Rose.

La porte était verrouillée. J'entendis du bruit à l'intérieur…

— Qui êtes-vous ? Pourquoi hébergez-vous mon frère ? Où avez-vous eu cette clé ? Saviez-vous ce qu'elle ouvrait ? Je ne vous veux aucun mal. Je cherche juste des réponses !

Je m'adressai à cette porte immaculée en pensant à mon frère.

Le bruit cessa.

Je m'adossai à la porte en frottant mon dos tel un ours contre son arbre. Je marquai mon territoire. Je n'avais nullement l'intention de partir.

Au bout d'un quart d'heure, je pris le dossier d'Éric - mon client – et le feuilletai nerveusement. Au bout d'une heure, j'avais des fourmis dans les jambes et mes résolutions s'en allaient avec elles quand je les secouais. Une demi-heure plus tard, je m'apprêtai à partir, vaincue, quand la porte s'ouvrit enfin. Je tombai alors à la renverse, les pieds de mon frère sur le nez.

— Putain, Lisa, t'es encore là !

— Comment ?! C'est toi qui m'as laissée moisir sur le pas de la porte ?

— Rentre chez toi, et occupe-toi de ta famille !

— Ne me dis pas ce que je dois faire ! Tu es ma famille, je te le rappelle.

Il soupira. À ce moment, Rose arriva - elle était visiblement sortie. Sur un ton cordial contrastant avec son allure de balai usé, elle m'invita à entrer. Tom, lui, voulait m'éloigner.

Je pénétrai dans la maison.

Tom resta debout, le regard perdu.

Par où commencer ? Tant de questions. J'optai pour la manière douce.

— Alors, Tom est là pour s'occuper de vous, c'est ça ?

Elle ricana, narquoise.

— Non. Je suis de la famille…

— Avec mamie, sans doute. Les photos… Une cousine peut-être ? implorai-je en les regardant tour à tour.

— Pas de ce côté-là ! répliqua-t-elle.

Je compris. Je restai figée, interloquée, le regard dans le vague. Tout ce que ma mère et ma grand-mère m'avaient raconté sur la famille du côté de mon père était qu'ils étaient séniles et dangereux. Qu'ils avaient rendu leurs deux fils malheureux et instables. Qu'il ne fallait pas les fréquenter !

— Je ne comprends pas, objectai-je, dans le déni. Vous étiez une amie de Charlène ou…

— Nous nous rencontrions sur la tombe de son mari, ton grand-père, et de mon Mathias, s'étrangla-t-elle. Puis mon mari est mort. Alors, elle m'a rendu service quand j'étais au plus mal. Entre veuves, on se serrait les coudes. On s'est trouvé des atomes crochus.

Les phrases entraient dans ma tête, mais ne faisaient pas sens. *C'est impossible !* Pourtant, la photo trouvée dans la « pièce interdite » leur donnait vie. Ces vacances en Grèce. Et d'autres photos trouvées au grenier : une cure que ma grand-mère et Rose avaient faite ensemble…

— Je n'en crois pas un mot, murmurai-je pour moi-même.

— C'est la vérité. C'est votre mère qui nous a séparées.

— Ma mère était une femme généreuse et tolérante, protestai-je.

— Elle m'a menacée, rétorqua-t-elle d'un ton acerbe.

Tom buvait ses paroles. Rose devait lui remplir son portefeuille.

— À coup de pinceau et de peinture, sans doute, me moquai-je.

— Je pensais qu'avec la clé… Tu changerais d'avis à son sujet.

— C'était donc ça… Quoi que vous maniganciez, je le trouverai. Et je récupérerai mon frère. Vous ! Vous n'êtes rien !

Je me levai promptement. Avant de partir, je lançai une phrase, en espérant qu'elle fasse l'effet d'une bombe.

— Tom vous a-t-il dit qu'il a repris contact avec son père ?

La vieille me regarda comme si elle avait vu un fantôme…

Je jubilai intérieurement.

À mi-chemin, je dus néanmoins m'asseoir sur le trottoir et je me mis à pleurer. Je venais de rencontrer ma grand-mère paternelle, pour autant qu'il m'en souvienne. La seule qui me restait. Je ne me souvenais pas d'elle, excepté peut-être des bribes de terreur dans les yeux de ma mère. Et Rose me paraissait plus terrifiante encore en réalité.

Je me retrouvai à nouveau face à l'enfant. Je croyais la connaître, mais toute mon enfance n'avait été qu'illusion. Un avatar de mère, de frère, de grand-mère. Un jeu virtuel du meilleur imposteur. C'est si simple de mentir à une enfant. Elle qui ignore même l'existence du mensonge !

Je réalisai alors que la femme que j'étais devenue était incapable de trouver la vérité sur qui elle était.

20

Été 2013, Paris, Mégane,

L'été s'était écoulé en demi-teinte. La bataille juridique avec Antoine m'avait épuisée, et son silence, désormais, laissait mon repos dubitatif. Il s'était encore volatilisé. J'apprenais à jouer la montre avec lui. S'il ne revenait jamais, à quoi cela servirait-il que les jumeaux sachent la vérité ? Il était trop tôt, bien trop tôt. Il y avait tant à dire…, et ils étaient si petits.

Adossée à la verrière, je contemplai ma nouvelle œuvre : cette fratrie qui, à mes yeux, n'avait en rien perdu de sa valeur ni de sa pureté. Ma vie déstructurée me poussait *a fortiori* vers le cubisme. Il s'était imposé à moi. Je fus gagnée par l'émotion en regardant ce tableau. De manière involontaire, il était un feu d'artifice de couleurs et de gaité. Ma vie avait encore un sens.

L'atmosphère me grisa. Quelle belle soirée ! L'été résistait aux assauts de septembre. La brise tiède dansait entre les arbres. Les branches s'agitaient et se courbaient pour me saluer. Je sentais le souffle léger d'une vie antérieure m'effleurer les cheveux, me chuchoter à l'oreille qu'elle ne m'avait pas oubliée, qu'elle m'aimait, et qu'elle voulait encore de moi. Ce tableau sublime, comme un trait de pinceau de couleurs vives, rayait l'image d'Antoine, et mes forces me revenaient. Un fourmillement courut sur mes jambes et, d'un bond, mon corps se mit à jouer la pantomime de la vie : je tournai sur moi-même, les bras à l'horizontale, le regard haut vers l'océan étoilé. Mes vêtements tombèrent les uns après les autres. J'étais nue, transpirante de joie. J'exultai. Le bonheur cherchait une porte de sortie, et je criai sans retenue. Un rugissement bestial, si perçant que mon père dut l'entendre. Apeurée, ma mère accourut avant de comprendre ce qu'il se passait. Elle me serra contre elle. Je restai là, en position fœtale, dans le creux de son ventre.

Ma deuxième naissance.

À l'heure du dîner, Tristan sonna à la porte. Il m'emmenait au restaurant. Une surprise, avait-il dit, pour fêter... Faut-il une raison pour aller au restaurant avec son amoureux ? Car il l'était devenu. Bien que sa présence et son soutien n'aient fait qu'endormir le doute, l'amertume et la souffrance, depuis plusieurs mois, sa patience et sa tendresse avaient apprivoisé mon corps. Je désirais cet homme. En outre, il était une figure masculine parfaite pour les jumeaux.

J'ouvris d'un geste prompt.

C'est curieux. Le brouillard ne laisse aucune place à l'observation, et pourtant quand on en sort, les observations nous replongent dans le brouillard. Tristan était grand, comme Antoine, les cheveux de la même couleur. Je ne l'avais jamais remarqué auparavant. Ce n'était pas seulement son visage, son charisme et son allure étaient tout aussi semblables. Ma vision se brouilla : Antoine était sur le perron, un bouquet d'œillets blanc à la main. Mon cœur se mit à cogner si fort que Tristan pût entendre ses basses. Je lui demandai un instant et, sans attendre la réponse, je lui arrachai le bouquet des bras et lui claquai la porte sur le nez en m'écroulant à terre de l'autre côté.

— Mégane ? Est-ce que tout va bien ?

J'étais figée, empêtrée dans mes hallucinations malsaines.

— Oui ! m'écriai-je en sortant une photo d'Antoine de mon portefeuille.

J'en avais conservé une. Je voulais en avoir le cœur net ! La réponse fut sans appel. Antoine et Tristan se ressemblaient. *Oh !* Je soupirai et pris une profonde inspiration. Cela confirmait mes craintes. Quoi qu'il arrive, je le cherchais, lui. Sur ce constat, j'ouvris courageusement la porte en suivant le conseil de mon père. *Laisse-toi du temps, Meg.*

— Tu es très en beauté, chuchota-t-il en m'embrassant.

— J'avais oublié quelque chose. J'ai mis le bouquet dans un vase, merci. Comment savais-tu pour les œillets ?

— Savoir quoi ?

– Que ce sont mes fleurs préférées ! Je crois ne jamais te l'avoir dit.

– Je l'ignorais, en effet. Je les ai juste trouvées belles. Elles m'ont fait penser à toi.

J'étais sous le charme.

– On y va ?

– Oui, soupirai-je, soulagée.

Tristan avait privatisé une péniche en bord de Seine pour la soirée. J'étais conquise. L'ambiance était si romantique. Le crépuscule ondulait sur le fleuve en reflets pourpres et orange, la couleur de *sa* chevelure. Car je ne parvenais pas à m'ôter de l'esprit que j'étais devant une version améliorée d'Antoine. Son souvenir m'habillait ce soir-là. D'autant que Tristan glissa une main dans ses cheveux comme en écho à ma pensée. Un rire nerveux me fit recracher le vin dans mon verre. Il haussa un sourcil, partagé entre amusement et dégoût.

– Tu es sûre que ça va ?

– Oui. Hum, j'ai avalé de travers. C'est rien, c'est passé.

– C'est que… Ce soir, je te trouve un peu…

– Étrange ?

– Ailleurs…

Je me pinçai les lèvres. Que dire d'autre ? Il avait raison.

– Ce n'est peut-être pas le bon moment, mais…

Dans un raclement de gorge, Tristan s'agenouilla devant moi.

La péniche, tout ça… Oh non !

— Mégane. Tu es mon coup de foudre. Je t'ai aimée au premier regard, il y a six ans de cela. Quand nous nous sommes revus à l'hôpital, l'année dernière, j'ai réalisé que tu m'avais manqué tout ce temps. J'étais seul, mais depuis que tu es dans ma vie, je suis le plus heureux des hommes. Je t'aime comme un fou, mon amour… Veux-tu m'épouser ?

J'avais, ce soir-là, le goût d'Antoine dans la bouche. Sans doute à cause de ces cauchemars… Quand, naguère, Antoine était dans les parages, à rôder autour de notre demeure, j'étais paralysée, tétanisée à l'idée qu'il puisse me prendre mes enfants. Et devant Tristan, un miroir parfait d'amour, Antoine me manquait. Me revenaient en tête nos conversations, distillées au gré de nos rencontres maigres et folles, sa douleur après le test de paternité, son silence désormais. *Et si la mort de Mathias était réellement un accident ? Oh ! Pas de supposition, Mégane !* Mon corps se consumait du manque. Je voulais sentir sa peau brûlante sur moi, même si cela faisait mal.

Récemment, j'avais lu un roman qui parlait d'une fille allergique à la peau humaine. Elle ne pouvait entrer en contact avec quiconque sans que cela lui soit fatal. Si je pouvais être allergique à Antoine… Je me sentais si malade de lui. Une maladie bien banale, si belle, mais si douloureuse pour moi : n'était-ce pas l'amour ?

Je déglutis en baissant la tête, brisant la magie du moment, face à cet homme sincère qui imposait le respect.

Mon déguisement n'avait pas tenu longtemps.

– J'espérais un oui. Promets-moi d'y réfléchir, insista-t-il en me relevant le menton.

– C'est promis, murmurai-je, les yeux embués de larmes.

– C'est à cause d'Antoine, c'est ça ?

Je ne pipai mot. Son regard se durcit et sa mâchoire se crispa. Il me prit la main.

Tristan se battrait pour moi. Je souris. D'abord timidement, puis largement. Quelque chose se débloqua dans mon ventre, comme sous la lune où je m'étais lavée d'Antoine en hurlant ma délivrance. J'avais à nouveau envie d'être nue, de sentir l'herbe me chatouiller la plante des pieds. Le désir frémit sur mes lèvres et nos mains se serrèrent dans une étreinte impatiente. Tristan m'offrit un baiser langoureux. Un qui réchauffe l'âme. J'écrasai alors mon corps contre le sien et nous débarrassai à la hâte de nos vêtements. Il était brûlant, lui aussi. Je tentai d'ouvrir une nouvelle page de mon âme en espérant qu'elle écrase Antoine comme un moucheron. En vain.

21

Nous approchions de l'hiver. Malgré un emploi du temps très chargé, Tristan était aux petits soins pour les enfants et moi. J'avais promis de réfléchir à sa demande en mariage. J'aspirais tant à devenir un jour cette Mégane si satisfaisante à ses yeux. Les jumeaux l'aimaient beaucoup. Cette année, ils iraient passer Noël chez ma mère. Elle avait réservé un séjour en Grèce. C'était une surprise, et nous espérions, ma mère et moi, que ce voyage les préserverait de la morosité d'un second Noël sans leur père. En outre, je pourrais à loisir consacrer mon temps à mon projet. Je venais de créer *Art de Vivre,* ma nouvelle association d'art-thérapie. J'avais enfin trouvé un local parfait, non loin de chez moi, et Tristan m'avait mise en relation avec des professionnels de santé, en particulier, l'association APPSEM *(Accompagnement Psychologique des Personnes Souffrantes En Milieu Hospitalier*). Dans un premier temps, j'irais à l'hôpital tous les mardis et jeudis pour animer des ateliers simples autour de la gestion de la douleur. J'avais déjà dix inscriptions. C'était encourageant ! En parallèle, j'animerais des ateliers créatifs de tous niveaux et de tous âges dans le local que j'avais sous-loué. Je n'avais pas encore établi de planning précis, d'autant que je conservais mon travail de maquilleuse. Il fallait attendre la mise en route, mais j'étais si impatiente, euphorique même, à l'idée que mon projet démarre enfin ! J'étais sûre que l'idée plairait.

Le lundi suivant, j'avais réussi à planifier cinq séances autour de la gestion des émotions. Comment les exprimer, les faire remonter sans qu'elles nous étouffent ? Une séquence qui s'adressait aux familles d'enfants malades. Au programme : gestion de sa respiration, conscience du corps dans l'espace et dans le temps, gestuelle corporelle, etc. Pas à pas, nous appréhenderions le *Ki*, le canal des énergies dans le corps. Trouver son cri, cette vibration propre, indispensable à l'équilibre nerveux. En couple, nous travaillerions le lâcher-prise. Retrouver l'harmonie. Comprendre et accepter le rôle de chacun face à la maladie de son enfant. En réalité, il me faudrait plutôt dix dates ! J'avais le trac ! J'espérais que mon programme correspondrait aux attentes des participants.

La veille, je regardai une dernière fois ma boîte mail avant de me coucher. Un nouveau mail. Une personne souhaitait se rajouter au groupe. J'allais lui répondre que nous étions complets, que cet atelier était destiné aux couples, quand je lus qu'elle avait perdu un enfant. Je ne pus m'y résoudre alors. Nous serions donc un de plus…

J'étais prête. Chaque couple s'installa, en arc de cercle autour de moi. J'avais préparé des poufs confortables. Quand nous fûmes au complet, je présentai brièvement mon parcours en détaillant l'aspect artistique de ma vie. Puis, j'invitai chacun à faire de même, et à expliciter ses attentes concernant l'atelier. J'étais confiante et émue, car je pouvais aider tous ces gens. *Papa, j'espère que tu me vois de là-haut.* Nous commençâmes un exercice de méditation : en lotus, les mains sur les genoux dans un premier temps, yeux clos et respiration en 4, 16, 8... Quand je jugeai le moment propice, j'invitai les conjoints respectifs à joindre leurs mains, afin qu'ils partagent les bienfaits de la méditation. Un couple, c'est comme une éponge. Les partenaires s'imbibent de douleur, ils se sentent, chacun à sa manière, responsable de ce qui arrive à leur enfant. L'autre s'efface. Il n'est qu'un pâle reflet du malheur. Rejeté. On se sent mieux tout seul. C'est humain. Mon rôle était de leur enseigner comment retrouver la sérénité à deux. Alléger cette culpabilité. Grâce à des mantras, des sensations retrouvées. Peu à peu, je vis leur respiration s'apaiser, 4, 16, 8. Leurs mains se rapprocher, se ramollir dans le réconfort de l'autre. Certains amants s'étaient perdus si loin… Je pus ressentir le flux, ce magnétisme entre eux, comme un courant positif qui circulait de nouveau. Ce fut une première victoire.

Après vingt minutes de méditation, je m'apprêtai à enchaîner la suite du programme quand un homme entra. *Ah ! La personne qui s'est inscrite à la dernière minute…* Le second exercice consistait à laisser libre cours à ses pensées. À les exprimer silencieusement puis avec son corps, comme une pantomime. De préférence en couple, les yeux fermés et les mains jointes. Je donnai moi-même l'exemple et provoquai l'hilarité générale. *Le rire, c'est important aussi !* À l'approche des fêtes, j'avais mimé le père Noël.

– À vous ! Ne soyez pas gênés. Exprimez ce qu'il vous vient à l'esprit.

D'abord timides, les corps commencèrent à se mouvoir dans la pièce, de plus en plus souples à mesure que je m'approchai du nouveau venu. J'étais si absorbée par le groupe que je n'avais pas pris le temps de le regarder. Le moment fut indescriptible. Ce fut comme si on m'avait emmurée vivante après m'avoir rouée de coups ! J'avançai prudemment dans sa direction, au milieu de ces corps qui dansaient autour de moi, comme sur un chemin bordé de spectres en robe blanche.

Antoine m'observait. De nouveau, j'ignorais ce qu'il venait chercher… Mais comme une enfant qui attend son histoire du soir, j'attendais son retour. C'était inévitable. Antoine revenait toujours. Ses apparitions, suffisamment espacées, nourrissaient mes espoirs un peu fous qu'un jour, il ne réapparaîtrait plus. Mais non. Il était planté là, comme une pierre tombale au milieu de mon jardin fleuri, dans mon intimité. Je n'interrompis pas la séance pour le présenter. À nouveau, je passai de la pommade anesthésiante sur mon cœur calciné.

Nous dûmes faire l'exercice ensemble. Sans un mot, ses mains effleuraient les miennes. Je fermai les yeux et laissai les images nous consumer. Les miennes étaient confuses, comme toujours. Celles d'Antoine, sombres. Pourtant, nos corps s'accordaient à bouger en harmonie. L'alchimie du noir et du blanc, lorsqu'ils sont insolubles, ne donne pas de gris, mais un pigment parfait.

Ce fut notre danse à nous…

Lorsque nous nous arrêtâmes, les couples nous avaient encerclés. Ils nous observaient, éberlués. Comme à l'accoutumée, Antoine avait conquis la foule. Une pierre tombale, c'est émouvant.

Le troisième exercice consistait à renforcer la confiance au sein du couple. Je me rendis compte de l'ironie de la situation. Évidemment, je n'avais pas prévu de faire cet exercice avec Antoine ! Il fallait s'abandonner, se laisser tomber en arrière dans les bras de son partenaire. Un classique. Pour certains, même après plusieurs années de vie commune, la tâche s'avérait très difficile. Je les encourageai en me prêtant à l'exercice, m'abandonnant sans réserve dans les bras d'Antoine. Car au fond, je savais qu'il me ferait mal au-delà d'une simple bosse sur le crâne ! Quant à moi, je l'aurais volontiers laissé choir contre le plancher. Cette vision me procura d'ailleurs un plaisir intense.

Nous finîmes la soirée par le cri du *Ki*. L'exercice le plus intimidant. Antoine proposa d'ouvrir le bal ! Je le remerciai en lui demandant de se présenter sommairement. Le ton hostile que j'employai n'échappa à personne. Antoine en fut blessé. Son cri fut libérateur ! Tout le monde en resta bouche bée, moi comprise. Le groupe ne tarda pas à suivre ce leader naturel dans une cacophonie revigorante ! Ils s'affranchirent de toutes retenues sous l'effet « Antoine ». *Je lui dois ça.* Moi, je n'entendais que lui. Son cri résonnait en moi, et déterrait une démente souffrance. Je n'en laissai rien paraître, bien que mes jambes peinent à me porter.

Je reçus de nombreux encouragements et témoignages de satisfaction pour ma première séance. Sans la présence d'Antoine, j'aurais pu savourer pleinement mon succès.

Nous étions seuls à présent. Mon corps était tendu comme une corde sur son arc. Antoine s'approcha de moi et me prit les mains.

– J'ai beaucoup répété et là, devant toi, je n'ai plus les mots.

– …

– J'ai mis longtemps à faire le deuil de Lisa. Je t'en

ai voulu, tu sais. Je voulais te tuer ! J'avais besoin de temps pour me calmer.

Quatre mois auront-ils suffi ? Voilà qui est rassurant !

— J'aimerais reconnaître Tom ! Il a la chance d'avoir un père, lui…, lança-t-il d'un ton sarcastique.

— Et Lisa ? sommai-je d'une voix chevrotante.

— Quoi, Lisa ? Jamais de la vie ! Elle ne m'appartient pas, elle.

— Aucun des deux ne t'appartient ! Sais-tu ce que ça lui fera, à elle ? Y as-tu au moins songé ? Antoine, ce que tu me demandes est impossible. Ils sont jumeaux pour la vie.

— Mais je ne te le demande pas. Je l'exige ! Je suis le père de Tom, et je réclame mon dû. Ce que tu diras à Lisa te regarde.

— C'est une nouvelle forme de vengeance, c'est ça ? Pour t'avoir trompé avec Mathias. Tu es vraiment fou à lier ! m'écriai-je sur le point de défaillir.

— Pas du tout. J'ai rencontré quelqu'un. C'est sérieux.

Cette nouvelle m'asséna le coup de grâce. Je tombai à genoux.

— Je veux offrir un foyer à Tom, moi aussi. Quant à Lisa, elle n'est pas ma fille. Elle et moi, on n'est pas liés. Il m'a fallu du temps pour l'accepter.

— C'est ton point de vue ! Tu restes son oncle.

— Ne redis jamais ça, siffla-t-il, la mâchoire serrée.

— Si tu aimais réellement Tom, tu ne lui ferais pas cet affront. Sa sœur, c'est tout son monde. Je ne te laisserai pas les séparer. Jamais !

Je lui lançai un regard aussi tranchant que désespéré. Il m'empoigna par les épaules et me releva en me secouant violemment.

— Arrête ça ! Tu crois que je ne ressens rien, que je suis un monstre ! Que ça me fait plaisir ! Tu crois que… Ah ! fulmina-t-il tristement.

Il m'attira le visage sur son torse en sanglotant, et m'écrasa si fort que je n'arrivais plus à respirer. Je savais qu'il basculait. Je le sentais aussi fort que je faiblissais. Quand ses lèvres se posèrent sur les miennes, la volupté s'empara de moi. Cependant, ce baiser me laissa une sensation brûlante sur les lèvres, comme ces plats épicés qui ne révèlent leur force qu'une fois avalés. Je reculai imperceptiblement.

— Tu vois… Tu m'as toujours rejeté.

Antoine m'exaspérait. Je lui écrasai le visage entre mes paumes et lui soufflai des mots qui le renversèrent, parce qu'ils étaient forts et sincères :

— Je t'aime, Antoine. Je t'ai toujours aimé. Oh, pauvre de moi ! Car celui que j'aime par-dessus tout, je le regarde en ce moment. Cet homme blessé, retranché dans sa souffrance, confessai-je en baissant la tête, honteuse d'entendre la vérité.

Ma faiblesse : le doute, en toute circonstance.

Il vacilla. Ses mains m'agrippèrent les cheveux. Avant qu'il ne fasse quoi que ce soit d'autre, je murmurai :

– Mais la peur étouffe ton cœur. Elle te rend méchant. Tu es un danger pour mes enfants.

Il n'entendait plus. Il faisait danser ses doigts sur mon visage, les yeux emplis de larmes. Il me redécouvrait. Le CD de méditation tournait en boucle. Antoine glissa une main derrière ma nuque et me pressa contre lui. J'avais oublié cette sensation, et comme il était grand. Il jouait de ses hanches pour m'entraîner dans sa danse imaginaire. Je me contentai de fermer les yeux, de ressentir les tressaillements de mon corps, de petites morsures de bonheur. Il était le seul à me faire vibrer comme ça. L'adrénaline remonta comme un coup de fouet le long de ma colonne vertébrale quand je refusai ses avances, une nouvelle fois. Du moins, en pensée, car mon corps, lui, capitula. L'appel de mes cauchemars. La première fois depuis six ans.

– Je t'aime tellement, Mégane. Je t'aime, je t'aime…

Il répétait son message d'amour inlassablement, pâle comme la beauté de la mort, en m'embrassant le visage sans discontinuer. Ma raison se tétanisait. Il glissa sa tête sous mon pull-over et frotta son visage contre ma poitrine. J'aurais aimé être plus sensuelle, porter une nuisette, sentir le contact de ses mains brûlantes remontant le long de mes hanches à travers le froid du tissu satiné, qu'il fasse glisser ma culotte en dentelle noire le long de mes cuisses, et qu'il me cambre contre son sexe tendu et chaud…

… Cela s'est peut-être passé ainsi. Car ensuite, je ne me sentis plus capable de le quitter. J'avais des papillons dans les yeux et dans le ventre, et l'envie folle que tout cela soit bien réel. Antoine, l'homme de ma vie, un amant attentionné, pour moi seule. Je me blottis dans ses bras, débordante de passion, et il recommença à me faire l'amour… comme jamais. Mieux que dans mes rêves.

L'amour est la plus grande force en ce monde ! D'Antoine ou de moi, je croyais que c'était moi qui le maîtrisais le mieux... Alors, quand il se leva et proféra : « *Maintenant, tu vas me donner ce que je veux. Tu vas me donner Tom ! Et poursuivre ta pitoyable vie de petite bourgeoise tranquille, avec ton nouveau petit copain. Un médecin… Waouh ! Tristan, c'est ça ? Quelle garce tu es !* » Mon corps chuta de plusieurs étages.

Son visage était lisse, calme, tandis que le mien était livide, transparent. J'étais abasourdie. Personne n'est capable de feindre l'amour à ce point ! Je tentai ridiculement une approche. Antoine afficha un rictus dédaigneux en s'écartant de moi. *Non !* Je ne me décourageai pas… Sa cruauté dépassait mon entendement. Je ne réalisais pas la gravité de la situation. Il s'écarta à nouveau. Cette fois-ci, il me laissa embrasser le carrelage froid, emportée par mon geste passionné.

— Tom, songes-y, implorai-je à ses pieds, la bouche en sang.

Il tourna les talons.

— Antoine ! m'écriai-je, les épaules basses.

Il s'arrêta.

— Elle s'appelle comment ? demandai-je en pensant à celle qui avait volé son cœur.

Où est-elle allée le chercher ?

— Victoire, répondit-il sans même se retourner.

Il avait tout calculé. J'étais groggy, blessée dans ma chair. Je portai sa marque longtemps après qu'il fut parti, ses initiales gravées au fer rouge sur le cœur. Je n'étais que cendres. Son regard méprisant me cinglait encore. Il m'encerclait. Je n'avais plus de pions… *Échec et mat !*

Il était trois heures du matin. À mesure que le rideau de la devanture du hangar se baissait, mes yeux s'obscurcissaient et mon cœur se durcissait. J'aimais un monstre parce que j'étais une folle d'idéaliste ! Je chassai alors la Mégane rêveuse et passionnée. Cette Mégane-là n'irait nulle part. Elle perdrait Tristan et Tom. Je devins la Mégane qui n'avait plus le choix. Un raz de marée sans précédent me submergea. Je n'avais pas abattu ma dernière carte ! Antoine avait crié « Victoire » trop tôt. J'allais l'écraser, le broyer, le pulvériser. Comme un bulldozer, je démolirais cet homme qui n'avait rien d'humain !

La rage au ventre, j'appuyai sur le bouton up du rideau électrique. Une fois à l'intérieur, je commençai par déchirer mon jogging. Je lacérai mes sous-vêtements, et les laissai par terre bien en vue. Ma furie me grisait. Je me fis des marques sur les bras, à l'intérieur des cuisses…, me hérissai les cheveux. Dans ce lieu qui devait être le symbole d'un renouveau et d'un épanouissement mérité, je me mutilais, et cela démultiplia ma colère. Je m'envoyai une table sur le pied, et ce fut la fracture. Mais je ne criai pas, je ris…, je ris fort ! Parce que j'allais gagner.

Antoine était colérique et impulsif, cela jouerait en ma faveur. En outre, j'étais passée maître dans l'art du mensonge, à cause de lui. J'en connaissais tous les rouages, tous les malheurs… Antoine m'avait sous-estimée. J'allais me transformer en auteure. Je conterais une histoire si bien ficelée que je le mettrais au pied du mur : *« Antoine me harcelait, me violait… Il avait prémédité l'assassinat de son propre frère ! Je ne pouvais rien dire. Je n'étais pas libre. Je craignais pour ma vie et pour celle de mes enfants… »*

Cela ne se jouerait plus entre lui et moi, jamais ! Ce serait entre lui et la justice ! Je sortais de l'équation.

Exaltée, j'appelai Tristan en me composant une voix de circonstance.

— Allô, répondit-il, la voix endormie.

— Tristan, articulai-je difficilement, la bouche en sang.

— Mégane ? Qu'est-ce… Ça ne va pas ? Où es-tu ?

— Toujours… à l'atelier. Viens me chercher, implorai-je, maintenant en pleurs, terrorisée.

Entendre la voix de Tristan fit sauter la digue qui contenait le raz de marée de mes émotions.

— J…, j'arrive ! Mon Dieu.

Quand Tristan arriva, je ne simulai plus. La douleur me pliait littéralement en deux.

— Oh ! J'appelle les pompiers.

— Et la police, lançai-je en gémissant.

— Euh… Oui, la police aussi. Mon Dieu, mon Dieu, Meg !

Tristan se pencha sur moi. De son œil expert, il scrutait les moindres parcelles de mon corps, et une larme perla sur sa joue.

— Qui t'a fait ça ?

Nos yeux s'accordèrent. Je n'eus pas besoin de prononcer son prénom. Il me garda dans ses bras jusqu'à l'arrivée des secours. La douleur dans les gestes.

Il savait.

22

Paris, Lisa,

Sous ses airs de vieille peau ignare, Rose en savait plus long qu'il n'y paraissait. Mais j'avais si peu de temps à consacrer à ma propre histoire. Je travaillais sur plusieurs affaires, mais celle d'Éric, mon client en instance de divorce, bien qu'assez simple par rapport aux autres, m'accaparait l'esprit.

Je revêtis ma robe d'audience. Dans ce costume, je me sentais moi-même. Mon dossier de plaidoirie était prêt. Ce matin-là avait lieu l'audience chez le juge aux affaires familiales. Il statuerait sur les mesures provisoires. Aucune négociation n'avait été possible avec la partie adverse. Cette femme voulait tout.

J'entrai dans le cabinet. Mon auditoire se composait du juge, du greffier, de mon client et de la partie adverse. L'avocat prit la parole, puis ce fut mon tour :

« Monsieur le juge. Les arguments cités remettent en cause l'intégrité de mon client. Voici les faits : Monsieur Éric Vanoy, ici présent, a enduré dans une attente insoutenable et, par la suite, dans la plus triste résignation, l'absence de son épouse durant six longues années. Elle a abandonné son époux et ses jumeaux en bas âge. Il s'agit bien d'abandon ! Selon l'article 215 du Code civil : « Les époux s'obligent mutuellement à une communauté de vie lorsqu'ils se marient ». *Or, où était Madame Vanoy lorsque ses enfants ont contracté la scarlatine ? Mon client*

les a veillés nuit et jour. Où était-elle lorsque son époux a eu un anévrisme ? Plusieurs témoignages de l'entourage du couple attestent que Madame Vanoy est partie de son plein gré, ainsi qu'une lettre, adressée à son mari, indiquant qu'il n'était pour rien dans sa décision. Ces témoignages confirment que mon client est un père exemplaire. Ses enfants, Jeanne et Thaïs, sont parfaitement éduqués, équilibrés, heureux et épanouis avec lui. Mon client les aime de tout son cœur et c'est réciproque. Tandis que son épouse revient après six ans d'absence, oubliée de ses enfants, enceinte, une grossesse extraconjugale qui prouve une infidélité exhibée et assumée. Quel genre de femme et de mère infligerait autant de souffrance à sa famille ? Une femme instable et égocentrique. J'ajouterai, cupide. Compte tenu de la prestation compensatoire extravagante, si j'ose dire, que Madame Vanoy demande à son époux dans le cadre du divorce. Car depuis trois ans, l'activité professionnelle de mon client n'a cessé de croître. Son chiffre d'affaires est devenu conséquent. Tous les éléments sont réunis pour que le divorce soit prononcé aux torts exclusifs de Madame Vanoy et qu'aucun grief ne soit retenu à l'encontre de mon client. Voici mes conclusions : conformément à l'article 242 du Code civil, mon client demande le divorce pour faute ainsi que la garde exclusive de ses enfants ».

– Merci Maître. Bien. Je vois aussi qu'une procédure pénale est en cours à l'encontre de Monsieur Vanoy pour violence conjugale… Je mets l'affaire en délibéré.

Le juge rendit une ordonnance de non-conciliation et indiqua qu'il ne prononcerait son jugement définitif qu'après avoir réentendu les parties et étudié leurs dossiers. Encore quelques semaines à patienter pour Éric, mon client.

— Lisa, tout va bien ? demanda le juge en m'apostrophant – il était mon professeur durant mes études. Que t'arrive-t-il ? Ta plaidoirie, grimaça-t-il. Tu n'étais pas dans ton état normal.

Non. Je crois que j'ai une revanche à prendre sur le silence. Une impression.

— C'est de la dénonciation calomnieuse ! Cette femme…

— C'est moi le juge. Toi, tu défends ton client. D'accord ? me coupa-t-il. J'ai l'impression que cette affaire te touche de trop près… Te rappelles-tu la règle numéro une ?

Le détachement en toute circonstance. Je hochai la tête avant de dire :

— Ne jamais s'identifier à ses clients.

— Fais attention, Lisa.

Le juge me salua. Il avait raison. Ce n'était qu'une histoire banale de divorce, mais Éric me touchait malgré moi. Quelque chose dans ses yeux, comme une brisure, une tristesse qui allait plus loin, qui regardait par-delà son histoire… pour rejoindre la mienne.

Je pris alors conscience de ma fragilité. Plaider

devant la cour d'assises s'avèrerait impossible tant que je n'aurais pas réglé mes propres affaires.

— Maître ?

Les yeux d'Éric flamboyaient de désespoir.

Je rompis le contact visuel. Des images sortirent de ma tête, de terribles images. Je voyais la mort de ma mère de si près que je pouvais presque la toucher, la sentir, l'entendre… Je voulais m'en aller.

— Je ne suis pas un homme violent, Maître Parisi, même si ma femme m'accuse du contraire. Mes enfants sont tout pour moi, s'étrangla-t-il.

Au stade des mesures provisoires, les enfants d'Éric faisaient l'objet d'un placement dans une famille d'accueil.

— Restez confiant. Ce sont des mesures temporaires jusqu'à ce que le tribunal correctionnel statue sur le contentieux qui vous lie à votre femme.

Les yeux d'Éric s'écarquillèrent, de terreur, cette fois.

— Excusez-moi. Quelle maladroite ! Je ne voulais pas vous affoler. Vous allez récupérer vos enfants. Le juge n'est pas dupe. Nous nous revoyons la semaine prochaine pour préparer votre audition devant le tribunal correctionnel.

Je lui tendis une poignée de main confiante, en me noyant dans ses yeux d'un bleu profond. Une nouvelle vision me surprit. Des images de mon passé redoublaient d'inventivité pour m'affoler.

Et ce cri dans ma tête…

23

Paris, Mégane,

Dans le camion des pompiers, mon esprit hurlait dans ma tête, il me demandait des explications. *Qu'est-ce qui m'a pris ?* Puis je perdis connaissance. La main douce et chaude de Tristan me ramena un court instant dans l'habitacle. Mais les secousses de la route bringuebalaient dans mon cœur et réveillaient ma douleur. Le noir et le silence m'emportaient à nouveau. J'eus l'impression de mourir. Je rejoignais mon père. Il ne serait pas fier, lui qui abhorrait le mensonge. Je m'enfonçai encore… Mon corps était comme anesthésié. Mes pensées, une vieille rengaine tournant sur un orgue de Barbarie. La main de Tristan était froide, à présent. J'avais des fourmillements dans la bouche… Je jouais avec les enfants dans l'eau. Il y avait de l'agitation tout autour. Comme un sifflement qui se rapprochait. Moi, je flottais tranquillement sur l'eau. Les vagues me berçaient. Quand une chose monstrueuse, sortie des profondeurs, saisit les jumeaux par l'entrejambe et les engloutit aussi violemment que rapidement. Ma douleur fut si sauvage que j'entendis mon cri résonner dans leur âme.

Mes yeux balayaient la pièce comme le pendule d'une diseuse de bonne aventure. Trop de lumière.

Cette musique grinçante dans ma tête s'était changée en un bip bien régulier. J'étais revenue. La douleur me réprimandait. Je m'étais fait à moi-même ce que j'aurais dû lui faire à *lui* ! C'était un très mauvais plan. Mes yeux cessèrent leur va-et-vient et les larmes se mirent à couler. On y était, j'avais fini par lui ressembler.

— Madame Lombardi.

Une voix résonna singulièrement dans cette pièce carrée. Je m'étais endormie ou évanouie, car lorsque j'ouvris les yeux, mes paupières étaient aussi lourdes que du plomb. Je vis alors deux gendarmes qui me regardaient, l'air compatissant.

— Non ! Vous ne pouvez pas entrer ici. Le docteur doit l'examiner d'abord, s'écria une infirmière en entrant en trombe dans ma chambre.

Je grimaçai. Cette femme n'avait aucune délicatesse. C'est toujours comme ça, dans les hôpitaux. On place les malades dans des chambres, mais en fin de compte, on a toujours l'impression d'être entre deux couloirs ! Ils sortirent en discutant bruyamment. Cela m'électrisa.

Encore plusieurs heures pour penser, immobile. La porte s'ouvrit enfin. Un homme longiligne entra dans la pièce. Je regrettai déjà ma quiétude. Il portait une blouse blanche, trois fois trop grande pour son gabarit. Il s'en accommodait pourtant. Sa démarche était fluide, presque nonchalante. Il posa un regard attendri sur moi.

— J'aimerais voir Tristan, demandai-je.

— Il a repris son service. Il passera vous voir dès qu'il le pourra. Mais je l'ai rassuré sur votre état, ne vous inquiétez pas.

— Est-ce que je peux téléphoner ? Pourquoi m'a-t-on attachée ?

— Vous avez fait une crise de panique, s'exclama-t-il en regardant une lettre posée sur ma table de chevet. Vous aviez ce stylo à la main… Vous étiez une menace pour vous-même. Mais le danger est écarté, observa-t-il, embarrassé, en me libérant de mon carcan. Vous pouvez téléphoner, mais la police aimerait vous interroger d'abord.

Je n'avais aucun souvenir de cet accès de nerf ni de la lettre : un appel à l'aide adressé à ma mère, rédigé par une Mégane suicidaire. Ses premiers mots : « *Aujourd'hui, c'est l'anniversaire de la mort de Mathias…* » Oui, et dans quelques jours, le deuxième Noël que les jumeaux passeraient sans lui. Je réalisai alors pourquoi mon corps était dans cet état. Je m'en voulais tant.

Mes poignets étaient meurtris par les sangles. Je pourrais me plaindre pour cette attente interminable dans des conditions aussi déplorables. Je décidai d'imposer mes volontés.

– Non. Je veux téléphoner à ma mère, grondai-je en désignant les marques sur mes poignets.

Maman ! À l'aide ! J'ai besoin de toi pour raconter tous ces mensonges !

– Bon. Je vais essayer de les faire patienter encore quelques minutes.

– Merci.

Quand ma mère décrocha, j'entendis mes enfants rire et jouer autour d'elle. Ma bouche esquissa un sourire. Son ton enjoué disparut au moment même où elle entendit le son de ma voix. Je ne pouvais pas lui mentir. J'avais besoin qu'elle connaisse toute la vérité, pour ne pas me perdre moi-même. Si une vie n'est que mensonge sans que quiconque ne connaisse jamais la vérité, alors ce mensonge ne devient-il pas vérité ? Ne devient-il pas réalité ? Je n'omis aucun détail. Ni ceux de l'amour, de la tendresse, le plaisir de la chair, l'espoir ! Puis la rage, la colère. Enfin, la violence. Je me repassais le film en imaginant mon père à l'autre bout du fil.

– Ton geste est désespéré, mais tu ne peux pas faire ça. Tristan et les enfants… Rends-toi compte de ce qu'impliquent de telles accusations. Te faire passer pour une victime… Tu es une Lombardi ! Tu gagneras ce combat d'une autre façon. Mais avec dignité !

Sa voix me sortit de ce long monologue avec le fantôme de mon père. Ma mère avait cette constance qu'ont les femmes fortes, inébranlables, malgré les épreuves. Tandis que moi, j'appartenais à ces femmes qui se plient au gré du vent, qui s'effritent au soleil, qui subissent dame Nature et ses plans machiavéliques.

— Je t'aime maman. Tu es déçue ?

— Déçue ! Parce que tu suis ton amour… Non, ma fille. La vie t'enseignera encore des choses bien cruelles.

Je pensai à Mathias.

— Faites bon voyage ! Je penserai à vous tout le temps. Tu me passes les enfants ?

C'est sûr ! Après ça, j'étais en parfaite condition pour accueillir les policiers. Ils s'empressèrent de rentrer dès la conversation terminée.

— Bonjour, Madame Lombardi. Avez-vous la force de nous parler de votre agression ?

Je hochai la tête, déjà vaincue par ma conscience. Le mensonge est une graine qui engendre l'arbre du malheur et de la solitude. Je reprenais mes esprits. Je voyais ma vie comme une chute d'eau torrentielle qui s'abattait sur ma tête. Un nouveau mensonge, une lame d'eau supplémentaire qui m'aplatirait.

— L'agression, répétai-je, les yeux perdus dans le vague.

— Vous vous sentez bien, Madame ?

J'agrippai mon verre d'eau. Ma gorge était si sèche que je croyais avaler du sable chaud.

— Qui vous a dit qu'il s'agissait d'une agression ?

Question surprenante, n'est-ce pas ?

— Eh bien, votre ami au téléphone.

— Tristan ?

— Certainement. Il doit venir au commissariat faire sa déposition.

— Vous ne voulez pas entendre ma version ?

Nous nous sondâmes. Ce policier me regardait comme si j'étais la dernière roue du carrosse.

— Évidemment. Hum… C'est pour ça que nous sommes là.

— Alors, asseyez-vous.

Je désignai du regard les deux chaises qui me faisaient face. Les policiers s'exécutèrent, lentement.

— Il n'y a pas eu d'agression. Je…, je me suis mutilée moi-même.

— Euh…, une minute. Votre ami a parlé d'un homme. Nous l'avons appréhendé : Antoine Parisi, c'est bien ça ? s'enquit-il auprès de sa collègue. Il est en cellule de dégrisement. Il portait des traces de coups lorsque nous l'avons arrêté, tôt ce matin.

Lorsque le policier prononça son nom, je tressaillis et mes yeux se remplirent de tristesse ou de dégoût - pour moi, les deux se ressemblaient.

— Relâchez-le. Il n'y est pour rien, sommai-je, la voix éraillée.

— Écoutez, Madame, renchérit la policière en

s'approchant de moi, votre corps a subi de graves violences. Il n'est pas rare que, dans pareille situation, les victimes se voient comme les bourreaux. Nous voyons ça souvent, vous savez.

— Ce n'est pas mon cas. Vous ne me connaissez pas.

— Ce que je vous propose, ajouta-t-elle, c'est de…

— Je vous dis de le relâcher !

Les deux policiers, décontenancés, me fixèrent avec des yeux ronds.

— Faites-le vite ! Avant que je ne change d'avis.

Mon cœur s'était mis à cogner dans ma poitrine. Le doute s'emparait de moi. J'aurais peut-être pu gagner cette manche. Un débris de victoire. Mais ma mère avait raison. Je devais rester digne, sans quoi je ne vaudrais guère mieux que *lui*.

— Calmez-vous, ordonna la policière.

— Et… je suppose que vous ne connaissez pas cet Antoine ? demanda l'autre agent, agacé.

— Si, soupirai-je. Il a probablement déclenché une bagarre, ça lui arrive souvent quand il est saoul.

— Peut-être, mais lui a avoué qu'il vous avait violentée !

— Quoi ?! *Et merde, à quoi il joue encore !* Laissez-moi, sommai-je à bout de nerfs.

— Nous partons. Reposez-vous. Je suis sûre que tout s'éclaircira, me rassura la policière en fermant la porte.

Je la rappelai.

– Et pour Antoine ? m'enquis-je.

– Si vous ne portez pas plainte, il sera libre aujourd'hui.

J'acquiesçai.

– Mais j'espère que vous changerez d'avis. En trente ans de carrière, je sais reconnaître un homme coupable quand j'en vois un ! ajouta-t-elle, l'air grave.

– Nous sommes tous coupables de quelque chose…, pensai-je à voix haute.

– Je reformule : je sais reconnaître un homme dangereux quand j'en vois un !

– Dangereux. Oui, il l'est, rétorquai-je, presque amusée.

La situation m'échappait à nouveau. Comment faisait Antoine pour toujours avoir un train d'avance sur moi ? Des pas résonnaient dans le couloir. Cette voix… Tristan prenait de mes nouvelles auprès du personnel. Qu'allais-je lui dire ? Je n'étais pas prête à lui faire du mal. *Non !* Je fus prise d'une peur panique. Je devais sortir de cet hôpital ! Mais sans tenue décente - mes vêtements étaient en lambeaux, et cette chemise, eh bien… j'avais littéralement les fesses à l'air –, je n'y arriverais pas. Je me faufilai dans une chambre mitoyenne façon « James Bond girl », j'empruntai une tenue propre dans le placard du patient

- heureusement c'était une femme. Elle n'avait absolument pas la même morphologie que moi, mais pour l'heure, c'était le cadet de mes soucis. Je connaissais bien l'hôpital - grâce à Tristan - et en quelques minutes, je fus dehors. Je me réfugiai dans un taxi et rentrai chez moi.

— Mégane ?

— …

— Mégane, est-ce que ça va ?

— …

— Mais qu'est-ce qu'il t'est arrivé ? Pourquoi es-tu à l'hôpital ?

— C'est toi qui m'y as mise ! Je sors à l'instant. Tu t'es battu, paraît-il ?

— J'ai eu du mal à dormir hier.

— Ah ! Alors t'as tapé sur le premier inconnu qui est passé !

— C'est un peu ça…

— Je vais raccrocher Antoine.

— Attends ! Raconte-moi ce qui s'est passé.

J'avais raccroché. Je payai le taxi - le chauffeur me prit pour une folle sortie de l'asile. Il n'était pas loin de la vérité... Je m'engouffrai dans le jardin, mais Antoine était déjà là, statufié. Je baissai les yeux pour effacer de mon esprit cette silhouette parfaite dont la virilité n'avait d'égal que la cruauté. Je tentai de la remplacer par une chose hideuse, mais je n'y parvins pas tout à fait. J'avançai, le corps griffé par la haine, le pied gauche brisé et tout le reste, la tête embrumée par ces émotions contraires. Malgré la douleur, j'accélérai la cadence. Je frôlai son épaule en gardant le rythme. Je fuis son parfum entêtant.

– Qui t'a fait ça ? lança-t-il, rageusement.

Ce fut plus fort que moi. J'aurais dû feindre l'indifférence, fermer la porte derrière moi, mais je répondis :

– Oh ! C'est un long récit... Il commence par une histoire d'amour banale. C'est la fin qui est plus singulière, ironisai-je. Je tombe amoureuse et le gars me détruit.

– Ne joue pas à ça, Meg.

– Ce surnom était réservé à Mathias. Je t'interdis de m'appeler ainsi !

– OK. J'ai déconné hier soir. Notre nuit… À moi aussi, ça m'a fait quelque chose. J'étais jaloux de Tristan et…

– Tu t'es dit : *« J'emballe la fille… et après je la fais chanter ! »*

– Ne te moque pas de moi. Je veux Tom, c'est vrai ! Mais j'ai repensé à notre nuit, le reste du temps dans ma cellule.

– Je comprends que par « certains aspects », je vaux encore quelque chose à tes yeux. L'ennui, c'est que je m'en contrefiche ! Il n'y a que mes enfants qui comptent, et jamais, tu m'entends ! jamais, tu n'auras Tom.

– Tu mens ! Hier, tu t'es donnée à moi… Tu t'es exposée. Tu m'aimes toujours !

– Bravo, Antoine ! Bravo ! lançai-je en frappant des mains. Tu dois en avoir une érection. Je t'aime ! Et j'ai le visage tuméfié par l'amour… N'est-ce pas ce que tu voulais ? N'est-ce pas cela ta jouissance de pervers ? Regarde ! Vas-y ! Regarde bien !

Je soulevai le sweat-shirt informe de la patiente pour lui montrer mon ventre. Antoine se frotta les yeux et détourna la tête.

– Que se passe-t-il ? Je ne te plais pas comme ça !

– Meg…

– ARRÊTE DE M'APPELER MEG ! C'est ce que tu voulais ! Tu ne veux pas de Tom ! Tout ce que tu veux, c'est me faire mal ! Alors voilà, regarde, je m'en suis chargée ! hurlai-je à m'en décrocher la mâchoire.

– Quoi ? Qu'est-ce que tu dis ?

– J'ai… Laisse-moi, le suppliai-je en tournant la clé dans la serrure, prête à m'effondrer à l'intérieur.

– Viens là.

Telle une poupée de chiffon, ma boîte crânienne heurta sa poitrine. Je le serrai, l'enlaçai, humai son parfum. Comme un poison, il se répandit dans mes veines et m'emprisonna entre ses bras. Le bien, le mal, quelle différence ?

— Mégane. Ma Mégane. Ne te détruis pas. J'ai besoin de toi. Tu es tout pour moi, souffla-t-il dans mes cheveux.

Je n'aurais jamais dû recroiser son regard. Antoine m'aimait ! Il était abîmé, encore. La lèvre enflée, la joue rosie par les coups, l'arcade sanglante… Il souffrait à cause de moi et moi à cause de lui. Son parfum anéantit tout mon courage. J'étais droguée par son essence, par la fatigue et la douleur. Il me souleva délicatement comme un oisillon tombé du nid. Depuis ma chambre, j'entendis l'eau couler dans la douche. J'eus envie qu'elle me caresse. Antoine me déshabilla. Il observa quelques secondes mon corps frissonnant. Son regard doux et puissant, sa dualité le rendaient toujours plus beau. Je me souvenais de lui comme cela, je me rappelai son regard quand j'étais à lui.

— C'est moi qui t'ai fait ça ! soupira-t-il.

Ses bras m'attirèrent à lui dans un tourbillon de confusion. J'avais mal partout, mais dans ses bras, j'avais le sentiment d'être une plume envolée pour l'éternité.

— Je suis tellement désolé, Mégane, je…

J'appuyai mon pouce sur ses lèvres humides et tremblantes, en suivant ce losange parfait que formait sa bouche entre-ouverte.

— Tais-toi. Ne dis rien de plus aujourd'hui.

Antoine me souleva et je posai ma tête sur son

épaule. Mes pieds flottaient dans le vide en effectuant le mouvement de balancier d'un pendule. Ce n'était pas aujourd'hui qu'il s'arrêterait…

La porte d'entrée claqua violemment.

— Meg ? appela Tristan, la voix éteinte.

Il monta l'étage plus vite qu'il ne faut de temps pour le dire, et me trouva allongée sur le lit, propre et apaisée. C'en était fini de ce combat intérieur. Antoine était la seule personne capable de me faire souffrir et, par là même, la seule que je pouvais aimer. Je renonçais à en comprendre la raison. Je renonçais à avoir peur de lui, de sa fragilité, de son arrogance, de sa folie. Il m'avait entraînée dans sa chute depuis longtemps. Cette nouvelle vie avec Tristan n'était qu'un leurre, une parodie parfaite de ce qu'aurait été ma vie sans lui. Tristan s'agenouilla à mon chevet, son regard attendait des réponses. Nous nous sondâmes longuement. Il appuya son front contre le mien et expulsa tout l'air qui lui comprimait la poitrine. Enfin, la question qui lui brûlait les lèvres depuis notre rencontre, depuis notre premier baiser, notre premier « je t'aime », sortit entre ses lèvres tremblotantes.

— Pourquoi, Mégane ?

Je n'avais pas la réponse à cette question.

— Après tout ce qu'il t'a fait !

J'avais honte, bien sûr, cela étant, mes excuses n'atténueraient pas sa souffrance.

— Je crois que tout cela n'est qu'un jeu, chuchotai-je, le vague à l'âme.

— Un jeu ? répéta-t-il, incrédule.

— Je ne sais pas comment l'expliquer… Je sais qu'avec toi, je connaîtrai le bonheur, mais je ne le souhaite pas.

— Il suffisait de dire : « *Tristan, je ne t'aime pas* ». Je crois que j'aurais pu le comprendre, lança-t-il, sarcastique. Alors, c'est tout ! Putain, Meg ! Je voulais que tu deviennes… Je voulais que tu sois ma…

Je posai un doigt sur sa bouche pour faire taire son supplice, comme je l'avais fait avec Antoine.

— J'ai une ombre dans ma vie. Je ne sais pas depuis quand elle est là, mais cela fait longtemps déjà. Je me suis perdue, Tristan. Je suis épuisée maintenant !

Ses yeux se remplirent d'une substance qu'à nouveau je ne rencontrerais plus : la compassion.

— Je ne serai ni ta femme ni celle de personne. Je ne sais même plus comment être moi… Mégane ni la mère que j'étais.

— Mais tu sais encore comment l'aimer… lui, remarqua-t-il avec amertume.

Il détourna son regard et me lâcha la main. Je m'attendais à ce qu'il me tance vertement, à ce qu'il se batte pour moi, pour me sauver d'Antoine.

— Je vais partir ! Je ne t'aide pas. J'espère que la vie le fera !

— J'en doute, observai-je, tranchante.

— OK, lâcha-t-il, abattu. Mais promets-moi de l'éviter. Ça va mal tourner.

— Il est le père de Tom. On est liés pour la vie.

— C'est toi qui n'es pas prête à le laisser.

— Va-t'en maintenant ! Laisse-moi tranquille.

Je ne supportais plus de voir cette vie qui m'échappait. Une vie qui aurait pu rendre mes enfants heureux. Tristan s'éloigna, déçu et blessé, mais digne. Il était fait de ce bois-là, noble, et rien ni personne ne pouvait lui enlever sa foi. C'était un homme mystérieux pour moi.

Nous sommes tous les martyrs de quelqu'un ou de quelque chose.

24

Je n'avais pas suivi les conseils de Tristan. Antoine me rendait visite tous les jours. Il ne restait jamais plus d'une heure. Il m'apportait de quoi manger, me laver, des livres pour me distraire, me demandait si j'avais besoin d'autre chose... Nous parlions peu. Il ne cherchait pas le contact physique. C'était étrange, mais agréable. Je crois qu'il aimait cette situation. J'étais faible et seule dans cette grande maison, tout à lui. J'avais endormi le loup par mes ruses, mais son flair le réveillerait bientôt, car l'objet de sa convoitise était juste sous son nez !

Ce soir-là, je guettais mes enfants à travers la vitre du salon comme la venue du père Noël. Ils rentraient de voyage avec ma mère. À cause de la pluie, le sol de mon jardin était trop cahoteux pour que je puisse y marcher dans mon état, et je les regardais s'avancer dans l'allée en trépignant d'impatience. À mi-chemin, ma mère fit un petit signe de main à une personne dans le taxi. Je reconnus cette silhouette... Mon cœur tressauta et rata un battement. Je me figeai, exsangue.

– Maman ! s'écrièrent les enfants en accourant dans l'entrée.

Leur voix heurta mon esprit, raide, encore choqué par cette vision d'horreur. Je sentis leur frêle structure osseuse s'élancer entre mes mains - ils grandissaient trop vite. Les jumeaux me regardaient de leurs grands yeux et leurs bouches s'étirèrent en un sourire éclatant. Ils rayonnaient ! Une larme menaça de couler sur ma joue. Depuis combien de temps ne les avais-je vus si légers et enjoués ? Ma mère m'enlaça chaleureusement. Je contins ma colère…

À l'heure du repas, Lisa me raconta ses exploits aquatiques à la piscine chauffée de l'hôtel et ses balades en bord de mer. Qu'elle était belle ! Ses traits si délicats, elle ressemblait à Mathias chaque jour davantage. Il vivait en elle, tandis qu'elle l'oublierait peu à peu. Cette pensée me fit souffrir. Quant à Tom, il ressemblait à Antoine. Avec cette douceur en plus que la vie avait ôtée à son père. Enfant, je l'imaginai alors comme Tom. Quel gâchis ! Néanmoins, mon cerveau était parasité par autre chose : cette silhouette dans le taxi… Je luttai de toutes mes forces pour ne pas y penser, mais mon corps tendu cherchait sa délivrance. Je ne parvins pas à profiter du moment, des retrouvailles avec eux. J'attendais de me retrouver seule avec ma mère pour lui demander des explications.

Après le dîner, je mis Lisa au lit et demandai à Tom s'il voulait écouter l'histoire. Sans réponse de sa part, j'entrouvris la porte de sa chambre et le vis, étalé de tout son long au travers du lit, la tête abandonnée au vide. Il dormait à poings fermés. Je m'approchai sans faire de bruit et basculai ses jambes dans l'axe du lit en reposant sa tête sur l'oreiller. Je lui caressai délicatement les cheveux avant de déposer un baiser sur son front ; il était froid et moite. J'eus un frisson mortel… *Le sommeil, c'est comme une petite mort.* Exténuée par son voyage, Lisa s'endormit avant la fin de l'histoire. Notre histoire préférée : *Boîtes à bonheur.* Je tirai la couverture jusqu'à ses épaules, lui embrassai le front, et entamai avec ce baiser, avec eux, mes enfants, une énième reconstruction.

Je faisais les cent pas dans le salon comme une bête en cage. Ma mère faisait la vaisselle. N'y tenant plus, je la rejoignis dans la cuisine et m'assis au comptoir du bar, de sorte qu'elle me tournât le dos. Je n'avais nulle envie de voir son visage : celui de la trahison ! La tension était palpable. La stature raide, ma mère n'osait ni parler ni se retourner.

— Et toi, maman, as-tu passé de bonnes vacances ? m'enquis-je, la forçant à mettre fin à cette comédie.

Ma mère lâcha les assiettes dans l'évier dans un fracas qui amorçait la bataille, avant de se retourner violemment, visiblement très agacée.

— Très bonnes ! Oui ! Mais je déplore que tu n'aies pas cherché à partager la joie des jumeaux, ce soir. La Grèce est magnifique, et ils ne t'ont pas raconté la moitié de ce qu'ils ont fait ou vu.

— Ils étaient fatigués, répondis-je simplement.

— Non, c'est toi qui n'étais pas avec nous. Alors ?

Que s'est-il passé ensuite ? Où est Tristan ? Lisa et Tom se faisaient une joie de le retrouver. Ils se sont attachés à lui.

Je n'avais pas prévu de subir un interrogatoire. À vrai dire, j'avais prévu exactement l'inverse.

– Tristan est parti.

Ma mère poussa un profond soupir.

– Qui était-ce dans le taxi ? Une autre personne vous a-t-elle accompagnés ?

Je connaissais la réponse, mais je voulais l'entendre de sa bouche. Ma patience s'amenuisait dangereusement. Ma mère s'avachit sur une chaise, vieillie. La mort de mon père alourdissait le poids de ses années. En outre, ses traits tirés et ses yeux humides trahissaient l'inquiétude que je lui causais. Elle m'aimait tendrement. J'étais sans doute la pire des filles à ses yeux. Mon regard se radoucit.

– C'était Rose. Elle est venue avec nous. Son mari a fait une attaque. Crise cardiaque. Il ne s'en est pas sorti. J'ai pensé que ça lui changerait les idées, dit-elle avec un aplomb à couper le souffle.

Je mis quelques secondes qui me parurent des minutes avant de reprendre ma respiration.

– Rose ? La mère d'Antoine et de Mathias ? Cette Rose-là ? demandai-je, atterrée.

– C'est leur grand-mère, après tout. Mets-toi à sa place ! Cette femme a perdu son mari et son fils, et le deuxième n'existe plus pour elle… Que lui reste-t-il ?

– Rien ! Absolument rien ! m'écriai-je, abasourdie. C'est ce qui arrive quand on est un monstre, dénué de sentiments, dangereux et calculateur…

– Tu exagères ! Tu penses savoir ce que les autres ressentent, mais tu te trompes. Rose est gentille, et j'apprécie sa compagnie.

Je lui lançai un regard noir. « *Rose est gentille, et j'apprécie sa compagnie* ». Ces mots cognaient à mes tempes. Rose la manipulait. Ma mère voyait toujours le monde tel qu'il n'était pas ! Elle pensait faire une bonne action. J'avais le cerveau broyé par la fatigue, et mes nerfs étaient en train de lâcher. Ma mère ne voulut pas entendre raison. Rose, par sa « sollicitude », avait réussi à gagner son cœur.

– Maman, as-tu dit aux jumeaux que Rose était de la famille ?

Je retins ma respiration en attendant la réponse qui fusa comme une bombe avant de m'éclater au visage.

– Bien sûr !

Interdite, j'errai dans la quatrième dimension.

– Ton père en rêvait de cette destination, enchaîna-t-elle. J'ai beaucoup pensé à lui, là-bas. Ç'aurait dû être notre premier voyage après sa… guérison.

L'entendre parler de mon père en y associant cette femme me fit perdre la raison.

– Aaaaaah ! Ce voyage était pour les jumeaux ! Ils ont six ans. Ils sont si petits. Et tu les as trahis ! hurlai-je en prenant toute la vaisselle que je trouvai pour la fracasser au sol.

– Calme-toi !

– Sors d'ici ! Tu es aussi folle qu'elle. Je t'interdis de mêler mes enfants à cette femme. Tu n'avais pas le droit. Tu ne sais rien. Tu ne comprends rien. Tu vas tout gâcher !

– Gâcher !? répéta-t-elle, touchée dans son amour propre. Tu avais un homme bien dans ta vie… Qui gâche tout ?

Je lui balançai une assiette au visage. Elle l'esquiva en se baissant. L'assiette termina sa course en mille morceaux contre la vitre, et le fracas me renvoya un écho insupportable, celui de la vérité.

– Pars, suppliai-je.

– Et où irai-je à cette heure ?

– Chez ta nouvelle copine ! éructai-je, pleine de haine. Elle est ta voisine à Bayonne. Elle est ma voisine à Paris. Tu ne vois rien… Cette femme est partout ! Mais je te préviens, si tu la revois, tu n'approcheras plus les jumeaux.

– Elle n'est pas *ma* voisine. Nous nous sommes rencontrées une fois au cimetière, et je lui ai offert mon hospitalité lorsqu'elle viendrait se recueillir sur la tombe de son fils, où est le mal ? Mais toi, si tu la détestes tant, pourquoi être revenue ici ?

Il est vrai que Rose était venue s'installer près de Mathias lorsque lui et moi nous étions séparés.

— Vous vous êtes rencontrées au cimetière, répétai-je. Rose vit à Paris. Quelle était la probabilité pour que cela arrive ? Rose nous espionne !

Ma mère soupira avant de m'asséner le coup de grâce :

— Je suis contente que ton père soit parti avant de voir ce que tu es devenue.

Elle prit son sac dans l'entrée et sortit sans se retourner, peut-être à jamais, de ma vie. Je restai debout dans la cuisine, les muscles tétanisés. Je n'avais même pas la force de me rouler en boule et de pleurer. Ma mère, mon propre sang, avait choisi de me tourner le dos à l'un des moments le plus dur de mon existence. Comme à la mort de mon père, elle n'avait pas compris mes choix.

25

L'hiver était passé sans caprice. Quelques semaines de convalescence, les visites platoniques d'Antoine, le manque de Tristan et le silence de ma mère. En panne d'inspiration, le printemps l'avait imité. Plus énergivore cependant, pour sa propre entreprise, la germination des graines, la repousse des fleurs, la sève montante dans les arbres, il m'avait pris Antoine. Parti en voyage d'affaires. L'été se rattraperait. Ma mère avait repris contact, elle se languissait des jumeaux, mais en était-elle digne ? Quant à Tristan, l'arrivée du beau temps avait gravé sa chaleur dans ma mémoire. C'était mieux pour lui. C'était moi, dorénavant, que la saison et mon travail de maquilleuse emportaient sur un tournage à l'étranger. Je m'étais promis de ne plus quitter les jumeaux. Mais j'avais refusé trop de contrats l'année écoulée. J'avais besoin de ce voyage. En outre, notre charmante voisine, Laurine, me proposait ses services.

Les bagages terminés – il y avait tellement de matériel à emporter, encore un film de science-fiction avec du joli maquillage –, je descendis dans le salon rejoindre Laurine et les enfants qui jouaient à empiler des Kaplas. Laurine était jeune et pétillante, au bord de l'enfance. J'enviais sa situation. À vingt ans, on n'a encore rien exploré, tout à choisir ! Si je pouvais revenir en arrière… Je n'étais guère plus âgée qu'elle, j'approchais de la trentaine, mais lorsqu'on a des enfants, tout est différent. Les jumeaux l'adoptèrent tout de suite. *Trois enfants !* J'en fus à demi soulagée.

Le taxi n'arrivait pas ! Je serrai Tom et Lisa contre mon cœur. Je me tournai vers Laurine pour jauger sa capacité à gérer mon départ, ou simplement pour m'encourager à partir. Au même moment, le klaxon du taxi retentit. Laurine grimaça. Je mesurai son étonnement lorsque je vis le véhicule se garer sur le trottoir d'en face, une voiture aussi sale que cabossée. Ce n'était pas le taxi, c'était la voiture d'Antoine ! Il s'avança dans l'allée. Passée la surprise, le visage de Laurine se fit plus sensuel, ses pommettes se parèrent d'un rouge sombre, d'un désir non assumé. Quand Antoine cesserait-il de faire cet effet-là aux femmes ? Je ne me posais pas réellement la question. Son charme inégalable, cette expression implorante qui signifiait « *je souffre de toi* » le rendait irrésistible. Nous désirions toutes l'embrasser pour abréger sa souffrance, et la nôtre. Car on souffrait avec Antoine. Beaucoup. Il paraissait contenir plusieurs âmes en une seule, vivre plusieurs vies en une seule. Prises au piège par sa beauté, les femmes rougissaient de leur appétence coupable. Comme Laurine. Je l'observai le contempler. *Sa lèvre supérieure, pointant l'arête de son nez, si dérangeante qu'on a envie de l'aspirer, ses grands yeux ambrés, comme un feu sous la pluie, sa chevelure dorée qui tombe en mèches ondulées sur son front, son allure droite et virile, l'odeur musquée de ses joues…* Je réalisai que je le lorgnai au moins autant qu'elle. Il s'approchait de nous, les yeux vissés sur Laurine. La pauvre ne savait plus où regarder. Je ne valais pas mieux qu'elle, j'avais la mâchoire qui traînait sur le bitume.

— Tu me présentes ? dit-il, nonchalamment.

— Euh. Oui. Donc, Laurine, Antoine. Antoine, Laurine, lançai-je en reprenant vaguement mes esprits.

Ils firent connaissance… J'avais cessé d'être jalouse depuis longtemps. Il y avait eu tant de filles… Et pourtant, il était à nouveau devant ma porte.

— Je peux savoir ce que tu fais ici ? m'enquis-je en coupant court aux présentations.

— C'est évident, non ? Je t'accompagne, proclama-t-il en désignant ses bagages.

Il m'embrassa sur le front, devant Laurine et les jumeaux. Il l'avait fait exprès. J'ouvris des yeux ronds d'incrédulité. Puis il se pencha sur Tom et lui parla tendrement. Ils échangèrent des messes basses. Je ne compris rien aux dernières secondes écoulées… Je tirai Antoine par la chemise en prétextant qu'il fallait partir. L'avion n'attendrait pas. Laurine attrapa les jumeaux et jeta un dernier regard à Antoine par-dessus son épaule.

Nous montâmes dans le « taxi », la carlingue brinquebalante d'Antoine. À l'évidence, il ne mettait pas son argent dans ses voitures. *Pourquoi lui ai-je parlé de ce voyage ?* Je gardai le silence.

— J'aimerais que l'on reparte à zéro tous les deux. Tu es libre et moi aussi. J'ai changé d'avis. Je suis prêt à reconnaître Lisa, si tu es d'accord.

Le ciel venait de s'entrouvrir au-dessus de ma tête, et j'étais bénie par la grâce de Dieu. Des images d'une gamine lui sautant au cou en l'embrassant avec toute la force de son âme jaillirent dans mon esprit. Je n'en fis rien. Ma cuisse frémissait sur le siège.

— Je suis désolée pour ton père. J'ai appris pour sa crise cardiaque.

Pourquoi avais-je dit cela ?

— Il n'existait plus pour moi. Comment l'as-tu su ?

— …

— Réponds !

— Ma mère. C'est ma mère qui me l'a dit.

— Ta mère ?

— Elle et Rose sont parties en Grèce avec les jumeaux à Noël dernier, soupirai-je, les dents serrées.

— Quoi !?

— Aïe !

Je me cognai violemment la tête lorsqu'Antoine pila - même les ceintures étaient défectueuses dans cette épave. Mon front se mit à saigner abondamment. Cela n'eut pas l'air de l'inquiéter.

— Putain, c'est quoi ce bordel ? Qu'est-ce qui ne va

pas chez toi ? jura Antoine.

Il tendit les bras sur le volant et le serra si fort qu'il me sembla le voir s'effriter sous ses doigts.

— Ma mère ne m'a rien dit ! Je l'ai appris à leur retour. Tu vas me laisser pisser le sang comme ça longtemps, ou tu vas me donner un mouchoir ?

Antoine me toisa, la rage au bord des yeux. Je connaissais ce regard, fou et brisé. Il ne m'aiderait pas.

— Tu mérites d'avoir mal.

Ces derniers mots me replongèrent dans le chaos en m'expédiant dans le passé. Je serais toujours la responsable de sa souffrance. Je sortis en trombe de la voiture et me mis à marcher le long de la route. Un pouce en avant, l'autre sur le front, appuyant sur la plaie qui se transformait en bosse grotesque. Antoine ne me laisserait pas faire du stop. Il allait se reprendre, parce qu'il ne voulait pas me partager, encore un sentiment égoïste. Si je m'étais assise au bord de la route, il aurait démarré en trombe en me laissant sur le bas-côté, tout éclaboussée !

Fou furieux, il me rattrapa en quelques secondes, et me saisit sauvagement. Je poussai un cri de douleur et la digue céda. Les yeux pleins de rage, je lui hurlai à la figure :

— C'est encore moi la méchante ?! Regarde-moi ! Je me fais un sang d'encre depuis ce voyage ! Je n'arrête pas d'y penser. J'ai peur ! Où es-tu, toi, quand il faut s'inquiéter ? Non ! Toi, tu pestes et tu râles comme un animal. Tu fais la loi, et tu décides de ce que je dois faire ou ne pas faire ! C'est assez ! Tu m'entends ! Assez !

Il continuait à me tenir fermement par le bras. Je lui envoyai ma seconde main, pleine de sang sur sa joue. Une gifle musclée. Antoine ne bougea pas.

– Je ne m'inquiète pas parce que TU m'as écarté de ta vie et de celle de Tom ! pesta-t-il en s'essuyant vulgairement.

– Tu m'as menacée ! Et j'ai peur de toi ! Tu me regardes avec un air charmeur, doux comme un agneau, et l'instant d'après, tu veux tout me prendre ! Arrête de jouer avec mes sentiments. Le pire, c'est que mon malheur ne t'atteint pas. Tu vas recommencer. Je n'en peux plus ! Je ne te connais pas ! Je ne sais toujours pas quel rôle sombre tu as joué dans la mort de ton frère…

Antoine plissa les yeux. Je soutins son regard. Les gouttes de sang tombaient dans ma main en un « floc » régulier qui contrastait avec le flot anarchique de mes pensées. Mais je ne pleurai pas. Je m'habituais aux situations extrêmes, à la violence des mots.

– Il ne s'agit pas de moi, mais de Rose ! Comment ta mère la connaît ? Pourquoi elles partent en vacances ensemble ? C'est dément !

Antoine était paniqué comme je l'avais été lorsque

j'avais appris la nouvelle. J'étais soulagée de partager mes inquiétudes avec lui, comme des « parents normaux ». Antoine cherchait à protéger les jumeaux, à les éloigner le plus loin possible de cette femme déshumanisée. Sa pire crainte était que les enfants subissent le même traitement que lui durant son enfance. En ce qui concernait Rose, Antoine et moi étions des alliés solides. Aussi, laissai-je le reste de côté, pour l'instant... Mon sang coulait toujours, abondant comme les remords qui me tançaient. Pourquoi avais-je fait confiance à ma mère ? Mon corps devint rigide, des spasmes nerveux l'étirèrent de bout en bout. Lorsqu'il se relâcha, mes jambes flanchèrent comme du chewing-gum. Je m'écroulai aux pieds d'Antoine sur le goudron, noir charbon.

— C'est ma faute, marmonnai-je.

Antoine se raidit. Sa velléité me blessa. Il ne me relèverait pas. Je poursuivais mes lamentations, couchée sur le bitume qui rayonnait sa douce chaleur sur mon corps atone.

— C'est moi qui ai eu l'idée de ce voyage. Je voulais distraire les enfants. À Noël dernier, leur père est mort, dis-je en fustigeant Antoine du regard. Ma mère a rencontré Rose, *par hasard*, ta mère le manipule bien. Maintenant, je ne contrôle plus la situation. J'ai posé un *ultimatum* à ma mère : les jumeaux ou Rose. Je ne la vois plus. Que puis-je faire de plus ? m'écriai-je, le souffle entrecoupé de spasmes nerveux.

– Je vais m'occuper d'elle... Rose ne nous ennuiera plus, mon amour !

Je laissai s'envoler cette phrase dangereusement douce. Je n'avais pas envie de la retenir. Elle m'échappa aussi vite qu'elle l'habitait, lui. Antoine me caressait le dos, comme un maître caresse son chien. Je fermai les yeux. *Mon amour...*

– Il faut y aller, nous allons rater l'avion, m'enjoignit-il.

Il roula pied au plancher tandis que je faisais un brin de toilette. Nous arrivâmes juste avant la fin de l'embarquement.

Je vais en Turquie avec Antoine.

26

Paris, Lisa,

Faux et usage de faux, subordination, dénonciation calomnieuse… cette femme ne reculait devant rien. Toutefois, après avoir procédé à l'audition des enfants d'Éric, le juge aux affaires familiales n'avait pas jugé nécessaire de maintenir leur placement en famille d'accueil. Mon travail avançait en faveur de mon client. Je n'avais pas le temps de reprendre mes propres recherches au sujet de Rose. La « pièce interdite » de ma mère ressemblait à un mauvais souvenir. Cependant, mon réseau était très ramifié – je travaillais avec la police judiciaire, les associations médico-sociales, le milieu médical, politique… Bref, j'avais des yeux partout. Et lorsque je me pencherais véritablement sur la question, je frapperais vite et fort.

Ne reculai-je pas l'échéance volontairement ?

Arriva le jour de l'audience devant le tribunal correctionnel. J'étais confiante. La salle lumineuse et spacieuse, appelait l'ordre. Le bois me rappelait mon théâtre. Le tribunal était ma scène. L'audience, mon public. J'exerçais mon métier comme un art, une pièce de Racine. En avançant vers la barre, je fus frappée de réminiscence : j'étais sur scène, j'avais douze ans environ. Une angoisse sourde grondait dans mes entrailles. J'avais la sensation qu'elle sortirait si vite que j'imploserais sous la déflagration. Ma mère était là… Elle me regardait. Comme je l'aimais !

Maman !!!

Ma poitrine se déchira. Je dus m'asseoir. Éric me regarda, inquiet. Tous m'observaient. Les juges, le procureur de la République, le greffier, la partie civile. Le public derrière moi.

Ce silence m'était familier…

Je dus cependant reprendre mes esprits.

Lors d'un conflit conjugal, les violences psychologiques sont plus sujettes à interprétation et donc plus délicates à défendre que les violences physiques. Qui plus est, la femme d'Éric mentait sur toute la ligne. Elle avait mis en scène un scénario ignoble, visant à accuser son époux de violences depuis des années. Les juges ne seraient pas dupes : mon client, dans un moment d'égarement, poussé au désespoir, avait certes giflé son épouse, mais, bien que répréhensible, cet acte restait néanmoins isolé. Mon rôle consistait à démonter un à un les arguments et les fausses pièces du dossier de la partie civile. À éviter que l'on ne fasse d'Éric une bête humaine.

Après l'audience, j'avais les jambes en coton. La jurisprudence avait tranché en notre faveur. Éric avait été relaxé. Le jugement du divorce irait dans ce sens. Nous avions doublement gagné ! Quant à elle, on aurait dit que le ciel lui était tombé sur la tête. Elle n'avait que faire de la garde de ses jumeaux. Elle n'était là que pour l'argent. Elle me dégoûtait.

— Lisa !

— Éric, je… Tom ? Qu'est-ce que tu fais ici ?

— J'ai beaucoup réfléchi à…, enfin, tu sais ?

— Non, lançai-je, excédée.

Je n'avais pas revu Tom depuis le jour où j'étais allée chez Rose. Et ils m'avaient considérée comme une étrangère.

— Et comment va *ton* père ? Et *ta* grand-mère ? Tu en as de la chance d'avoir une si grande famille !

— Arrête, tu veux ! Tu sais que je suis de ton côté. C'est juste que je ne cherche pas à remuer le passé, comme toi. Enfin, jusqu'à ce que…

— Jusqu'à ce que quoi ? Continue !

— Il y a quelqu'un qui vient te parler.

Éric se figea devant moi, les yeux débordant de reconnaissance, mais la joie l'emportait sur tout le reste. Il me tendit une poignée de main, forte. Je le serrai alors dans mes bras. Ce geste spontané exprimait tout mon soulagement, toute mon émotion. Exagérément ? Nous restâmes tous deux surpris de cette étreinte gratuite et délicate. Je m'étais attachée.

Je lui présentai Tom.

— Je ne savais pas que vous aviez un frère jumeau, dit-il.

— Oui, répondis-je en regardant Tom qui adopta

un air oisif.

À vrai dire, je ne savais plus vraiment qui il était.

— Bon. Maître… Lisa, reprit-il, j'espère à bientôt.

— Nous allons nous revoir, Éric, pour le divorce, précisai-je. Nous devons tout reprendre à zéro.

Éric m'adressa un sourire plein d'espérance. Nos mains refusaient de se quitter.

— Hum, hum…

Tom marqua son impatience. Il n'était pas sociable pour deux sous.

Je regardai Éric s'éloigner, digne, et j'esquissai un sourire.

— Bon ! Vas-tu me dire ce que tu veux ? lançai-je, agacée, en me retournant vers Tom.

— Je te disais que je ne cherchais pas à remuer le passé, jusqu'à ce que je trouve une lettre déconcertante dans le bureau de Rose.

— Ah ! Ah ! Je retrouve mon frère ! Tu t'es mis à fouiner chez elle ! Toi aussi tu la trouves louche ?

— Ouais. Mais ce n'est pas la question. Alors, cesse de railler ! Et si tu veux tout savoir, je voulais lui taxer cent balles pour m'acheter des… fringues.

— Des fringues ? Ou du cannabis ?

— Mais tu m'emmerdes à la fin !

— D'accord, d'accord, continue… Mais tu devrais arrêter cette merde !

— Et toi, tu ne devrais pas flirter avec ce type, alors

que t'es mariée !

— Je ne flirte pas !

— Si tu flirtes !

— Non !

— Si !

— Non !

— Si !

— Ahhhrrr, ce que tu m'agaces ! Qu'est-ce que tu as trouvé ?

— Une lettre, comme je t'ai dit. Une lettre d'amour… Et un certificat de décès.

— De décès ! Celui de maman ? demandai-je, haletante.

— Non, celui d'un nourrisson… Un certain Flavien Polinas.

— Flavien Polinas ? répétai-je, interloquée.

— Oui. Écoute bien ! Je crois avoir compris toute l'histoire. Rose était sage-femme. Elle a exercé onze ans dans une clinique. Cette lettre d'amour venait d'un certain Patrick Alton, un gynéco. Lui et sa femme étaient détenteurs de la majorité des parts de la clinique... Et Rose travaillait dans le même service à l'époque.

— Ben dis donc, je ne savais pas que tu avais des talents de détective, me moquai-je.

— J'ai mon réseau, moi aussi.

— Continue.

– Rose a séjourné en hôpital psychiatrique à la suite d'une grave dépression quelques semaines seulement après la naissance de ses fils. J'ai retrouvé le dossier dans ses affaires. Avec le certificat de décès de ce Flavien, ça a fait tilt ! Rose a bien eu des jumeaux, mais l'un d'eux est mort-né.

– Cela ne tient pas debout. Flavien s'appelait Polinas, pas Parisi !

– Tu as l'esprit tellement droit. Je crois que Rose, avec l'aide de ce Patrick, a fait une chose terrible...

– Quoi ?

– Elle a échangé deux bébés…

Je plaquai une main contre ma bouche, épouvantée. Seul mon frère était capable d'une telle imagination.

– Un bébé mort contre un vivant, poursuivit-il, et c'est une autre famille qui a dû endurer le pire.

– Ce n'est pas possible, fis-je, effarée.

– Lis, somma-t-il en me tendant un document.

– « Philippe Parisi », dis-je avec affliction.

– Rose aurait dû le brûler…

– On garde toujours une trace de nos crimes.

Tom acquiesça.

– Donc Rose a fait chanter ce Patrick, parce qu'il avait une liaison avec elle, déclarai-je.

– T'as tout compris.

Ça se tenait.

J'écarquillai les yeux quand une autre question fusa

dans mon cerveau. Une question bien plus personnelle :

— Mais alors ! Si ce Philippe est mort-né, et que Flavien l'a remplacé, qui d'Antoine ou de Mathias est le véritable fils de Rose ?

— C'est simple. Le seul qui a gardé le même prénom. Mais je n'ai trouvé aucun autre acte de naissance.

— Tom, soupirai-je, si tout cela est vrai, alors nos pères respectifs n'étaient pas jumeaux ! Ils n'étaient même pas de la même famille !

Mes yeux me piquaient. Cette journée était harassante.

— Tu crois qu'elle risque gros ?! s'excita Tom

— Cela fait longtemps, mais… Attends, c'est pour ça que tu viens m'en parler ? Tu veux jouer au maître chanteur ?

— Pourquoi pas ? Elle l'a bien mérité, non ?

— Pas question !

Nous nous sondâmes. Bien que nos corps eussent été tendus par la discorde, il passait entre nous une douce chaleur fraternelle. Nous la sentions tous les deux. Nos mains s'effleurèrent pudiquement comme pour se donner mutuellement du courage pour les événements douloureux à venir…

27

Tom m'appelait pour la cinquième fois de la matinée. Il espérait que je le suive dans son délire de chantage. À quoi pensait-il ? Rose était une femme détestable, mais elle était très âgée désormais, certainement dans les dernières années de sa vie. Je ne trouverais pas la paix en la tourmentant ainsi. J'aurais aimé oublier tout cela. Mais à l'instar de mon frère, je savais que c'était impossible. Lui n'était attiré que par l'argent. L'argent pour acheter ce qui endormait sa souffrance. La souffrance qui était de la colère. La colère, une vengeance… Je connaissais ce cercle. Je le côtoyais tous les jours dans mon métier.

Je ne décrochai pas.

Bien que je veuille la vérité, je n'encouragerais jamais ses plans.

Pierre entra. Sa chaleur réconfortante envahit la pièce. Je levai les yeux, rouges et embués. Je tentai un sourire lamentablement rattrapé par la confusion et la tristesse. Pierre vint s'asseoir à côté de moi.

— C'est Tom, expliquai-je. C'est ma faute. Qu'ai-je toujours à remuer le passé ?

— Tu travailles trop. Tes dossiers, tes clients, et cette affaire de divorce qui t'a vraiment secouée. Je ne t'avais jamais vue comme ça. Et voilà que tu recommences à te torturer l'esprit ! Tu mourras d'épuisement si ça continue. Je m'inquiète pour toi, sans compter Charlie que tu vois à peine ces temps-ci.

Pierre avait raison, mais les fantômes étaient bel et bien sortis du placard.

– À propos, demain, je dîne avec Éric et ses enfants. Il me l'a proposé lorsque nous avons bavardé au téléphone… Après l'audience, je veux dire.

– Je sais que tu l'appelles tous les jours. Arrête ça ! Tu es une piètre menteuse.

– Pierre, c'est juste que… Je ne sais pas. Je me sens proche de lui. J'ai l'impression de partager son histoire.

– Tu joues les martyres. Il n'y en a que pour toi en ce moment. J'en peux plus. Je t'ai soutenue, parce que moi, Pierre, n'ai jamais vécu de choses aussi terribles. Mais là, je suis dépassé.

– Qu'est-ce que tu veux dire, où veux-tu…

– Je pars quelque temps avec Charlie.

– Non !

– Je vais chez mes parents. Je ne te demande pas ton avis. J'ai besoin de réfléchir, j'ai besoin de temps.

– Le temps abîme les relations, tu le sais parfaitement.

– C'est toi qui nous abîmes. Ne vois-tu pas que je souffre ? Et Charlie ? Sais-tu qu'elle fait ses dents ? Que je me lève chaque nuit pour l'apaiser ? Que chaque nuit, elle me sourit, du même sourire magnifique que tu avais, avant, quand tu me regardais. Non, Lisa, tu ne vois plus rien. Tu as un voile sur les yeux et dans le cœur, et j'ai la terrible intuition qu'il saura te l'enlever, lui. Pas moi !

Pierre se passa une main dans les cheveux et feignit une grimace pour ne pas pleurer. À ses yeux, je n'étais qu'une égoïste. Mais il ne pouvait pas comprendre. Sa famille était au complet, unie et heureuse. Je devais reconstruire la mienne, décimée par les mensonges et la souffrance.

— Je suis désolée. J'ai besoin de temps pour y voir plus clair. Tous ces mystères m'obsèdent. Il n'y a plus de place pour le reste.

— Parce que c'est ton choix, proclama-t-il en me lançant un regard chargé de reproches et de tendresse à la fois. Mais je ne serai peut-être plus là, après..., reprit-il en sortant.

C'est effrayant, mais lorsque je l'entendis faire ses bagages, je me sentis soulagée. J'avais l'impression d'être un poids pour eux depuis que j'avais ouvert cette maudite pièce qui renfermait la vie de ma mère et sa passion pour Antoine. Je ne ressentais pas cette « passion » pour Pierre. Comment le pourrais-je ? Moi qui, toute ma vie, avais eu peur de ce sentiment - ce raz de marée qui inonde les âmes qui l'éprouvent ! - le considérant comme une maladie incurable, sachant qu'elle me détruirait comme ma mère si je l'attrapais. Néanmoins, Pierre était mon âme sœur. Je refusais d'imaginer que je pourrais le perdre. Le doute s'empara de moi…

— Attends !

Je pris Charlie dans mes bras. Son petit corps chaud si consistant vint se coller sur ma poitrine prête à exploser. Je n'avais rien vu venir. Je la serrai fort. J'étais en train de la priver de l'amour dont j'avais tant manqué aussi…

— À bientôt, mes chéris !? murmurai-je.

Cet adieu cherchait la pérennité de notre amour, l'autorisation d'être encore l'élue de leur cœur. En ce qui concernait Charlie, c'était viscéral. Mais entre Pierre et moi, il s'agissait d'un accord tacite basé sur la loyauté, et je ne m'en montrais pas digne. Mon regard chercha un quelconque appui, du réconfort. Pierre n'en laissa rien paraître. L'expression de son visage empruntait cette constance aux hommes d'intelligence qui s'appuient sur la logique plutôt que sur l'impulsion du moment. Mes épaules s'affaissèrent et je les regardai s'éloigner dans l'allée en me demandant s'ils reviendraient un jour.

Je ne dormis que par intermittences, cette nuit-là, secouée par des cauchemars violents. La journée s'ensuivit, pareille à une violente grippe. Ainsi, le soir même, j'arrivai chez Éric, décoiffée, la lèvre inférieure tremblotante. Totalement déboussolée. Le salon était éclairé. Depuis l'entrée où je me retranchai, j'aperçus entre les rideaux une jolie table dressée avec soin pour les grandes occasions. Je me demandai alors si c'était moi, la grande occasion ! J'essayai vaguement de discipliner mes cheveux. Je mis à la hâte de l'anticerne. Je pinçai mes joues pour leur redonner des couleurs, et assénai à la porte trois grands coups aussi forts qu'hésitants.

Le foyer d'Éric était accueillant, chaleureux. La déco, sommaire, mais à sa juste place. Je m'y sentis bien. Éric était la gaité incarnée depuis que la justice avait balayé l'opportuniste. Au milieu du repas, le fait que Pierre ait raison, que j'aurais des sentiments pour Éric me traversa l'esprit, et j'eus besoin de me rafraîchir. Dans le corridor qui menait aux toilettes, je pris le temps d'observer chacune des photos qui l'habillaient. Je faisais ce que je n'avais pas osé faire durant le dîner : regarder Éric. Il était charmant. Indéniablement. Au côté de ses enfants, son visage exprimait comme une paix souveraine qui me fit chavirer sur place.

Je sursautai. Sa voix derrière moi brisa ma béatitude. Éric le remarqua.

— Les enfants souhaiteraient que tu les mettes au lit.

Je me précipitai dans les toilettes pour ne pas les faire attendre.

Le rituel du coucher d'Éric était très apaisant. Il

était bien meilleur parent que je ne le serais jamais. Je l'observai. Charlie me manquait déjà. À son retour, je me fis la promesse d'être plus présente pour elle. À l'instar d'Éric, cet amour – je le sentais ce soir-là – ne demandait qu'à s'exprimer.

Il était près de minuit. Dans le salon, Éric et moi étions assis sur des sofas, l'un face à l'autre. Je n'avais pas l'énergie de me sentir mal à l'aise ni de faire la conversation. Seulement des phrases banales, dont ni l'un ni l'autre ne regrettaient l'absence de frivolité. Une tasse de café à la main, nous goûtions ce moment d'une simplicité déconcertante comme de vieux amis, ou parents. L'odeur du café couplé au confort du sofa m'enveloppa peu à peu d'une chaleur familière, et mon corps glissa dans le sommeil.

J'émergeai lentement et mis quelques instants à me souvenir où j'étais. J'avais un plaid sur les jambes et un oreiller sous la tête… Il faisait noir. Quelle heure était-il ? Il n'y avait pas un bruit, excepté, dans ma poche, le vibreur de mon téléphone dont le halo de lumière projetait au plafond une ombre suspecte et angoissante. Tom avait mis son plan à exécution ! Il m'envoyait une série de photos de sa « mise en place » chez Rose. Quel stratagème machiavélique ! Un frisson m'éloigna alors très loin du cocon dans lequel je m'étais endormie. Je me sentais sale pour lui comme si l'article aux faits divers était déjà paru dans le journal de la honte.

Je cherchai son numéro en m'embrouillant dans les touches. Il décrocha à la première sonnerie, visiblement emporté par sa « mise en scène ».

– Tu vas trop loin, Tom ! N'as-tu donc aucune limite ? hurlai-je en oubliant que la maison était endormie.

– C'est la poupée brûlée qui ne va pas ? Moi, je la trouve chouette ! ricana-t-il.

– Ce n'est pas un jeu ! m'écriai-je en poussant un juron. Il te manque vraiment une case ! Tu lui as mis une cigarette dans la bouche. Pourquoi ? Quel intérêt cela a-t-il pour sa prise de conscience ?

– Pour sa prise de conscience, « chais » pas. Mais moi, je me suis beaucoup amusé. Rose fume comme un pompier. T'as vu ? J'ai repris la même marque, ajouta-t-il fièrement.

Je secouai la tête pour effacer cette discussion de ma mémoire.

– Et le torchon… C'est quoi dessus, du sang ?

– Ben, ouais ! Le poupon, la cigarette au bec, dans un linge plein de sang. C'est éloquent, non ?

– Mais ce n'est pas *elle* qui a tué son bébé ! Tom, tu n'es pas dans ton état normal. Ça va mal finir ! Tu vas aller en taule ! Et je vais devoir encore payer ta caution.

– Ça va rien finir du tout ! C'est *elle* qui va me payer, et cher !

– J'abandonne. T'es complètement taré… Tom ? Tu devrais te faire aider.

– Merci du conseil, Madame l'Avocate parfaite ! J'ai trente-trois ans, et je m'en suis bien tiré jusqu'ici.

– Si tu le dis… Nous n'avons pas la même définition de « bien s'en tirer ». Fais attention à toi. Salut.

– Et toi ? Tu vas faire quoi ? Avec Rose, je veux dire.

– Pour l'instant, je vais te laisser « t'amuser avec elle ». Après tout, je n'en ai rien à faire de sa santé mentale. Après, on verra.

– Ça t'arrange en fait que je me mouille à ta place ?

– Si tu veux. Bonne nuit… Tom ?

– Oui ?

– Tu ne te poses pas la question ?

– Bien sûr que je me la pose.

Je raccrochai, lasse. D'Antoine ou de Mathias, lequel était le fils biologique de Rose ? Et par conséquent, qui de Tom ou de moi avait une autre famille qui l'attendait quelque part ?

Éric, en pyjama, m'observait depuis le bas de l'escalier. Ma première impression fut de le trouver sexy. Ce qui m'accabla entièrement. Il s'avança à pas de chat, tandis que mes préoccupations me clouaient sur place. Je me faisais tant de reproches. Il y avait Pierre et Charlie, mes sentiments pour Éric, mais le grand gagnant était ma passivité au regard des agissements de Tom. La nuit était pleine. Éric rapprocha les sofas. L'inertie du moment me narguait avec une indicible cruauté. Ne devrais-je pas m'enfuir, avant que mon inclination pour Éric ne me fasse regretter mon existence ? En outre, je regrettai mon sommeil, car en rêve, je pouvais tout me pardonner. Éric allait m'embrasser. Mes jambes étaient tendues, prêtes à bondir comme un ressort. Il le vit. Alors, il me prit seulement la main.

— Détends-toi, murmura-t-il.

Sa voix me berça, et ce fut le néant. Mes pensées entraient en collision pour s'annihiler.

— J'ai entendu malgré moi, tout à l'heure. Je voudrais t'aider. Tu as tant fait pour moi !

— Juste mon travail, soufflai-je.

— Tu as fait bien plus que cela ! Tu as fait preuve d'abnégation.

Je lui souris tendrement. Mes mains collèrent aux siennes et je l'embrassai, parce qu'une de mes pensées avait échappé à ma vigilance. Il me rendit mon baiser, ardemment. Je savourai ce moment, car bientôt, les ressorts allaient s'actionner. J'allais bondir du sofa, attraper mon sac et partir en courant jusqu'à ma voiture, pour m'y enfermer à double tour et pleurer toutes les larmes de mon corps.

Éric m'appela, mais je ne m'arrêtai pas. Au lieu de

pleurer, je démarrai en trombe. Je pleurerais plus tard. Chez moi, je m'écroulai sur le lit en humant la couverture, l'odeur de Charlie et de Pierre. Je ne comptais plus les nuits passées sans eux, car ces derniers temps, je ne dormais pas. Depuis le jardin, une petite lumière attira mon attention. C'était encore une luciole. La nuit noire faisait ressortir ce petit insecte ventru, comparable à un magnifique soleil saisissable. Elles étaient nombreuses, en cette saison, et formaient une sorte de piste d'atterrissage qui débouchait sur la dépendance… Comme un chemin, tracé pour moi.

L'odeur de la peinture était toujours aussi poignante, comme leur amour. J'actionnai la lampe que j'avais installée. Ses yeux en avaient si peu besoin. Antoine ne savait ni s'estomper ni jaunir, exempt du temps qui passe et du soleil qui s'employait pourtant à le dominer. J'effleurai du bout des doigts ses lèvres pleines. Moi aussi, je me serais damnée pour ces lèvres. Contrairement à ma mère, je maîtrisais ces pulsions primitives, quand bien même le baiser d'Éric frémissait encore subtilement sur mes lèvres. C'était assez de sentiment illégitime pour la journée !

Mais quand je croisai le regard d'Antoine, mes yeux ne surent contenir le débord des émotions envoûtantes de cet homme. Elles se déversèrent sur mes joues encore fraîches du jardin pour les brûler.

J'eus la sensation qu'Antoine, d'un claquement de doigts, aurait pu me mettre à genoux. Mon ventre se contracta, un murmure tiède se faufila dans mon cou, sur mes lèvres, au creux de mes hanches. À travers son regard puissant, je ressentis toute ma « passion » pour Éric. Si ce simple tableau pouvait me faire partir dans de telles élucubrations, aussi lubriques, si ma mère et Antoine étaient autant passionnés l'un de l'autre, pourquoi n'avaient-ils pas trouvé le moyen de s'aimer ? Voilà ce qu'ils m'avaient légué : la peur de la passion elle-même. Depuis mon adolescence et les frasques de Tom, je jugeais la passion comme un acte inconsidéré, dangereux. Je ne cessais de fuir ce sentiment. Mais face à Antoine, je l'attrapai comme un réflexe, inné. Peut-on vivre sans passion ? La réponse m'apparut devant cette toile, mes yeux à présent inextricablement fixés à ces lèvres.

Mes pieds ne répondirent plus à ma supplique raisonnable, m'enjoignant l'élan de la passion. Fort heureusement, la froideur de la poignée du portail me réveilla soudainement, et je sortis de la domination dans laquelle un simple tableau hors d'âge m'avait plongée. Je pensai à Pierre et à Charlie. Je ne retournerais pas chez Éric. Lui et moi avions vécu des épreuves difficiles. Notre « relation » ressemblerait davantage à celle de deux pauvres oisillons tombés du nid qu'à celle du couple majestueux et solide qui les avait fait naître.

Pierre allait rentrer. J'en étais certaine, tout redeviendrait normal.

28

Plusieurs jours passèrent sans que Pierre donne le moindre signe de vie. Ses parents habitaient en Auvergne dans le centre de la France. Il serait contraint de rentrer prochainement pour son travail. Depuis notre dîner, Éric m'envoyait un message chaque jour. Je m'engageais à lui répondre de manière succincte, mais polie. Je repensais aux oisillons… À défaut d'être digne, l'intérêt que je lui portais était réciproque. Néanmoins, nos attentes étaient antagonistes. Éric recherchait la stabilité chez une femme, tandis qu'à trente-trois ans, je vivais ma première véritable crise d'ado !

Pour continuer dans la série « téléphone », Tom me harcelait. Je n'avais pas écouté ses messages. Qui plus est, j'étais sur une nouvelle affaire. Une escroquerie avec abus de confiance, largement médiatisée. Le droit pénal des affaires me plaisait toujours autant, mais serais-je capable de regarder la « misère » humaine et ses actes déloyaux sans sourciller dorénavant, tandis que la maladie de ma mère grandissait en moi ? Car depuis la nuit où les lucioles m'avaient conduite dans la « pièce interdite », je m'y rendais quotidiennement. Le passé m'apprivoisait. À défaut de le comprendre, j'apprenais à vivre avec les erreurs de mes parents, de ma mère. Ainsi, comprendrais-je mieux les miennes.

Tom rappela pour la énième fois. Je m'assis en face

du portrait d'Antoine et, par pitié ou par amour, je décrochai cette fois. *Il va me rendre dingue !*

— Merde ! Ça fait des plombes que je t'appelle !

— J'ai une vie. Pas toi ?

— Ah ! Ah ! Très drôle !

— Alors ?

— Alors, rien ne va ! Mon plan était parfait ! Je l'ai rendue folle, la vieille. Après la poupée, ça tu connais…

— Oui. Comment pourrais-je oublier cette vision d'horreur ?

— Laisse-moi parler ! Ensuite, j'ai commencé à monter un puzzle… Genre avec des visages de bébés. J'ai trouvé des photos de l'usurpateur : Flavien, dans les albums de Rose, mais aucune de Philippe.

Tom, Tom, Tom. Que vais-je faire de toi ?

— Tu t'attendais à quoi, à une « séance photo » avec un mort-né ?

— Ouais, un peu… Bref, Rose a bien compris l'idée. Sur le puzzle, j'ai écrit : « *Sale garce, je sais ce que tu as fait !* » Je lui ai laissé un petit cadeau tous les jours.

— Je vois que ça t'amuse toujours, soupirai-je. Je présume que tu t'es fait démasquer.

— C'est pour ça que je t'appelle. L'autre jour, elle m'attendait, et elle m'a balancé tout ce qu'elle avait sous la main. Elle ne m'a pas raté, la salope !

— Tu ne peux pas t'exprimer correctement !

– Ouais. Alors, je l'ai menacée. Un échange de bons procédés : du fric contre mon silence.

J'avais les jambes sciées, littéralement.

– Elle m'a ri au nez ! Un éclat de rire nerveux qui m'a fait flipper. Une vraie sorcière ! J'ai cru que j'allais devoir la tuer.

– Un nouveau cas d'homicide. Chouette !

– Arrête de faire de l'esprit. Sérieux, elle m'a dit qu'Antoine l'avait menacée des années auparavant. Je la cite : « *Tu es de la vermine comme ton père !* » Il était au courant pour l'échange. Et son mari, rongé par les remords, avait voulu vider son sac à la police. Je la cite encore : « *J'ai écrasé cette petite merde sous mes chaussures* ». Si t'avais entendu son rire quand elle m'a dit ça… Je me suis fait prendre à mon propre piège. Elle s'est bien foutue de ma gueule. Elle est dangereusement folle depuis le début !

– Je sais à présent de qui tu tiens, le taquinai-je.

– C'est ce qui me fait le plus mal…

– Que veux-tu dire ?

– Parce que j'aurais aimé ne jamais faire partie de cette famille !

Tom répondit adroitement à la question qui nous consumait depuis que nous avions appris l'infamie de Rose. Une question qui divisait notre fraternité, tant la jalousie la dévorait.

– En es-tu sûr ? m'enquis-je en essayant de cacher

mon soulagement.

– Rose m'a tout raconté ! Comment elle tenait Antoine pour responsable de la mort de son autre bébé.

Le silence qui s'ensuivit vint déchirer nos cœurs jumelés. J'avais une autre famille de l'autre côté de l'histoire. Victime de la famille de mon frère ! Je réalisai alors sur quel évident et indicible malentendu, Antoine avait été « aimé » de sa mère, et quelle bombe à retardement elle avait engendrée.

– Que vas-tu faire maintenant ? demandai-je.

Tom se racla la gorge en s'agitant comme un asticot au bout de sa ligne. Je devinai ses pensées.

– Tu n'as qu'à revenir à la maison, proposai-je.

– Dans ta petite dépendance !?

– Pourquoi pas ? Ou à la maison. Je suis seule en ce moment…

– Oh.

– Mais il y a une condition…

– Je n'aime pas ça du tout.

– Que tu reprennes tes études. Tu étais brillant et tu le sais. Je t'héberge le temps qu'il sera nécessaire, et tu en profites pour reprendre tes études de médecine. Pierre pourra t'aider. Lui et toi étiez amis autrefois, et puis t'as tout foutu en l'air…

– Je te signale que c'est grâce à moi que tu l'as rencontré, ton Pierre chéri. Alors je n'ai pas « tout foutu en l'air ». Il y a du bon et du mauvais dans chaque histoire, Lisa. Avec toi, c'est toujours noir ou blanc. Moi avec la drogue, j'ai pu voir gris pas mal de temps.

— Quand on voit où cela nous a menés, Pierre et moi, dis-je pour moi-même. Il y a une autre condition… Je crains, la plus difficile.

— Encore ! Quoi ?

— Pas de drogue chez moi !

— Mais je ne me drogue plus. Depuis… Enfin…

Cette pudeur soudaine entre nous, toute nouvelle, marquait le début du changement. L'orgueil de Tom était touchant, parce qu'il prenait racine dans un sentiment délicat : son amour pour moi.

Tom avait arrêté ses études en première année de médecine ; dix ans déjà. Ado, il fumait de l'herbe et autre substance narcotique, probablement pour endormir son chagrin. En médecine, il avait suivi ses mauvaises fréquentations en s'enfonçant dans des drogues dures ; la cocaïne en particulier l'avait fait imploser. Je n'avais pas su l'aider. La volonté de se détruire, fermement liée à la dépendance, était trop forte. Il m'avait frappée à deux reprises durant ses délires paranoïdes, et j'avais été contrainte de m'éloigner. Cela n'allait pas fort pour moi non plus à l'époque. Je venais de rencontrer Pierre à une soirée médecine de mon frère, mais j'étais trop occupée à ma propre instruction pour entamer une relation sérieuse. En outre, j'avais l'absolue résolution de ne jamais, au grand jamais, tomber amoureuse.

Pendant quatre ans, Tom était sorti de ma vie. Je n'avais jamais été séparée aussi longtemps de mon frère. Pierre m'avait épaulée dans cette épreuve. Et doucement, sans risque ni sentiment exalté, notre amitié avait gravi le versant intime de notre cœur. Un soir d'avril, Tom était arrivé chez moi tout cabossé. Mon frère s'était mouillé dans des affaires aussi courantes qu'effrayantes dans le milieu des stupéfiants. Pour une jeune avocate, c'était insupportable. Malgré cela, je lui avais ouvert ma porte. Mais Tom regagnait toujours la rue et la drogue, jusqu'à ce que Rose entre dans sa vie récemment… Durant les mois de leur cohabitation, je crois qu'il ne touchait plus à la cocaïne. Il avait trouvé une autre occupation malsaine. J'en avais eu vent ces temps-ci ! J'étais soulagée que son plan de persécution ait échoué. J'espérais de tout cœur qu'il puisse décrocher et trouver la paix.

Tom remplaçait un problème par un autre. L'exemple avec Rose était probant. Pourquoi désirait-elle se rapprocher de son petit-fils ? Une tentative de rédemption ? Malheureusement, elle ne se doutait pas que mon frère était aussi éloigné du Christ que le diable en personne.

Il fut devant chez moi en moins d'une heure. Rose avait dû rudement le secouer. Je m'en voulais à présent de ne pas avoir répondu à ses appels. Il devait déjà être à la rue lors du dernier. Ma conjecture se vérifia lorsque je l'enlaçai, son corps était glacé.

— Entre te réchauffer, dis-je en le frictionnant.

Son corps tressaillit à mon contact. Tom se déroba à mon étreinte. Il se dirigea vers la dépendance comme un pantin mécanique, un rien dégingandé. Je le suivis docilement, à bonne distance.

Avant qu'il ne referme la porte, je m'autorisai à lui poser une question.

— Ça fait combien de temps que Rose t'a mis à la porte ?

— Cinq jours.

— Cinq jours ! criai-je en me fustigeant.

— Ne t'inquiète pas. Je n'ai pas dormi dehors. J'étais chez un copain.

Je le regardai, ce visage pâle, ces yeux rougis par le manque de sommeil, mais il y avait autre chose… *Oh ! Non !*

— Tom, ne me dis pas que…

— Nan… C'était juste un peu de beuh, tu vois ? C'est rien.

Mes épaules s'affaissèrent. Mon abattement mit Tom au bord des larmes. Il avait replongé. Bien sûr que ce n'était pas de l'herbe, c'était de la cocaïne, que son soi-disant copain lui avait vendue. Oh ! Pourquoi n'avais-je pas répondu au téléphone ?

— Allez viens, je vais te mettre au lit.

Tom me fit barrage. Je caressai sa barbe naissante. Il avait la peau d'un tout jeune homme, excepté les cernes qui lui dessinaient des marques singulières autour des yeux. Étonnamment, ils lui donnaient tout son charme. Tom ne m'avait jamais présenté de filles officiellement. J'ignorais même s'il avait eu un jour une relation sérieuse. Pourtant, sa beauté n'avait pas son pareil, excepté son père, peut-être. S'il n'était pas mon jumeau, je sentirais cette attraction, moi aussi. Il déposa un baiser dans le creux de ma main, et je le laissai sur le pas de la porte, sans amertume. Son asile, chez nous.

Par la fenêtre du salon, je remarquai de la lumière dans la « pièce interdite ». Je craignais que cela arrive. J'écartai légèrement le rideau, et vis Tom, les épaules courbées. Il pleurait sans retenue devant le portrait de son père. Tom lui ressemblait tant. J'étais dure avec lui. Il en avait bavé autant que moi, peut-être bien plus…

Je me réveillai brutalement. Deux heures dix. La nuit avait été courte. J'avais une migraine épouvantable – comme si mon cerveau s'était mis en mode calculatrice de la NASA –, un goût aigre mêlé de sang dans la bouche que les battements décuplés de mon cœur avaient fait remonter. J'avais soif.

L'amertume se dilua à mesure que l'eau fraîche coulait dans ma gorge, ma fréquence cardiaque diminua. 2

Deux heures vingt. La fatigue me gagna de nouveau. Ce n'était rien…

Quand ma tête heurta l'oreiller, ma pensée s'éclaira ! J'avais une fenêtre étroite pour sonder les profondeurs de mon inconscient. Si Antoine était au courant pour l'échange des nourrissons, ma mère l'était peut-être aussi ? *Mon Dieu.* Elle aussi avait participé à ce chantage ignoble !? Je n'avais plus du tout sommeil à présent. Je songeai à rejoindre Tom pour trouver un peu de réconfort. Je me souvins alors que sa tendresse à l'égard de notre mère était morte depuis longtemps. Tom ne saurait déshabiller cette solitude qui me glaçait les veines. Pire, dans l'état où il était, il m'enverrait sur les roses. « *Rose…*, répétai-je, *quel si joli prénom pour une si laide personne* ». Le mépris que j'éprouvais envers Rose et son fils était en train de m'assujettir à l'obsession.

Une folie bien contagieuse en effet qui pourrait me pousser à commettre l'irréparable en leur présence…

Quelle famille !

29

Été 2014, Turquie, Mégane,

Nous arrivâmes à l'hôtel vers vingt-et-une heures, heure locale. Le lendemain, levés de très bonne heure, une longue route nous attendait, mon équipe et moi, pour rejoindre la Cappadoce, région située dans les terres désertiques. Bien que les paysages sauvages et l'absence de civilisation fussent poétiques, j'aurais aimé rester en bord de mer et visiter Adana avec Antoine. Je ne pourrais lui consacrer qu'un week-end durant notre séjour. Il m'attendrait sur la côte. Qu'à cela ne tienne, j'étais heureuse. J'avais envie de passer du temps avec lui, rien que tous les deux.

Je prétextai une migraine épouvantable après ces quatre heures de vol pour me faire servir le dîner dans ma chambre. Allongé sur le lit, Antoine me regardait intensément, mais la fatigue l'avait étreint également. Le repas fut silencieux. La cuisine turque n'était pas mauvaise… Je dirais même que je l'adorais ! Quand nous finîmes de dîner, Antoine m'invita au creux de son épaule. J'étais sur le point de m'endormir, tout habillée, quand je sentis son souffle tiède dans ma nuque.

— Comment vas-tu faire ? murmurai-je, quasi dans l'inconscience.

— Quoi ?

– Pour ta mère.

– Je tiens quelque chose depuis des mois. J'attendais le bon moment pour m'en servir... Dors maintenant.

Le chuchotement d'Antoine caressait mon oreille. Son timbre grave et mélodieux me berçait. Je sombrai dans un sommeil paradoxal. Les visages de Mathias et de Tristan défilaient sous mes paupières, ces hommes que j'avais négligés, car celui que j'avais toujours voulu m'étreignait dans ses bras. Pour l'heure, sa tendresse me plongeait dans une plénitude qui se rapprochait très certainement du paradis.

Le réveil retentit à quatre heures du matin ! Je me levai sans bruit en imprimant le souvenir de son corps à demi révélé sous les couvertures. Le cœur lourd et les jambes engourdies de sommeil, je rejoignis l'équipe de tournage pour le petit déjeuner. La nuit dernière avait été la plus douce et la plus sécurisante de toute notre relation.

Seul lot de consolation, la mine de l'équipe au restaurant. Apparemment, je n'étais pas la seule à m'être levée du mauvais pied. La journée s'annonçait interminable ! Six heures de bus pour rejoindre Göreme. Là, l'équipe technique nous attendait. Il faudrait encore installer le matériel, les loges… Je maquillerais l'acteur principal, une transformation spectaculaire, longue et difficile qui nécessiterait une grande concentration. J'étais nerveuse. J'espérais dormir un peu durant le trajet sinon mes talents risquaient de tourner à la plaisanterie… et l'acteur de finir en clown !

Je montai à bord du bus. Un homme me fit ostensiblement signe de m'asseoir près de lui. Je regardai alors d'un air suppliant la place libre à côté de Stacy, mon homologue coiffeuse. Elle y plaça son sac, en me jetant un œil goguenard. *OK.* Je fis donc volte-face et allai m'asseoir timidement à côté de l'homme en question.

— Elle n'a pas l'air de te porter dans son cœur ! dit-il en riant, avec un fort accent anglais.

Je haussai les épaules.

— C'est une idiote ! répondis-je, vexée.

— Voilà qui est dit ! Je m'appelle Austin.

— Mégane. Enchantée.

Nous échangeâmes une poignée de main en nous souriant.

Je ne réussis point à dormir, mais le trajet fut très agréable. D'une part, parce que la Turquie était une contrée magnifique, les paysages riches et contrastés me rappelaient la Nouvelle-Calédonie. D'autre part, parce que l'ambiance était joviale et l'équipe très animée. Bien que leur charisme m'intimidât au début, je ris aux larmes une bonne partie du trajet.

À la descente du bus, mes yeux se plissèrent pour

s'acclimater à la luminosité. Il était midi, et je restai hébétée devant l'éclat du ciel, incomparable à mes journées parisiennes. Austin le remarqua. Il m'adressa un large sourire complice. J'accrochai son éclat à mon tableau.

Dans ma loge, j'étalai mes accessoires – j'aurais préféré sortir ma toile et mes pinceaux. Göreme était un endroit fantastique, tout droit sorti d'un rêve. Je comprenais mieux pourquoi on tournait ici. Ses maisons troglodytes et ses reliefs, comme si des millions de petits toits avaient poussé des entrailles de la Terre, et ses couleurs à la fois claires et contrastées faisaient de Göreme un paysage insolite et presque imaginaire.

— On dirait que nous allons avoir un joli tête-à-tête…

Prise dans mes pensées, je sursautai.

— *Sorry !* Je ne voulais pas te faire peur !

— Ce n'est rien. J'étais concentrée. C'est si beau ! Cet endroit me laisse rêveuse, je crois.

— Oh ! Yes ! Je confirme. Comment dit-on en français : « *Amazing* » ? souffla-t-il d'une voix suave en plantant son regard dans le mien.

Je rompis le contact visuel.

— Êtes-vous toujours aussi direct ?

— Je parlais du paysage !

Je répondis d'une moue faussement boudeuse.

— *Come on* ! La loge est prête. Tu vas avoir du travail sur moi.

J'écarquillai les yeux.

— Ah ! Tu ne savais pas que c'était moi le héros du film, pas vrai ? dit-il en éclatant de rire.

« *Non* », lui signifiai-je de la tête. C'était donc lui que je devais transformer en mutant fou - enfin, moi, et les ordinateurs.

— Réussirez-vous à rester tranquille plus d'une heure ? plaisantai-je, un rien provocatrice.

— Le nez dans ton décolleté, c'est sûr que non !

Une telle franchise me fit pouffer de rire. Austin cherchait une façon de m'aborder malgré la barrière de la langue. J'en fus flattée. La distinction du vouvoiement et du tutoiement n'étant pas évidente en anglais, je ne m'arrêtai pas au ton familier qu'il employait avec moi. Mais je le soupçonnai de le faire exprès. Durant la préparation, il reprit son sérieux et son professionnalisme, tandis que je me dandinai et me décomposai sous son regard à mesure que je dessinai les contours de ses traits au pinceau. Ses yeux, grands, bruns. Son nez adorable. Sa bouche. Une très jolie bouche. Je caressai son visage du bout de mes doigts, le pinceau entre nous, fiévreuse et voluptueuse malgré moi. Je lui plaisais. Austin se transmutait en une espèce de créature, mi-homme, mi-dieu. Je n'étais pas fan des transformations extrêmes, mais là, je dus me rendre à l'évidence : Austin dégageait une force au naturel, et ce maquillage le sublimait !

Après deux heures de concentration, j'étais éreintée, mes yeux piquaient et mes jambes fourmillaient. J'avais presque fini. Il ne restait plus que le maquillage sur le haut du front que je terminerais après la coiffure. Telle une greffe, elle viendrait parfaire le personnage. Je grimaçai intérieurement à l'idée que Stacy se retrouve à son tour seule avec Austin. C'était une belle fille, moderne et provocante, aux formes généreuses. Austin ne résisterait pas longtemps à ses charmes. *Mais à quoi pensé-je ? Et Antoine qui m'attend à Adana.*

— Tu es si sérieuse tout à coup ! remarqua Austin.

En effet, penser à Antoine m'avait durci les traits.

— Non, j'ai… j'ai presque fini.

— Oh ! *It sucks !*

— *Don » t worry*, Stacy va venir s'occuper de vous, le consolai-je.

— La coiffeuse ? Elle est jolie, mais toi, tu… Ton regard est plein d'une sorte de mystère mélancolique. *I like it !*

— Vraiment ? Vous me trouvez mélancolique, fis-je en relevant le menton tout en affichant le plus beau des sourires.

— Oui… Un peu, sourit-il à son tour, conscient de ma taquinerie. Aimerais-tu dîner avec moi, un soir ?

On pourrait abandonner l'équipe le temps d'une soirée.

— Ils vont parler…

— Je m'en moque. C'est moi la star ! Je fais ce que je veux, non ?

— Oh, pourquoi pas !

Aussitôt sortis de ma bouche, je regrettai ces mots, tandis que son sourire victorieux me faisait fondre.

Ils tournèrent jusqu'à la nuit et au-delà. Je rentrai à l'hôtel, épuisée, après les multiples retouches faites sur Austin. Je me rappelai alors pourquoi je n'acceptais plus ce genre de boulot. Dieu merci, les employés s'étaient chargés de monter nos bagages dans nos chambres. Je m'affalai dans un sofa au salon de l'hôtel en attendant le numéro de ma chambre. Alors que j'avais rejeté ma tête en arrière, et que j'étais totalement abandonnée à la fatigue, un serveur s'approcha de moi en me demandant si je désirais quelque chose. Cette voix ?! Je me retournai brusquement en découvrant Antoine, un plateau à la main et une serviette sur le bras. Je le reconnaissais bien là ! Mon électron libre…

— Antoine ?

Mon corps se raidit.

— Tu ne croyais pas que j'allais te laisser seule ici, à l'hôtel, avec une ribambelle d'hommes qui feront la queue devant ta chambre ! plaisanta-t-il.

Au fond, il le pensait. Cela me blessa.

– Hum hum… C'est loupé alors ! répondis-je en entrant dans son jeu.

Son visage se déforma sous l'effet de la surprise.

– Tu n'es pas contente de me voir ? s'enquit-il, piqué.

Si j'avais pu le serrer dans mes bras, je n'aurais pas hésité un seul instant.

– Bien sûr que je le suis, idiot. Mais tu ne devrais pas être là. Antoine, je bosse !

– À Adana, j'ai entendu une conversation à la réception de l'hôtel. Ils cherchaient un serveur en dépannage à Göreme. Apparemment, une grosse équipe de tournage était arrivée. Je n'ai pas hésité. J'ai suivi les signes.

– Tiens, tu crois aux signes maintenant ?

– Non. Je crois en nous. Pas toi ?

Je m'apprêtai à lui répondre avec plus de conviction cette fois, quand Austin fit son entrée dans l'hôtel en affichant un sourire ravageur. *Ouille !* Antoine le remarqua immédiatement. Comme s'il était là pour Austin. Comme s'il avait senti le danger. Je me délitai sous leurs yeux. Pour parfaire la scène, Austin vint s'asseoir à côté de moi, l'air triomphant. C'était son air habituel, mais Antoine y entendrait de l'arrogance. Austin lui commanda deux verres de vin, en m'appelant sa « *darling* », qui pouvait se traduire pour l'heure par ma « mignonne ». À ce moment précis, mon corps n'était plus qu'une vague gelée flageolante, et j'aurais voulu me liquéfier totalement pour couler en flaque informe sous le sofa, sous leurs pieds.

Les yeux d'Antoine s'assombrirent. Seuls lui et moi entendîmes l'orage gronder... Les signes. Son corps tendu, prêt à bondir pour étriper Austin ! Mes yeux imploraient Antoine de ne pas causer de problème ici. Je le vis broyer le plateau entre ses doigts, cherchant un point d'accroche, quoi que ce soit qui l'empêcherait de faire avaler son beau sourire à Austin, car il ne l'avait pas quitté.

— *This waiter is asleep*, grommela Austin, installé tel un dandy en face de moi.

Antoine, qui maîtrisait parfaitement la langue, le comprit plus vite que moi, et la tension atteignit son paroxysme. Les deux hommes se toisèrent.

— Vous n'êtes pas démaquillé ? m'enquis-je, pour détourner l'attention.

— Non. Je me suis dit que tu aimerais le faire ?

Je m'étranglai. Ma main se plaqua contre ma bouche pour étouffer un cri de terreur à l'idée d'Antoine derrière nous, fulminant, ou pensant halluciner. J'étais exactement au milieu. Austin était Austin. Antoine était Antoine. Par miracle, Antoine tourna les talons. Il revint avec deux verres de vin blanc qu'il posa délicatement sur la vitre de la table. Je l'entendis se briser malgré tout. Ce calme apparent me pétrifiait. Je retenais mon souffle. J'avais besoin de sortir prendre l'air, hors de leur champ de vision. Pourtant, mon corps, vide de toute consistance, resta moulé dans le sofa.

Du coin de l'œil, j'espionnai Antoine qui feignait de travailler. *Antoine ! Serveur !* Enfin, je compris ce qu'il mijotait, ce calme avant la tempête, quand il s'approcha de deux filles plutôt mignonnes accoudées au bar. Elles étaient très jeunes. Sa ruse ne fonctionna que trop bien ! Je bouillonnai, tandis qu'elles gloussaient comme des dindes devant son sourire. Nos verres terminés, Austin et moi montâmes à l'étage afin que je le démaquille. Je laissai Antoine avec elles… Ce n'était pas ce que j'avais projeté pour nos retrouvailles. Il aurait mieux valu qu'il m'attende à Adana comme c'était prévu. Nous aurions fini notre séjour ensemble, juste tous les deux.

On s'installa dans la salle de spectacle. Elle était immense. Les lumières tamisées et le splendide piano à queue conféraient à l'ambiance quelque chose de suave et romantique. J'eus l'impression d'être Julia Roberts dans *Pretty Woman*. Mais Austin n'allait pas me faire l'amour sur ce piano comme Edward. Cette pensée me vola un sourire.

Austin me raconta le tournage. Je voyais les scènes défiler pendant que j'ôtais la peinture et les rajouts de peaux sur son visage. Je le découvrais pour la seconde fois… Austin ne me considérait pas comme « la maquilleuse écervelée » que les stéréotypes sociaux engendrent. Non. Il me regardait avec fascination et désir. De me connaître, de m'émouvoir… Je retirai délicatement la colle en prenant soin de ne pas lui faire mal.

— Tu peux t'occuper de mes cheveux ?

— Stacy va s'en charger, contestai-je.

Je n'assumai pas cette tension sexuelle qui s'installait entre nous. *Que fait Antoine en ce moment ?*

— Non. Je préfère que ce soit toi ! Stacy m'a arraché le crâne tout à l'heure. J'ai une migraine épouvantable. Alors que toi, tu es tellement douce avec moi.

Les codes sociaux français et anglais ne doivent pas être rigoureusement identiques. Mon air guindé passa totalement inaperçu. J'acquiesçai d'un signe de tête, faussement détendue, et me mis à défaire sa coiffe. Maladroite, j'eus peur d'abîmer le costume.

— Je dirai que je n'en pouvais plus et que je l'ai retiré tout seul, dit-il en lisant la gêne sur mon visage.

— Merci.

— *You're welcome.* Alors ? Toujours partante pour un dîner !

Le dîner !

Voir ce visage si rayonnant se transformer en un triste tableau était au-dessus de mes forces. Je savais néanmoins que les ennuis arrivaient.

— Oui, bredouillai-je.

— *Great !* Demain soir ?

— OK

Je détestais ma situation.

— Sais-tu en jouer ?

Je regardai le piano en hochant la tête.

— Moi non plus. On essaie ?

— Êtes-vous toujours aussi drôle ?

— *No ? Seriously !*

Je ris. Ce garçon était très vivant. Nous nous installâmes côte à côte sur le grand tabouret. Je contemplai ces blanches et ces noires comme de longs doigts délicats. Je jouai un sol. J'entendis l'impact du marteau contre la corde juste avant que la note ne résonne dans la pièce. Le silence ambiant était sourd. La salle, de par sa forme, était dotée d'une acoustique incroyable.

— Quelle belle scène ! Cela doit être magique de jouer ici, rêvai-je à voix haute.

Austin se mit alors à piquer des notes au hasard en dansant des épaules telle une marionnette de foire, si naturellement que j'éclatai de rire.

— Je vous verrais bien dans des comédies, dis-je sans retenir ma pensée.

— *Yes ! You're right. I would love it !* J'ai commencé les castings dans ce registre. Mais ils m'ont préféré dans des rôles plus sérieux, à cause de ma belle gueule !

Austin se redressa et releva le menton en me lançant un regard en coin qui me renversa sur place. J'essayai de reprendre contenance sans vraiment y parvenir dans un mutisme pesant. Pour détendre l'atmosphère, j'imitai Austin en faisant le clown sur le clavier. Mon malaise se transforma en euphorie. Prise à mon propre jeu, je fus contaminée par un fou rire incontrôlable. Je crois que je n'avais jamais autant ri depuis la mort de Mathias. J'accrochai un instant son regard au milieu de cette intime exaltation, et je compris qu'Austin partageait pleinement cette sensation avec moi. Jusqu'à ce que je sente sa main frôler le creux de mes reins… Je me levai d'un bond en cherchant un point de fuite.

– Attends ! Je ne voulais pas t'offenser. Je suis désolé.

– Ce n'est rien. Je devais m'en aller. Il est tard.

Je regardai ma montre. Minuit passé.

– Quelle journée éprouvante, n'est-ce pas ? Veux-tu que je te raccompagne à ta chambre ? s'enquit-il par simple courtoisie.

– Non, merci. Je vais me débrouiller, le rabrouai-je.

– OK

Nous nous sondâmes.

– C'était chouette. Le piano… Tout ça. Merci.

Mon cerveau n'eut pas le temps d'analyser ce qu'il faisait. Il lui déposa un baiser sur la joue.

Arrivée dans ma chambre, je ne pris pas le temps d'éclairer la pièce. Je tombai, noyée de fatigue sur le lit, et m'endormis aussitôt.

Antoine ne m'avait pas rejointe la nuit dernière. Il serait furieux encore plusieurs jours. *Quel gâchis !* J'espérais seulement qu'il n'avait pas fini la soirée avec ces deux filles. Je ne le supporterais pas. Je ne le supporterais plus.

Dans le salon où nous petit-déjeunions, je l'observai passer de table en table. Il récupérait les carafes de jus de fruits et les corbeilles de pain qu'il servait. Il semblait réellement se prendre au jeu dans le simple but de me surveiller. Aussi pathétique que cela pût être, cela me fit esquisser un sourire.

– Bah ! Ces acteurs ! Il faut toujours qu'ils se fassent attendre ! Que fait Austin ? Pourquoi n'est-il pas encore descendu ?

Le régisseur pestait. La première scène de la journée devait être tournée au lever du soleil.

– Je peux aller voir si vous voulez ? proposai-je.

Je voulais surtout croiser Antoine et lui expliquer pour la veille.

– Oui, merci, Mégane. Excellente idée ! Et dis-lui de se dépêcher un peu, on part dans une demi-heure !

– OK. Je le ramène dans cinq minutes, fis-je en souriant.

Le régisseur me fit un clin d'œil. C'était un homme efficace, et très humain. C'était à lui que l'on devait cette superbe ambiance entre nous.

Quand j'arrivai près d'Antoine, je me retournai brusquement, bien décidée à lui tenir tête.

– Tu t'es bien amusé hier soir ? éructai-je.

– Oui, et toi ?

Son ton paresseux me hérissa.

– Je croyais que tu étais là pour passer du temps avec moi ! Pas pour draguer les premières minettes que tu croiserais.

– Tu dragues bien cet acteur de mes deux…

– Je bosse avec lui, je ne le drague pas ! chuchotai-je en hurlant.

Antoine haussa les épaules. *Un enfant !*

– As-tu passé la nuit avec elles ? m'enquis-je, au supplice.

Si la réponse était affirmative, c'en était fini des vacances et des illusions !

– Peut-être…

– Antoine ! Ne joue pas à ça ! Pas ici ! Oui ou non ?

– Toi, tu penses quoi ?

– Je sais pas ! C'est pour ça que je te le demande. Grouille ! Tout le monde nous regarde…

Austin nous observait à présent du haut des

marches. Antoine le fusilla du regard.

Je m'épongeai le front.

— Si tu t'es tapé ces filles, je te préviens, je sors de ta vie pour de bon !

— Ouais, tu dis toujours ça…

Sur ce, il reprit son service avec la même nonchalance. Ma colère irradiait.

— Très bien ! Je suppose que je peux sortir avec qui je veux alors.

Secoué par ces mots, Antoine se retourna. Un éclair de tempête passa dans ses yeux. Il me fit signe que « non », écœuré par cette vision. Austin, au même moment, s'approcha de nous et m'embrassa sur la joue pour me dire bonjour…

Allez ! Après tout, c'est une journée comme une autre avec Antoine.

C'était le deuxième jour de tournage. Levée à quatre heures, couchée à minuit, je n'allais pas tenir la cadence. Les premières lueurs du soleil perçaient au travers des voiles de la loge, tel un feu aérien, annonçant que la chaleur serait encore écrasante. En outre, comme la veille, je passai ma journée en extérieur pour faire les retouches. Mes yeux souffraient de la clarté, car j'ôtais régulièrement mes lunettes de soleil pour distinguer toutes les nuances de couleurs. Le soir venu, mes yeux pleuraient comme une Madeleine, deux fontaines brûlantes. Je ne pouvais plus les ouvrir. Mes paupières ressemblaient à deux lèvres, l'une contre l'autre, gonflées et rougies par le baiser. Le médecin m'examina et le verdict tomba. Les ultraviolets avaient brûlé ma cornée, une sorte de coup de soleil à l'œil. Avec un peu de repos, et un équipement mieux adapté au soleil de la région, tout rentrerait dans l'ordre.

Inquiet et impatient de prendre de mes nouvelles, Austin vint me rendre visite, mais Antoine surgit de nulle part et prit les devants avec un plateau.

— Je vous apporte des compresses, clama-t-il en ignorant Austin qui se rangea naturellement derrière la silhouette imposante d'Antoine.

— Merci beaucoup. Posez-les sur la table s'il vous plaît, persiflai-je en entrant dans son jeu.

Antoine resta planté au milieu de la pièce. Il ne partirait pas tant qu'Austin serait là. Une atmosphère pesante s'installa. Austin se racla la gorge à plusieurs reprises pour signifier à Antoine qu'il pouvait s'en aller, mais bien sûr, rien ne fonctionna !

— *Antoine, Mégane's husband,* lança-t-il dans un anglais parfait, en tendant une poignée de main à Austin.

La mâchoire d'Austin se décrocha pour rejoindre la mienne qui était déjà au sol. Il se mit à rire nerveusement tant la situation était absurde. Que ferait mon mari déguisé en serveur dans un hôtel en

Turquie ? Austin me sondait pour trouver une réponse à sa question silencieuse. J'écartai timidement les mains en signe d'impuissance.

— *So*. Ne t'avise plus de lui tourner autour sinon, je vais te faire avaler ton costume de super-héros et te renvoyer chez toi la queue entre les jambes.

J'étais consternée. Il n'avait pas pu dire cela ! Les Anglais sont impulsifs et bagarreurs, mais je connaissais Antoine, si Austin levait la main sur lui, il finirait à l'hôpital. Je fus projetée huit ans auparavant, dans la chambre d'hôpital de mon père, de la fenêtre où je regardais Antoine et Mathias s'entretuer sur le parking. Malgré une douleur épouvantable à la tête, je me dressai et m'interposai juste avant que le poing d'Austin ne vienne se fracasser sur le visage d'Antoine.

— Stop ! hurlai-je.

Je me tournai vers Austin - le plus sensé des deux.

— Je t'expliquerai demain. Il vaut mieux que tu sortes. Et, s'il te plaît, ne dis rien aux autres.

Mes yeux implorants le poussèrent vers la porte. Mais Austin, très en colère, n'était pas décidé à en franchir le seuil.

— *Who is this fucking asshole?*

— *Please…* Demain, je te dis tout, chuchotai-je.

Le plus important était qu'Austin quitte le champ de vision d'Antoine. Enfin, il s'éloigna en proférant d'innombrables jurons. Sonnée par la scène, je refermai la porte, pris les compresses machinalement, et me dirigeai vers la salle de bain pour les humidifier. Antoine me suivit et appuya sa tête contre le chambranle de la porte.

— Viens t'allonger, je vais m'en occuper. Tu ne tiens pas debout.

Sa voix était devenue caressante, d'un calme résolu. Quant à moi, mes jambes tremblaient comme une feuille.

— À qui la faute ? m'écriai-je en colère.

— Ça va. Je n'allais pas te laisser seule avec ce gars dans ta chambre.

— Et pourquoi pas ?

— Parce qu'il te dévore des yeux.

— Même s'il ne me dévorait pas des yeux, comme tu dis, tu ne l'aurais pas laissé entrer.

— Sans doute.

— Si tu veux qu'on construise quelque chose tous les deux, tous les quatre, tu dois me faire confiance. Et comprendre que je ne t'appartiens pas.

— Tu n'es à personne d'autre, ordonna-t-il. Je l'ai simplement fait savoir à ton Anglais.

— Ce n'est pas *le mien*, soupirai-je.

Antoine me souleva telle une feuille tombée d'un arbre. Il me mit au lit, et appuya délicatement les compresses humides sur mes yeux endoloris.

— C'était qui ce type, sérieux ?

À peine étais-je entrée dans le restaurant de l'hôtel qu'Austin m'avait apostrophée dans un geste virulent.

— Salut, Austin. Je te remercie d'être resté discret à propos d'hier soir, et de t'être contrôlé…

— Contrôlé ? Je te jure que si tu n'avais pas été là, je lui aurais fait mordre la poussière.

— Justement, merci de ne pas l'avoir fait. Antoine est un homme impulsif.

— Alors, tu le connais vraiment ? s'étonna-t-il.

— Il devait m'attendre à Adana, soupirai-je.

— *Are you married !?*

— Non ! répondis-je en esquissant un sourire. C'est compliqué.

— OK.

Austin était si craquant. Je m'en voulais de la façon injuste dont Antoine l'avait traité.

— Le dîner est-il toujours d'actualité ? lançai-je.

Austin arqua un sourcil malicieux. Antoine devait apprendre à me faire confiance. Qui plus est, je ne me soumettrais pas à sa jalousie maladive.

— *Sure !* abonda-t-il d'un air lubrique.

L'appréhension se lut dans mon regard.

— *Come on, my darling !* Je suis sûr que je peux te faire oublier ton Antoine le temps d'une soirée, et pourquoi pas un peu plus. Ce gars ne te rend pas heureuse. Ça se voit comme le nez au milieu de la figure !

– Il est dangereux.

Ce mot m'échappa.

– *Dangerous !? Oh my God !* s'exclama-t-il en riant. Que fais-tu avec lui dans ce cas ? Une fille comme toi mérite un homme tendre !

J'esquissai un sourire triste.

Ces mots me heurtèrent. Cependant, la douceur d'Antoine lorsqu'il s'était occupé de moi la veille, sa chaleur contre moi, les effaçaient. Ils devinrent un murmure inintelligible, que le vent philosophe me ramenait de-ci de-là, et que la tempête Antoine soufflait le plus loin possible de ma lumière. Parce qu'après tout, que sont les phrases d'un inconnu, envolées dans l'instant, face à la puissance de l'habitude ? Car il était une vérité terrifiante que les années m'avaient apprise : je m'étais habituée à souffrir. Pire, j'en avais recueilli toute la sagesse malfaisante.

– En route, les enfants ! s'exclama le régisseur.

J'observai Austin, sous mon grand chapeau de paille et mes lunettes de soleil opaques, jouer le passage où il reprenait forme humaine. La scène la plus romantique que j'avais jamais vue. Un grand classique pourtant : le héros, rendu vulnérable et s'exposant à tous les dangers pour sauver son amour. Je ne pus m'empêcher d'espionner son intimité. Austin était bouleversant sans tout ce maquillage qui, d'ordinaire, déformait ses traits. Je retirai brièvement mes lunettes pour m'essuyer les yeux. D'une part parce qu'ils étaient encore très sensibles à la clarté du jour, et d'autre part parce que la scène m'avait émue aux larmes. L'intensité de son regard accrocha le mien un court instant, le temps que je remonte mes lunettes sur mon nez. Mais il était trop tard… Austin venait de percer ma carapace. Et mon cœur tressaillit. Le réalisateur se retourna mollement, visiblement agacé, en cherchant ce qui avait pu distraire l'acteur. Quand il comprit, il me demanda poliment de partir. Ce fut le moment le plus romantique de ma vie. Un instant suspendu, perché sur son sourire.

Une demi-heure plus tard, Austin me rejoignit dans la loge.

– Tu es prête ?

– Oui, dis-je en désignant le matériel autour de moi.

– Allons-y alors… Ce n'est pas fini, soupira-t-il.

– Que veux-tu dire ? demandai-je, maladroite.

– Oh ! Juste que la journée s'annonce longue.

– Oui, il semblerait.

Austin me sourit tendrement.

– Alors ? La scène t'a plu, on dirait !

Sa bouche se mut sensuellement.

– Oh oui ! Beaucoup. Je veux dire… Tu joues très

bien, ponctuai-je.

— Merci. J'aurais encore mieux joué si tu m'avais donné la réplique.

— Arrête de plaisanter.

— Je ne plaisante pas, fit-il en capturant mes mains qui s'agitaient en tous sens.

— Non, euh… On ne doit pas !

— C'est à cause de l'autre gars ?

Austin était un acteur très connu – sauf de moi. J'aurais dû me douter qu'il ne manquerait pas d'audace pour m'embrasser. Je me débattis alors que de nouveaux sentiments apparaissaient, plus forts que ceux jamais éprouvés pour Tristan ni même pour Mathias. *Quelle est cette étrange ironie ?* Au moment même où Antoine et moi nous retrouvons. Je retirai mes lèvres, amèrement. La culpabilité m'éloignait de la réalité vivante. Mon père disait souvent : « *On attire à soi ce que l'on dégage. Ce n'est pas forcément ce dont on a besoin. Si tu es triste, tu t'entoureras de tristesse, fragile, tout se brisera autour de toi. Si tu n'es qu'amour, l'amour rayonnera pour toi* ». Avais-je attiré le baiser d'Austin et la confusion qu'il engendrait ? *Oh, papa, tu es parti trop tôt !*

Le soir venu, Antoine était affalé sur le lit. Je ne trouverais plus pareille occasion. Au bout d'une demi-heure à jouer avec l'élastique de ma robe, je me décidai à lui parler.

— Pas question ! s'énerva-t-il.

– Antoine, s'il te plaît. Il faut bien que je me fasse pardonner ton impolitesse !

– Te faire pardonner ? Tu plaisantes, j'espère ! Et jusqu'où es-tu prête à aller pour te faire pardonner ?

– De l'eau a coulé sous les ponts. J'ai connu d'autres hommes, toi d'autres femmes, soupirai-je. Pourtant, nous sommes ici tous les deux. Je te trouve changé. Alors je ne vais pas tout gâcher à ce dîner. Essaie de faire de même !

Il poussa un profond soupir.

– Si je te dis oui, ça change quoi ? s'enquit-il, torturé par cette éventualité.

– Tout, Antoine, tout ! Ça signifiera que tu es prêt à me faire confiance et que tu m'aimes, que tu veux mon bonheur.

– Ton bonheur ? Parce que ce type te rend heureuse !!!

L'espoir qu'Antoine puisse m'ouvrir son cœur avait fait déborder le champ des possibles. Je m'étais exposée au-delà des bornes de son interprétation. Il me lâcha avec toute la véhémence de son âme. Il traquerait Austin parce que c'était sa seule option. Antoine exprimait l'impuissance de ses sentiments par la violence. On pouvait trouver dans ses accès de rage une forme de poésie : le corps exulte, tel un reflet miséreux de sa passion pour la vie, de cette foi qui l'anime.

— J'accepte ! Mais si tu me trahis, je rentre à Paris récupérer Tom, et au passage, baiser cette charmante baby-sitter qui bavait sur moi.

— Tu es grossier ! répondis-je, affligée. Eh bien, vas-y ! Tu y penses depuis que tu l'as rencontrée, n'est-ce pas ? Mais si tu touches à un cheveu de Tom, je…

La mâchoire d'Antoine se contracta. Il m'attrapa fermement le menton de ses grandes mains puissantes.

— Ferme-la ! Ou je t'écrabouille la tête.

Son regard tristement intense me glaça. Mes membres se mirent à trembler.

— Tu gâches toujours tout !

— C'est toi qui gâches tout ! Je te suis, ici. Et toi ? Tu veux sortir avec un autre, cracha-t-il en resserrant son étreinte.

— Je ne t'ai pas demandé de me suivre !

— Je croyais que cela te ferait plaisir !

J'avais un chien enragé devant moi alors que nos bouches étaient à quelques centimètres l'une de l'autre. Il tourna les talons. Démunie, je me précipitai sur la porte et entourai son buste de mes bras frêles pour l'immobiliser.

— Reste, s'il te plaît, implorai-je.

Mon corps ondulait sur sa silhouette. Antoine était mon océan, moi, sa vague. Il me piégea contre la porte et m'embrassa avec la même passion que son poing aurait pu s'abattre sur les lèvres d'Austin… *« De la poésie »*, repensai-je. Ses doigts m'exploraient avidement. Chaque baiser, chaque partie de son corps, réveillaient en moi une soif inextinguible. Je n'existais qu'à travers ses yeux, sa bouche, sa peau… Antoine était une drogue bien trop puissante pour moi.

Pour l'heure, je m'en moquais. J'exprimai ma poésie à mon tour.

30

Il était minuit passé lorsque je rentrai à l'hôtel. Ma chambre était vide. Antoine n'avait pas fini son service. J'avais passé une soirée délicieuse en compagnie d'Austin. Ce dîner était une très bonne idée, tout compte fait. J'étais soulagée de constater qu'Antoine occupait toujours mes pensées. En outre, il avait tenu sa promesse en gardant ses distances. J'étais libre de l'aimer à présent.

La lumière me réveilla. Je m'assis au bord du lit. J'émergeai doucement. Ma tête était lourde et j'avais les jambes en coton. Quelque chose clochait. Je regardai autour de moi. Le réveil indiquait trois heures dix. Voilà qui expliquait mon état vaseux. Pourtant, la lumière continuait à m'agresser. Je me tournai dans sa direction. Tout mon sang afflua dans ma tête. Je me jetai sur la porte d'entrée et courus hors d'haleine et sans chaussures dans l'escalier, jusque dans la rue.

Le gyrophare des pompiers clignotait. Je sentais les battements de mon cœur s'éloigner de ma poitrine à mesure que mes pas se rapprochaient de la scène. *Il* gisait sur le sol. Je n'arrivai pas jusqu'à lui. Je dus m'asseoir par terre pour ne pas fléchir. Les yeux à présent clos, la tête entre les genoux, je suffoquai. Mon sang n'irriguait plus mon cerveau. Il pulsait aux extrémités de mon corps. Je n'avais jamais regardé les victimes d'Antoine en face. La seule que je connaissais était dans la tombe. Il ne leur laissait aucune chance, comme un fléau qui frappe de nulle part quand on ne s'y attend pas. Quelle inconsciente, quelle enfant j'étais !

Sur le côté, un homme hurlant de rage me ramena. Je ne me retournai pas. Je fis comme si je ne le connaissais pas. Je fuis son image, la mienne par là même. Austin leva la main dans ma direction. Il me regardait de ses yeux boursouflés et collés par le sang. J'avançai vers lui et disparus dans le camion.

— Mégane ! Mégane !! Mégane !!!

Mon prénom s'enfonça dans l'obscurité. Un dernier cri, un dernier regard, Antoine fut emmené par la police. Je me souviendrais toujours de son expression, celle de la passion, non du regret ou du chagrin.

Dans le camion des pompiers, je ne pouvais me détacher du visage d'Austin et pourtant, mon esprit était ailleurs, dans cette voiture de police. À ce moment même, Antoine insultait sans doute tous les agents qui croisaient sa route, à moins qu'il ne fût déjà en cellule de dégrisement. Je resserrai mes mains autour de celles d'Austin. Il était un dommage collatéral, comme tous les autres, comme Mathias, comme Tristan. Quelle que soit la distance entre Antoine et moi, tous les hommes qui avaient croisé ma route avaient été ses victimes. Je priai de toutes mes forces pour qu'Austin s'en sorte sain et sauf. Je ne m'en remettrai pas. Austin ne pouvait s'ajouter à la perte de Mathias.

Mon téléphone vibra dans mon sac. L'écran indiquait « Laurine ». La nuit était profonde et mon cœur rata un battement. Était-il arrivé quelque chose aux enfants ? À l'hôpital, Austin fut transféré au service des urgences. Je lui fis signe que j'allais l'attendre, qu'on se verrait plus tard. Il était resté conscient pendant tout le trajet, ce qui était plutôt rassurant. Dès que les brancardiers quittèrent mon champ de vision, je rappelai Laurine. Fort heureusement, elle décrocha à la première sonnerie.

Tom avait disparu ! Ma mère avait pris le premier train et avait tancé Laurine vertement. Elle pleurait, en panique. Tom introuvable, ma mère rôdant dans les parages avec ses œillères et sa nouvelle amitié obscure…, le bouquet ne pouvait pas être plus explosif ! Je fus comme dissociée de mon corps. Ce nouvel épisode résonnait en moi comme un vieux disque grésillant son air lugubre : lorsque Mathias avait enlevé mes enfants. Mes membres et mes pensées se mirent à trembler à l'unisson. Les sirènes, les lumières et les brancards me ramenèrent dans ce couloir, à l'hôpital, en Turquie. Je devais partir sur l'instant ! Laisser Antoine et Austin, ici. Je demandai à une infirmière de remettre un message à Austin dès qu'il sortirait de la salle de soin : *« Je dois partir d'urgence pour Paris. C'est à propos de mes enfants. Je suis désolée* ». Je joignis au message mon adresse et mon numéro de téléphone.

Je ne croyais pas lui avoir jamais dit que j'avais des enfants.

L'avion n'allait pas assez vite ! Chaque seconde, j'imaginai mon petit Tom livré à lui-même. Les secondes devinrent des éternités. Vers quatorze heures, j'arrivai, épuisée devant le porche – je n'avais pas dormi depuis plus de trente heures. Mes valises s'écroulèrent au sol. L'adrénaline me tenait éveillée. Je rentrai en trombe comme si c'était la porte qui me tirait et non moi qui la poussais.

— Tom est rentré vers midi. Ne t'inquiète pas, il va bien ! me rassura ma mère.

Il va bien ! Je m'avachis sur le tabouret en pleurant. Mes nerfs lâchaient. Laurine me regardait, accablée de repentir. Je lui fis un sourire sincère pour la rassurer.

— Il va bien ! m'exclamai-je.

Je me précipitai dans la chambre de Tom. Il jouait paisiblement.

— Mon chéri, soupirai-je en le serrant fort contre moi. Qu'est-ce qu'il s'est passé ? Pourquoi as-tu disparu comme ça ? Où étais-tu ?

— Rose m'a invité chez elle.

Non !

— Non ! Il ne faut pas que tu ailles la voir.

— Pourquoi ?

— Parce qu'elle n'est pas gentille, mon amour. Et tu dois toujours prévenir un adulte avant d'aller quelque part. Tu dois demander la permission.

— Moi, je l'aime bien. Et toi, tu ne nous as pas demandé la permission avant de partir.

— Je… suis partie pour le travail ! Promets-moi que tu n'iras plus chez elle ! Promets, Tom !

— Tu es parti avec lui.

Tom me regarda, dur et impassible. C'était un garçon têtu et difficile à contrôler. Je soupirai.

Lisa sortit de sa chambre et m'étreignit avec toute sa force d'enfant de sept ans.

— J'ai eu si peur pour lui, maman, gémit-elle. Laurine est si gentille. Ça se passait si bien. Pourquoi il a tout gâché ?

Nous jouâmes un petit moment dans sa chambre et elle se calma. Ce n'était pas Tom qui avait tout gâché, c'était la femme qui était au rez-de-chaussée…

Tom s'était endormi. Il semblait un ange, mais à l'intérieur, Dieu sait quel démon Rose lui avait mis dans le corps ! Je poussai un juron désespéré et colérique en redescendant dans la cuisine.

— Mégane, qu'as-tu dans la tête ? gronda ma mère. Confier tes enfants à une étrangère ! Tu aurais dû m'appeler.

Pendant son monologue moralisateur, je crus

entendre Rose parler à sa place. J'eus cette vision d'horreur du roi Théoden possédé par Saroumane dans la trilogie du *Seigneur des anneaux*.

– Je veux que tu t'en ailles ! éructai-je d'un ton ferme et menaçant.

Ma mère eut un mouvement de recul. J'en profitai pour lui claquer la porte au nez. J'imprimai son air choqué et insulté que ma mémoire jugera bon d'appeler plus tard du « mépris ». Ce n'était plus la maman de mon enfance, l'épouse de mon père. Cette femme-là avait plus de discernement. Son amitié avec Rose avait emporté son bon sens, peut-être même une partie de son humanité. Ma mère n'était plus qu'une vieille folle entraînée par ses illusions. Cette femme m'était étrangère.

La soirée tomba sur le toit dénaturalisé de ma maison. Rien ne semblait paisible ce soir-là. Le ruisseau qui longeait le jardin ne coulait plus en raison d'une sécheresse exceptionnelle. Même le merle - qui avait élu domicile dans le marronnier - avait changé son chant mélodieux en un cri métallique strident, qui me perçait les tympans. Il avertissait du danger… Laurine avait oublié ses cigarettes. Je tirai sur l'une d'elles sans discontinuer en alignant l'extrémité incandescente sur la queue du merle. Ses hautes fréquences oscillaient toujours à mes tempes. La cigarette semblait le toucher et lui brûler le plumage.

S'y ajouta le bourdonnement ubuesque de mon téléphone. Je l'empoignai avec véhémence et le jetai sur l'oiseau incendié, dont l'envol fut aussi pénible à regarder que son chant à entendre.

Antoine clignotait sur l'écran avant de rejoindre l'oiseau…

Je me glissai derrière Tom et appuyai ma tête dans le creux de son cou. Je ne le quitterais pas cette nuit. Pourquoi diable Rose s'intéressait-elle à lui ? Mes pensées tournaient en rond dans la cage du malheur. Je devais rapidement apprendre ce qu'elle manigançait… Les pires scénarios dansaient dans ma tête. Je fermai les yeux. Les images d'un océan figé, et d'yeux verts d'un jeune garçon perdu dans ses vagues immortelles libérèrent mon tourment, et mon corps capitula.

Le matin même, je déposai mes enfants à l'école et pris le premier train pour Bayonne. Austin à l'hôpital, Antoine emmené par la police, la fugue de Tom… J'avais besoin de les voir.

Quand j'aperçus les grands chênes à travers la vitre du bus, je me sentis à ma place. Et dans l'allée fleurie, je respirai à nouveau. Je caressai les tombes pour enlever les feuilles mortes et la poussière. Le temps était figé, ici. Il n'y avait plus ni souffrance, ni peine, ni remords, ni regret. Moi, en revanche, j'étais de l'autre côté. Je pouvais sentir la sève parfumée des arbres du cimetière s'élever dans les troncs, poussant toujours plus haut la cime, pour toucher un recoin paisible, bien qu'insaisissable, d'horizon. De la tombe où je me trouvais, il me sembla que mon corps s'étirait, et je plongeai ma tête dans ce carré paisible avec eux.

« Salut, mes amours. Il s'est passé tant de choses depuis votre départ. Mathias, ton frère a encore pété les plombs. Quant à toi, papa, maman s'est égarée ces temps-ci. Mais je ne vous embêterai pas avec tout ça. Vous avez mérité votre repos. Je voulais juste être près de vous, aujourd'hui. Je crois qu'en ce moment j'échangerais bien ma vie avec la vôtre, où que vous soyez ! Seulement, ce n'est pas moi qui décide de ces choses-là. Et si je pouvais me changer en ce joli narcisse qui pousse sur la jointure de vos tombes, je le ferais pour ne plus vous quitter, jamais. C'est une si belle journée ! L'été est splendide. Les rayons du soleil ne sont pas tout-puissants ici. Ils nous entourent d'une douce innocence. L'herbe folle du printemps a laissé place à une végétation plus mature. La symphonie de couleurs qui coule autour des allées me rappelle ces jardins japonais que tu aimais tant, papa. J'aimerais que tu puisses contempler ces délices avec moi. Pour toi, Mathias, mon beau musicien, les pinsons chantent leur amour et mettent en émoi la plus sage des fleurs, encore vierge de son fruit. J'aimerais avoir plus de temps pour vous décrire toute cette création qui vous enveloppe, vous devez avoir bien froid là-dessous, mais je dois partir. À bientôt, mes amours ».

Sur le trajet du retour, des bouts de moi-même

nageaient à contre-courant dans le sillage du train. De petits jets invisibles qui retournaient jusqu'au cimetière. Paris était déjà là. Immense métropole. À force de m'étioler, je débarquai en gare du Nord, tel un grain de sable.

Tard dans la soirée, je récupérai mes enfants chez Laurine. Je marquai un temps devant la porte quand je les entendis rire et jouer dans la maison. Leur joie était contagieuse. Je suivis donc cette couleur – la même qu'avaient laissée mon père et Mathias dans mon cœur – quand j'entrai.

Le lendemain, je décidai d'emmener les enfants au parc d'attractions. Nous avions besoin de retrouver notre complicité tous les trois. Surtout Tom et moi. L'école buissonnière. Une journée entre parenthèses, comme deux œillères qui m'isoleraient d'Austin et d'Antoine, du tournage à l'arrêt. J'emportai mes crayons et mon papier. Je désirais saisir cette couleur.

Les jumeaux étaient ravis. J'avais retrouvé mon petit Tom. La soirée s'annonçait voilée et plus chaude. Je m'installai à la hâte dans un coin du parc, laissant Lisa et Tom jouer avec leur ballon de foire. Une douce brise venant du nord caressait nos peaux surchauffées. J'esquissai avec humilité les tilleuls majestueux qui embrassaient le ciel. Je capturai le mouvement des branches, bercées par la brise qui bruissait entre les feuilles. Si j'avais pu en croquer le son…, mais je ne savais pas dessiner un son. Je détourai les jumeaux, un ballon de baudruche à la main, un pied par-ci, et un sourire par-là… Je réalisai ainsi un pastel vivant et coloré. J'avais réussi, je crois, à immortaliser *cette* couleur à jamais sur le papier.

Sur le banc qui jouxtait le mien, une jeune femme potassait une revue. Je restai bouche bée en contemplant Austin sur la première page. Les gros titres : *« Jenson Williams hospitalisé ! »* Je me précipitai sur elle en lui demandant si je pouvais y jeter un œil.

Austin avait été rapatrié en Angleterre pour y subir une opération. La presse faisait état d'une agression… Une plainte avait été déposée. Le ciel s'abattit sur ma tête. *Ce n'est pas possible !* Antoine allait être jugé pour coups et blessures.

Cette couleur dans mes yeux était bien trop vivante pour y rester...

J'étudiai le pastel qui ne m'évoquait plus déjà qu'un lointain souvenir, car mes pensées étaient auprès d'Antoine, seul et démuni. Je l'aimais comme ça, tout entier, avec ses faiblesses et ses pulsions insupportables. Il avait accepté de reconnaître Lisa et Tom, et je nourrissais l'espoir qu'un jour, il serait présent à leurs côtés et nous aimerait tendrement tous les trois. Il lui fallait plus de temps, voilà tout. Et puis, Austin l'avait provoqué, n'avait-il cessé de hurler avant d'être emmené par la police. Dieu sait ce que cet acteur à l'ego démesuré, bien qu'adorable, lui avait dit à propos de ce dîner...

Je tremblais. La chair de poule sur ma peau me ramena à la réalité. Alors, le bourdonnement de la foule se referma sur moi, sur mes oreilles perdues dans le silence profond d'une cellule de prison. Les enfants s'étaient assis près de moi. Nous rentrâmes préparer le dîner, car j'avais invité Laurine ce soir-là. Je voulais la remercier, ainsi qu'excuser le comportement de ma mère.

Lorsque j'ouvris la porte, une Miss digne des plus grands concours de beauté se dressa devant moi.

– Laurine ! Tu es splendide ! m'exclamai-je avec un sourire malicieux.

Gênée par tant de zèle, elle se détailla des pieds à la tête en gloussant. On était loin d'imaginer dans sa naïveté une future avocate ! Elle scruta tous les coins et recoins de la maison, comme si j'y avais caché des chocolats de Pâques.

– Tu cherches quelque chose ? Ou quelqu'un ? lançai-je, hilare, de la cuisine.

Laurine cherchait Antoine.

– Oui. Euh... Les jumeaux.

– Ils se lavent à l'étage. Nous sommes allés à la foire.

Je l'observai gravir quatre à quatre les escaliers. *Pas étonnant que les jumeaux l'adorent !* Elle leur ressemblait tant. Son ardeur juvénile donnait l'impression qu'elle dansait au-dessus des marches. Avec sa robe en mousseline évasée juste au-dessus des genoux, telles des ailes de papillons bleus, elle imprimait le mouvement de la plus belle jeunesse. Nous n'avions que quelques années d'écart, pourtant, la mienne ressemblait à des fils de plomb qui pendaient sur ma jupe terne.

Les jumeaux se précipitèrent sur elle avec fougue et la renversèrent à terre. Lisa l'enlaça fermement, tandis que Tom sautillait sur place en attendant son tour. Je ne pus m'empêcher d'éprouver un soupçon de jalousie, car depuis mon retour, mon fils ne m'avait pas pressée de la sorte contre son cœur.

La soirée s'avança dans la nuit profonde. Un silence paisible nous parvint des chambres des jumeaux. Je rejoignis Laurine sur le perron, avec deux verres de vin. Dans ma chaise à bascule, très à la mode dans les pays nordiques, un plaid sur les genoux pour tromper la fraîcheur de la nuit, je me lovai, sur le point de m'endormir, exténuée par ces derniers jours cauchemardesques.

— Il te manque plus que l'infusion pour parfaire le tableau ! gloussa Laurine d'un air faussement supérieur.

Sa voix, haut dans les aigus, me réveilla en sursaut, et, prise en flagrant délit de paresse, je feignis d'attraper une mouche qui m'embêtait.

— Bah ! Et qu'est-ce qu'une belle jeune fille comme toi fiche avec une si vieille femme ! grommelai-je en prenant une voix rauque.

— Un point pour toi ! En fait, j'espérais voir ce gars qui était là la dernière fois, me taquina-t-elle.

— Nous y voilà ! Mais, n'est-il pas trop vieux pour toi ?

Mon visage se décomposa lorsque je réalisai qu'Antoine fêterait ses trente ans, seul en prison.

— Eh, je plaisantais ! C'est vrai qu'il est joli garçon, mais j'ai bien vu ce qu'il y avait entre vous.

— Tu lui plais aussi. « *Baiser cette charmante baby-sitter* »...

— Ah ! Ah ! s'écria-t-elle tout affolée.

— Ne t'emballe pas. Il est à moi ! Et crois-moi sur parole, je te rends service.

Elle s'affaissa mollement dans sa chaise. Sa robe aérienne et ostensible sembla se changer en un vieux survêtement ample.

— À ce propos, j'ai un service à te demander…

— Encore ! répondit-elle, ragaillardie.

— Antoine est un homme…, comment dire… qui s'attire souvent des ennuis. Il a besoin de moi en ce moment même. Je dois retourner là-bas.

— Antoine est resté en Turquie, c'est ça ?

J'acquiesçai douloureusement à l'idée de devoir

laisser les jumeaux à nouveau… Je me frottai énergiquement le visage, comme pour m'envoyer une solution divine.

– Je vais m'occuper des jumeaux. Je me suis attachée à ces petits diables ! Entre amies, il faut s'entraider, non ?

– Nous sommes amies ? priai-je, parée de solitude en songeant à ma mère et à Lucy à l'autre bout du monde.

– Jusqu'à ce qu'Antoine revienne… Ensuite, tu devras couvrir tes arrières, ma vieille !

Je lui donnai une petite tape sur la cuisse, en contenant un éclat de rire. Nous finîmes nos verres en silence.

31

Plus d'un mois s'était écoulé depuis mon retour en urgence à Paris, le temps de m'informer et de comprendre le droit international. Je débarquai à l'aéroport d'Adana, l'estomac noué à l'idée d'avoir confié à nouveau mes enfants à Laurine. Surtout Tom. Le matin même, je l'avais vu soulagé de me voir partir. Cela m'avait brisé le cœur. J'avais comme l'impression que je lui faisais peur ! Le plus délicat était encore de l'empêcher de rendre visite à Rose durant mon absence. Quant à Lisa, la pauvre enfant était partagée entre la tristesse et le soulagement que son frère respire à nouveau. Il y avait un lien si fort entre eux.

J'endurais la solitude dans ma chambre d'hôtel. Antoine avait été transféré à la prison d'Adana. J'accusais le coup en me disant que cela m'éviterait de prendre la route, seule. Après plusieurs jours d'errance, j'avais enfin obtenu un droit de visite dans un parloir hygiaphone. Un dernier coup d'œil dans le miroir. *Oui. C'est bien comme ça !*

Il faisait une chaleur étouffante qui favorisait l'exhalaison des odeurs corporelles. Elles m'emplirent les narines dès lors que j'entrai. J'imaginais Antoine dans une cellule oppressante et austère, et ce que je découvris sur place nourrit amèrement toutes mes élucubrations.

Mon regard se posa en premier sur ses mains

ligotées ; ces liens me rappelèrent avec quelle hargne elles pouvaient frapper quand elles étaient libres. L'image d'Austin défiguré me revint de plein fouet. Avec difficulté, je levai les yeux et parcourus son visage. Antoine fixait la table. Sa barbe lui rongeait les joues comme la colère l'étouffait. Ses cheveux longs, noués en queue basse, et sa mèche bouclée sur le front lui donnaient un petit côté « Viking » qui me renversa. La souffrance le rendait toujours plus attirant. Je finissais par croire qu'elle et Antoine étaient faits l'un pour l'autre. Bien que son visage restât de marbre, ses yeux ambrés m'effeuillaient lentement. Je frissonnai. D'un geste réflexe, je croisai les bras sur ma poitrine, convaincue que tous les détenus m'observaient en tenue d'Ève. Nous décrochâmes l'interphone tandis que la vitre s'acharnait à nous rappeler notre déroute.

— Es-tu bien traité ? soufflai-je.

Il me sourit sans un mot. J'aurais voulu piéger ce sourire entre mes lèvres. Et humecter cette bouche gonflée et gercée par le manque de sommeil.

— Je me suis tellement inquiétée pour toi.

Antoine me sondait sans ciller. La distance s'étirait entre nous au rythme de la trotteuse de l'horloge.

Antoine adressa un signe au gardien. *Non !* La distance entre nous était bien réelle. Il doutait de mes intentions. Étais-je venue pour l'aider ou le torturer, exposer ma nouvelle romance avec Austin ? Toutes ces questions souffraient sur ses lèvres et dans la prunelle de ses yeux, entre nous. J'aurais voulu le toucher, le prendre dans mes bras et le serrer de toutes mes forces pour lui montrer mon soutien, mais cette maudite vitre... Les yeux dans les yeux, j'essayai de le rassurer. Il n'était pas prêt. Il s'accrochait à la provocation d'Austin. Qu'avait imaginé Antoine ? Mon regard dévissa et se perdit au loin.

— Attends ! Ne raccroche pas, par pitié ! Je veux te faire sortir d'ici. Je veux soigner cette colère que tu gardes, que tu deviennes un père pour les jumeaux. Je veux te faire l'amour jusqu'à la fin de mes jours. Je t'aime ! Et il y a Tom, il te ressemble tellement. Je n'y arriverai pas toute seule.

— Ce gars, Austin, il y a quelque chose entre vous ?

— C'était juste un dîner ! pouffai-je. Je ne sais pas ce qu'il t'a raconté, mais je ne veux pas entrer dans son jeu. Antoine, regarde-moi !

— J'ai essayé de me contrôler, mais ce type m'a provoqué. Je vous ai imaginés lui et toi, et je…

Antoine interrompit sa pensée en poussant un gémissement d'effroi.

— On y arrivera, crois-moi ! Mais l'urgence, c'est de te faire sortir d'ici. Je vais me rendre au consulat à Ankara…

— Ils sont prévenus de ma situation, coupa-t-il, lasse.

— Pourquoi es-tu détenu ici ?

— Après que tu es montée dans le camion avec lui, s'étrangla-t-il, j'étais dans un état second…

Antoine ferma les yeux. Je voulais tant l'aider.

J'imaginai la suite. La rage, les coups… contre les forces de l'ordre.

— Le juge a conclu que j'étais un danger pour la société.

N'est-ce pas le cas ?

— Mes papiers sont en règle. Je vais payer une amende, et je pourrai bientôt sortir.

— As-tu besoin d'argent ?

— Je me charge de l'argent…

Antoine émit un rictus qui me fit froid dans le dos. À l'évidence, il avait une idée… Et je n'étais pas dans la confidence. Le danger qui me guettait alors était sous mes yeux, tapis sous la surface cristalline de ses pupilles. Mais à ce moment, je restai concentrée sur mon objectif.

— Je pense à toi sans cesse, Mégane.

— Oui, parce que tu n'as que ça à faire dans ce trou à rat ! le taquinai-je.

Ses yeux flamboyaient.

— Non, répondit-il, sévère.

— Tant de choses nous séparent…, dis-je pour moi-même en repensant au rictus d'Antoine.

Il se contenta d'acquiescer silencieusement. Cela

me fit mal. Je me levai, lasse, en faisant signe au gardien que la visite était terminée.

— Au fait ! Bon anniversaire, mon amour.

Il me sourit de nouveau tristement. Je ne me lasserais jamais de ce sourire. Même dans une extrême détresse, Antoine restait impénétrable, indéchiffrable pour moi. Il n'y avait rien à ajouter : sa souffrance le rendait tel que je le voulais ! Cependant, quand il disparut dans ce couloir sombre, je ne pus m'empêcher de voir le visage de Mathias… sourire.

La lourde porte se referma derrière mon corps fébrile. Un vent sec et chaud me fouetta alors le visage comme du sable brûlant. Un rideau de larmes s'abattit sur mes joues. Il s'évapora si vite que la tristesse sembla m'être arrachée comme si je ne la méritais pas.

En sortant du taxi, j'errai dans les rues d'Adana, entre les bâtiments. Le vent s'était transformé en légère brise qui soufflait tel un doux murmure sur ma colère. Je décidai alors d'aller m'aérer au bord du fleuve. Il était encore tôt. Le majestueux pont de pierre d'Adana me faisait face, diffusant l'éclat du matin et ses couleurs encore pâles et bleutées sur la mosquée et sur la ville. Un magnifique point de vue ! Je m'assis sur un banc pour le contempler. La journée serait claire.

Le vibreur de mon téléphone me sortit de ma quiétude. C'était Laurine. Les mains moites, je décrochai en inspirant ce ciel profond.

32

Paris, Lisa,

Après mon sursaut nocturne au sujet de Rose et de ma mère, j'avais reçu la même nuit un message de Pierre m'annonçant que, finalement, il acceptait cette mission humanitaire en Guinée.

Quelques jours plus tard, il était rentré ramener Charlie et récupérer quelques affaires. La présence de Tom chez nous n'avait rien arrangé à la distance entre Pierre et moi.

C'était la goutte d'eau qui faisait déborder le vase. La mission durerait entre trois et cinq ans ! Il s'agissait de mettre en place de nouveaux dispensaires dans les différentes régions du pays, notamment entre Conakry, la capitale, et Kamsar, où se trouvait un des plus grands hôpitaux de Guinée, après cette terrible épidémie d'Ebola qui avait touché le pays. Pierre l'avait refusée en raison de ma grossesse, et avant cela, en raison de l'état de santé de ma grand-mère. J'espérais que Charlie le retiendrait, mais ce projet lui tenait trop à cœur dorénavant.

Très tôt le matin qui suivit le départ de Pierre, Tom me rejoignit dans la cuisine. Il se prépara un café tandis que mon thé était en train de refroidir… Le nez dans ma tasse, je remuai le liquide, le regard vide, depuis je ne sais combien de temps. Dans un vacarme grossier,

Tom s'assit face à moi, à l'envers sur sa chaise, le buste contre le dossier, et les jambes écartées de chaque côté. Il faisait toujours ça. *Il y a des constantes dans la vie.* Mon monde à moi s'effritait lentement, aussi sûrement que ce thé refroidissait. Je relevai la tête et le regardai à travers mes lunettes embuées. La drogue lui marquait le visage. Elle lui donnait un air de puissance et d'euphorie, et transformerait mon frère en spectre d'ici peu.

– Tu as l'air en forme ce matin ! ironisa-t-il, en écartant mes cheveux de mon visage.

Je me contentai de remuer le thé, le nez plongeant dans la tasse.

– Il va revenir. Ne t'en fais pas.

Je protestai en secouant la tête. Des larmes silencieuses firent déborder le thé.

– On fait quoi aujourd'hui ? s'exclama-t-il.

– Je vais aller voir Rose, déclarai-je.

Tom haussa les épaules, prit son café, et partit le boire au salon.

– Tu ne cherches vraiment pas à connaître la vérité, alors ? demandai-je en le suivant.

– Non ! s'écria-t-il en se laissant tomber dans le canapé.

– Pourquoi ?

– Parce que je ne l'aimais pas ! Satisfaite ? Je me fiche de savoir ce qui est arrivé à maman.

Ces mots fusèrent dans la pièce et me transpercèrent l'échine, telles des flèches enflammées. J'eus le souffle coupé.

— Elle est tombée. Raide. Baisser de rideau. Fin de l'histoire, ajouta-t-il.

— Tu deviens fou ou quoi ? Comment peux-tu te montrer aussi cruel ?

— Oui ! Et ça me fait un bien fou de le dire !

Son soulagement m'explosa à la figure.

— Tu n'aimais pas maman ! bégayai-je, souffrante.

Son regard ne chercha pas à m'épargner, à rendre la sentence plus douce. Ce sentiment devait le ronger depuis des années. Depuis toujours ?

— Mais enfin, pourquoi ?

— Je ne sais pas…

— Tu mens, Tom. Qu'est-ce que tu me caches ?

— Je crois que…

— Que quoi ? hurlai-je à m'en briser la voix.

— J'ai toujours pensé… qu'elle avait tué papa !

Tom s'effondra dans le fauteuil et pleura à chaudes larmes. C'était sorti.

Mon corps raide ne put souffrir du moindre mouvement. Ce que j'entendis sonna comme une trahison. Charlie hurla à l'étage, me forçant à sortir de ma léthargie.

Une heure plus tard, je promenais Charlie dans la rue. Je ne décolérais pas ! Maman nous avait toujours traités d'égal à égal. Elle avait même davantage aimé Tom, lorsqu'il… La poussette me rentra dans l'estomac quand mes bras se figèrent alors que mes jambes continuaient machinalement leur course. Je rentrai en gardant l'allure.

— Je sais qui t'a mis ces idées délirantes dans la tête, lançai-je en abandonnant la poussette et Charlie dans l'entrée. Mon Dieu, Tom, tu as laissé cette femme te détruire…

Tom me fixait, hébété, les yeux rougis de tristesse ou de honte. Je lui tendis la photo où nous étions en Grèce avec mamie et… Rose.

— Tu as changé après ce voyage, poursuivis-je. Regarde comme tu es pâle sur la photo et comme je rayonne !

Tom m'arracha la photo des mains et la regarda longuement, les yeux emplis de braise.

— J'espérais juste passer une journée normale, lança-t-il à bout de force.

— Moi aussi, Tom, moi aussi, soupirai-je en lui prenant les mains. Tu sais quoi ? C'est ce que nous allons faire !

Nous finîmes la matinée à errer nonchalamment dans le parc de notre enfance. Une éternité que nous n'y étions pas retournés tous les deux. Le temps était radieux. La vie semblait nous accompagner vers un destin plus coloré ce jour-là. Je regardai Tom soulever

Charlie de toute sa hauteur en lui souriant tendrement. Ma journée s'éclaira encore. Tom vivait dans l'instant, ce qui le rendait vulnérable et fort à la fois. Moi, en revanche, j'étais plus difficile à convaincre. Je vivais avec les morts ces temps-ci, dans le passé. Une question m'obsédait : Rose serait-elle parvenue à me manipuler aussi facilement que Tom ? Charlie lui rendit son sourire. Elle avait hérité de ses fossettes. Mes yeux jouaient au métronome, tantôt vers l'un, tantôt vers l'autre. Mon frère, le teint pâle et la peau si fine que l'on pouvait suivre les battements de son cœur qui pulsaient dans les veines de ses tempes. Charlie, mon adorable fille, ma chair et mon sang, dans ses bras. Je les contemplais en réalisant qu'ils étaient tout ce que j'avais de plus précieux au monde, comme un prolongement de moi-même.

— Tu l'aimes, n'est-ce pas ?

— Évidemment, quelle question ! C'est ma nièce. Elle est ma chair et mon sang.

— Comme moi…

— Oui. Toi aussi.

Tom m'enlaça en m'embrassant sur le front. Je me balançai dans ses bras.

— Pierre t'aime. Il reviendra. Il a eu envie de prendre le large. C'est humain.

Tom disait sûrement vrai, mais à cet instant, je ne pus m'empêcher de penser à Éric… J'enserrai le cou de mon frère, totalement perdue, ce qui ne manqua pas de mettre ses sens de jumeau en alerte.

– Tu penses encore à ce gars ? cracha-t-il en m'écartant. Lisa, il est détruit. Tu n'as pas besoin de t'encombrer d'un homme aussi instable. Pierre est un si bon parti.

Je ne savais pas Tom si empiriste. C'était lui, l'artiste de la famille, non ?

– Je ne te laisserai pas faire ça à Charlie ! Tu es bien placée pour connaître les ravages causés par l'absence d'un père, jura-t-il entre ses dents.

– Tu mélanges tout ! Pierre n'est pas mort ! Si tu veux passer une bonne journée, laisse Pierre et moi en dehors de tout ça, et trouve-toi plutôt quelqu'un.

Piqué au vif, Tom s'éloigna et s'assit sur un banc aux antipodes du mien. Sans le faire exprès, c'était celui de notre mère. Je le rejoignis silencieusement avec Charlie. Il était inutile d'espérer que nous passions une bonne journée tous les trois.

– Je peux te demander de garder Charlie cet après-midi ?

– Tu vas où ?

– Nulle part. Je vais marcher un peu.

– À d'autres !

– Alors ? insistai-je.

– OK, sois prudente.

– Merci.

À vrai dire, je le remerciai pour sa discrétion.

Je frappai plusieurs coups de poing à la porte. Cette relique de Rose n'emporterait pas, avec son trépas, les secrets qui salissaient mon âme et celle de mon frère.

Rose me fit entrer et m'installa dans le petit salon, un sourire affable sur les lèvres, comme si elle m'attendait. J'eus l'impression d'être le chevreau qui pénétrait dans l'antre du loup. Ses mains fripées et tremblantes attrapèrent alors la bouilloire et versèrent le liquide brûlant dans la théière. Je n'attendis pas moins d'un quart d'heure sur ce vieux divan désagréable, pour voir couler ce thé malodorant dans les deux petites tasses posées sur la table du salon. Quand Rose s'installa en face de moi, son fauteuil me parut soudain bancal. La vieillesse la rendait fragile, mais à travers ses yeux clairs et perçants, je décelais toute sa perfidie. En faisant contrepoids avec son corps, elle bascula d'un geste lent et calculé pour saisir la tasse. Le craquement osseux qui accompagna son mouvement fut indissociable de celui du fauteuil. Solidaires. Le trajet retour fut tout aussi pénible, mais très brusque, comme si ses jambes ne la portaient plus. La tasse se renversa en partie sur son chemisier. Aussi, mon phrasé bref et hâtif contrasta-t-il remarquablement avec sa pantomime vieillarde, rare hommage de l'allégorie de la lenteur.

— Je connais les ressentiments qui vous animent à

l'égard de votre fils, mais pourquoi avoir entraîné Tom dans vos histoires ? Ce n'était qu'un enfant.

Ses yeux étaient deux orbites qui ne tournaient plus rond depuis longtemps.

— Tom est un scélérat. Comme son père, cracha-t-elle.

Ses doigts se serrèrent autour des tresses du fauteuil en osier. « *Si elle pouvait en casser une ou deux,* pensai-je, *je la verrais dégringoler de son piédestal !* »

— Ce que je sais, c'est qu'il est le seul à avoir jamais été votre fils. Votre enfant biologique ! Et vous l'avez chassé de votre cœur.

— Il n'a plus été mon fils le jour où il a tué son frère par *deux* fois ! Petite sotte !

— Ainsi, Tom et moi avions vu juste. Vous avez condamné Antoine, votre fils, dès la naissance. Pauvre folle ! Votre bébé est mort-né. Antoine n'y était pour rien. Et vous condamnez mon frère avec cette même fièvre insensée.

Mon regard s'assombrit de colère, mais l'orage grondait aussi derrière le sien, décoloré par le temps, laissant flotter des ombres macabres comme l'écume sur le thé.

— Lisa, tu es tout ce qu'il me reste. S'il te plaît, ne viens pas remuer le passé.

— Ah ! m'esclaffai-je. C'est précisément la raison de ma présence ! Vous ne pouvez pas vous laver vous-même de votre crime.

Elle se leva, la tête courbe, parfaitement alignée avec la bosse de son dos. Le poids des erreurs venait de lui tomber dessus. Elle prit un cadre près de la cheminée, le portrait d'un homme que je ne reconnus pas… Elle lui parla.

— Je pensais bien faire, vois-tu ? Je voulais qu'on soit heureux, tous les deux. Antoine est venu au monde. Il m'a tout pris, mes amours, ma dignité… Ma vie ! Et puis il y a eu ta mère, dit-elle en s'adressant à moi. Une belle garce. Elle était aveuglée par Antoine comme un papillon de nuit par la lumière d'un réverbère. Elle a fait tant de mal à mon Mathias.

Rose se détourna un instant du portrait pour me regarder.

— Tu ressembles tant à mon Mathias !

J'en eus l'estomac retourné, et le thé n'arrangea rien à l'affaire.

— Il n'était pas Mathias. Il s'appelait Flavien. Vous êtes une femme cruelle…

Ces mots glissèrent sur elle. Elle enchaîna.

— En Grèce ce jour-là, Tom et moi jouions dans le sable. Nous faisions des dessins. Toi et Charlène parliez encore au guide, vous lui posiez des tas de questions sur l'architecture de la Grèce antique. Tom paraissait si fragile, si passionné de la vie. Il me faisait tant penser à Antoine quand il était petit. Alors, j'ai dit à Tom qu'on avait un petit secret tous les deux… Ton frère voulait plus que quiconque faire le bien autour de lui. T'en souviens-tu ?

– Oui, bafouillai-je, anéantie, sur le point de lui enserrer la gorge.

– Il aurait été un merveilleux médecin si la drogue…

– Continuez, s'il vous plaît ! sommai-je au bord de l'explosion.

– Je lui ai dit mon secret : « *Que sa mère avait tué son père, parce qu'elle avait un amant !* » Évidemment, il ne m'a pas crue tout de suite. Mais il est revenu me voir à Paris, quelquefois, curieux de connaître les détails de cette histoire.

Mes mains tremblaient. J'étais possédée par un démon, sans doute le même que celui qui avait précipité ma mère dans la tombe. Je la giflai violemment. Elle me regarda, l'air effaré, avant de s'égarer. Soudain, elle m'entraîna si fort contre elle que je sentis sa poitrine craquer comme la paille d'un vieux panier qu'on charge.

– Lisa, ma petite Lisa… Je vais bientôt me présenter devant le Seigneur, et je ne veux pas rejoindre ta mère en enfer. Va les voir ! Tous ! Tom, et ta famille. Celle que je t'ai volée ! Dis à Tom combien je regrette d'avoir détruit son existence. Dis à ces honnêtes gens que j'ai volé leur enfant dans un élan de passion et d'amour, mais qu'ils n'ont pas tout perdu. Ils ont une petite-fille : toi, ma Lisa ! Toi seule peux racheter mes fautes !

– Non, dis-je en m'écartant. Vous méritez de brûler en enfer !

Brusquement, elle se tourna vers le cadre et s'adressa au portrait :

– Ah ! gémit-elle, tu disais que ce serait mon lot de consolation, espèce de lâche ! Salaud ! Mais il est mort aussi, tout comme l'autre !

Ses sanglots s'intensifièrent. Ses yeux clairs derrière ce rideau de larmes me suppliaient.

– Si tu ne le fais pas pour moi, fais-le pour Charlène, au nom de notre amitié ?

– Vous n'étiez pas l'amie de ma grand-mère. Vous ne pouvez être l'amie de personne !

Je me levai. L'amertume dans ma bouche remonta comme du poison, et j'aurais aimé le lui cracher à la figure, en espérant que ça la tue dans d'atroces souffrances.

– S'il te plaît, Lisa, ma douce. Tu es la fille de Mathias. Il était bon, son sang coule dans tes veines. Aie pitié de moi !

Rose s'accrocha à ma robe comme une mendiante. La peur de la mort pouvait décidément repentir le pire des assassins.

– Au cimetière, vous m'avez donné ce manteau…

Pourquoi ?

– Pour que tu connaisses la vérité. Je pensais que cela m'aiderait à gagner ton cœur.

– Gagner mon cœur ! Vous vouliez que je la haïsse, moi aussi ! Ça suffit ! *Votre* vérité est biaisée par la haine. Je ne veux plus rien entendre de votre bouche !

Rose détourna les yeux du portrait sur la cheminée. La mine creusée de colère et de solitude.

– J'aurais dû laisser Tom vous détruire, assénai-je.

J'attrapai mon sac et sortis le plus vite possible de cet endroit maudit, tandis que Rose m'appelait sans relâche, seule et désespérée. Le sentiment de justice qui m'envahit allégea le poids de mes souffrances.

Cette femme était profondément déséquilibrée, et j'avais la mauvaise sensation de n'entrevoir que la partie émergée de l'iceberg : quel autre mal avait-elle engendré ? Rose, son image effroyable, venait de s'additionner sur l'ardoise de mon histoire.

J'irais voir ces gens… Pas pour Rose, mais pour mon père. Je le lui devais bien.

33

Turquie, Mégane,

Mon téléphone gisait au fond du fleuve. Et pour cause ! Tom s'était confié à Laurine. Ce dont elle venait de m'informer était…, était… Du bout de mes doigts tremblants, j'esquissai avec frénésie le pont d'Adana. À bout de souffle, j'en dessinai la beauté hors du temps, sa stabilité, sa force ! Quelle que soit l'agilité du fleuve en dessous, exposé au flux de ses affluents, tantôt lent, tantôt rapide, au caprice de la météo, le pont, lui, restait immuable. Devant ces deux paysages, glissant l'un sur l'autre, antagonistes et complémentaires à la fois, je rêvai d'appartenir au pont. Car mon monde était comme ce fleuve, et j'étais en train de m'y noyer.

Je froissai le croquis et le jetai également dans le fleuve. Contrairement au téléphone, la feuille flottait. Je pus suivre ses douces ondulations sur les flots jusqu'à ce que l'ombre du géant de pierre ne l'engloutisse. Le pont répondait à mon appel. Une rage violente me gifla, et je hurlai contre lui, un cri profond et sauvage qui pensait prétentieusement l'ébranler. Je tapai des pieds pour le faire entrer en résonance, mais rien ne bougea. J'étais toujours seule, glacée d'effroi, sur cette berge, luttant contre l'envie de sauter dans le fleuve pour rejoindre le pont et me battre avec lui jusqu'à ce qu'il s'effondre sur moi.

Les nouvelles : Rose m'avait calomniée ! Ses odieux mensonges avaient fait de moi un monstre aux yeux de Tom. Je n'imaginais rien de pareil. C'était de la perversion délirante. J'allais la tuer ! Je le jurai ! La faire souffrir comme elle nous faisait souffrir.

Je rentrai à l'hôtel, endolorie par le combat perdu d'avance que je venais de mener avec un cœur de pierre. Impuissante si loin de mes enfants, je m'endormis, épuisée, au milieu des larmes.

À mon réveil, je flânais dans le quartier en reprenant peu à peu mes esprits. La nuit était tombée, et j'avais des crampes d'estomac. Je n'avais rien pris depuis le petit déjeuner. J'essayai de réfléchir, mais la panique couvait dans mes neurones. En outre, tant que j'étais en Turquie, je devais rester concentrée sur ma tâche : la libération d'Antoine. Chaque pas me poussait à prendre un problème après l'autre. Malgré tout, j'étais heureuse de découvrir les jolis coins d'Adana ce soir-là, car jusqu'ici, je n'avais vu que la prison et l'hôtel. C'était une ville culturelle riche en patrimoine.

Alléchée par l'odeur, en rentrant dans un pub sans fioritures, je ne cachai pas ma surprise. Le cadre était splendide. Très pittoresque. Des ornements en bois, sculptés et peints aux couleurs de l'orient, de beaux tapis au sol et sur les murs, des banquettes soyeuses…

Tout y était !

Un homme m'installa et me fit la conversation. Il était fier de m'expliquer l'histoire et l'origine de chacune des décorations. J'en déduisis que c'était le patron. Sa présence ne me gênait pas, mais je compris qu'une jeune femme, seule, n'avait rien à faire dans ce genre d'endroit. En effet, certaines régions, comme Istanbul, adoptaient un visage progressiste, mais Adana était plus conservatrice, bien qu'assez tolérante au regard des pratiques religieuses. À mon grand soulagement, un homme s'avança vers moi. Le patron put enfin reprendre ses activités. L'homme commanda deux bières *Efes Pilsen*, une marque de bière locale. Ma bouche gobait l'air comme un poisson hors de l'eau. Austin, comme sorti de nulle part, s'assit en face de moi.

Je ne pus m'empêcher de l'observer. Au-dessus de sa tête, une lampe mosaïque raffinée déclinait toutes les nuances de bleus sur son visage pâle, ses épaules… Il scintillait comme un diamant ! Je restai coite devant tant de beautés associées.

— *Şerefe !* dit-il en brandissant sa bière.

— Je ne comprends pas...

— Cela veut dire « à l'honneur » ! C'est comme ça que l'on trinque ici.

Je ris.

— *Şerefe !* répondis-je.

— Et tes enfants ? s'enquit-il.

Je haussai les épaules en éludant la question, à fleur de peau en songeant à Tom.

J'appréciai l'altruisme et la générosité de cet homme. Malgré son passage à tabac, Austin se souvenait du mot que j'avais laissé à son intention lorsque je m'étais enfuie de l'hôpital, il y avait plus d'un mois de cela.

— Tu me suis ? demandai-je, incrédule.

— Disons que je te cherchais ce soir. J'ai vu ton nom à l'hôtel.

Austin était arrivé la veille. Le tournage reprenait. Lui et moi avions naturellement choisi l'hôtel de notre première escale.

— Tu es ici pour le tournage ? s'enquit-il, plein d'espoir.

Je baissai les yeux en réprimant une mine triste.

— Ils t'ont virée ? ajouta-t-il.

— Disons qu'ils n'ont pas souhaité reconduire mon contrat…

Austin demeura silencieux. Son air interrogatif me poussa à la confidence.

— Je suis ici pour Antoine. Il a des ennuis.

— Il est encore à Adana ?

J'acquiesçai tristement.

— Je suis navré, mais je ne reviendrai pas sur ma plainte, soupira-t-il. Chez moi, on parle avant de cogner !

Je pouffai de rire en mon for intérieur. Austin avait des origines écossaises. Il aurait fait la même chose dans la situation inverse.

— Eh bien, il faut croire que tu n'es pas chez toi, plaisantai-je.

Mon humour échoua lamentablement.

— Tu l'aimes vraiment, alors ?

J'esquissai un sourire maussade.

— Qu'est-ce que tu lui as dit, ce soir-là ?

— Je l'ai un peu provoqué en rentrant du dîner, c'est vrai. Je voulais me venger de notre altercation à l'hôtel. J'ignorais que ce type était un fou furieux ! éructa Austin en grimaçant.

À ce moment-là, je remarquai les ecchymoses tenaces sur son beau visage.

— Il est le père de mes enfants, soupirai-je.

— Je vois.

Un long silence s'installa.

Après trois bières, j'étanchai ma soif avec une boisson locale très épicée qui ressemblait à du jus de betterave, accompagnée d'un alcool fort turc : *le Raki*. Ma bouche était en feu, mais le goût salé du *Şalgam suyu* ne me déplut pas. Avec les *mezzés*, c'était même très bon. Je me tortillai sur ma chaise. Austin m'adressa un sourire qui aurait pu rivaliser avec l'éclat de la lampe. L'atmosphère se détendit.

Austin me parla de sa convalescence. Deux côtes cassées, et quinze jours d'alitement. Mais il n'y avait pas eu d'intervention chirurgicale. La presse avait exagéré. Nous changeâmes de sujet, bien que j'use de tous mes charmes pour convaincre Austin de retirer sa plainte. Je lui parlai de mes enfants sans m'attarder sur la raison de mon retour en France. Austin aimait les enfants. Il avait de nombreux neveux et nièces, mais aucun enfant à lui. « *Personne avec qui les faire* », avait-il dit.

La soirée fut exquise. J'avais oublié le charme d'Austin, tout droit sorti d'un rêve. À la fin du dîner, il me regardait de plus en plus intensément. Je sentais sa chaleur sur moi. Et dire que nous partagions le même hôtel !

— Il est temps que je rentre ! tonnai-je en me levant d'un bond, totalement embrasée.

En chemin, je ne sus si c'étaient les épices, le vin, ou Austin, mais j'eus tout le mal du monde à contrôler mes hormones. La vie m'infligeait une tentation bien cruelle ! Le vent soufflait. Je me rapprochai instinctivement d'Austin. Il me prit par les épaules et m'enroula contre lui pour m'abriter. Il grimaça. Ses côtes le faisaient souffrir. Pouvais-je avoir confiance en cet homme ? Bienveillant ? Car sous les apparences, je ne savais pas qui il était. En outre, la providence en avait placé quelques-uns sur ma route, mais telle une roue qui chasse les graviers, je les avais sortis un à un de ma vie.

Le moment tant redouté arriva. Le hall de l'hôtel franchi, je ne parvins pas à le quitter. Son allure candide me fit basculer quand je l'invitai à boire un dernier verre au bar. *Je vais me finir avec du cognac !* Pas de chance, il n'y en avait pas. J'optai alors pour un vin turc, hors de prix.

– *Şerefe !* lançai-je.

– *Şerefe !*

Le vin était bon, quoique j'en aie dégusté de meilleurs pour moins cher en France.

– Tu es à quel étage ? m'enquis-je nerveuse, en souhaitant qu'il soit le plus loin du mien.

– Deuxième. Et toi ?

– Idem.

Grrr…

– Quel numéro ? persévérai-je.

– Soixante-quatre. Et toi ?

– Soixante-huit.

Bon ! À ce moment-là, j'aurais aimé me dissoudre dans mon vin ! C'est sûr, Austin l'avait fait exprès.

– Tu restes longtemps ? demanda-t-il.

– Non. Demain, je vais à l'ambassade de France à Ankara. Mon vol est à onze heures. Ensuite, je rentrerai. C'est l'affaire de deux ou trois jours.

Le serveur nous fit signe que le bar fermait. Austin

le gronda.

– Bah ! C'est un acteur capricieux, fis-je en m'adressant au serveur tout en bousculant Austin.

Austin me lança un regard lubrique. Mon cœur se jeta contre ma poitrine. Je devais arrêter de penser à lui de cette façon. Quoique n'importe quelle femme saine d'esprit l'eût voulu dans son lit, libre ou pas, fut-elle damnée pour ça !

Mon cœur battait à tout rompre, mais je demeurai derrière la porte de ma chambre, face au lit vide qui me regardait. Résister au charme d'Austin m'avait épuisée. Il était inévitablement un tombeur né, et j'avais senti sa sensualité comme une corde tendue entre nous. De son côté, Austin y avait mis autant de courage en disparaissant dans sa chambre en un éclair. Le fait que celle-ci ne soit qu'à deux portes de la mienne risquait de mettre notre volonté à rude épreuve. Mais Austin avait probablement pensé aux conséquences… Peut-être avait-il peur d'Antoine, désormais ? Il n'était pas né, celui qui pourrait se mesurer à sa rage. Je devais me reposer, essayer de me calmer. Le vin sillonnait chaque veine sous ma peau et m'embrasait le corps. À moins que ce ne fût l'effet « Austin », de son corps divin et de ses yeux de braise. Le lendemain, une journée décisive m'attendait. J'espérais que les choses iraient dans le bon sens. Pour cela, je devais garder les idées claires.

Sur cette pensée, je m'endormis brutalement quand l'alcool pénétra plus profondément dans mon sang et m'assomma d'un coup de massue !

Je ressortis du consulat le sourire aux lèvres et le cœur léger. Concernant la plainte d'Austin, les nouvelles étaient rassurantes. Antoine pourrait regagner la France, et comparaître, libre, devant le tribunal correctionnel. J'eus envie de crier un grand « je t'aime » et que le vent, tel un pigeon voyageur, le transporte aux oreilles d'Antoine. Mieux, je pourrais le soutenir en personne, car ce même jour, j'avais obtenu un droit de visite et j'avais encore du temps pour reprendre un vol et retourner à Adana. J'eus le sentiment d'être placée sous une bonne étoile, comme si j'étais dans le bon carré de ciel.

Antoine m'attendait derrière la vitre. Les cheveux en bataille, plus pâle de jour en jour. Il ne voyait guère la lumière naturelle. Quand il me vit, son visage se fendit d'un sourire mélancolique. Je crus voir Tom, mon petit garçon égaré. Mon inquiétude s'accrut exponentiellement.

– Mon amour, soufflai-je, caressante, en décrochant l'interphone. J'ai de bonnes nouvelles…

– Tu plaisantes ! Pas question que je paie un centime à ce connard prétentieux !

– Antoine ! J'ai fait tout mon possible ! Je te le jure ! J'ai essayé de le convaincre de retirer sa plainte !

Oh non ! Pourquoi avais-je dit cela ?

Antoine me fusilla du regard. Son visage se déforma sous la colère. Il m'accabla d'insultes sur cette chaise. Je ne les avais pas méritées, non. Je me mettais en danger dans un pays inconnu, aux conflits géopolitiques à peine larvés. J'avais quitté mes enfants, bien que l'un d'eux fût au plus mal. Tout ça, pour un homme qui ne m'accorderait jamais sa confiance. C'en était trop ! Je me recroquevillai sur ma chaise comme une huître dans sa coquille, et lorsque j'arrivai à en placer une :

– Je rentre. J'en ai fini avec toi. Ta mère a jeté son dévolu sur Tom. Je dois le protéger. J'avais espéré que tu m'épaulerais, mais comme d'habitude, tu déformes mes intentions.

Je me levai avec le peu de dignité qui me restait. Antoine trouverait de la boue dans un champ de neige immaculée pour me traîner dedans. Quand je lui tournai le dos, son air trahi me transperça la peau comme de fines lames émoussées. Un déchirement. *On ne peut pas se quitter ainsi !* Pourtant, je devais me rendre à l'évidence, mon cœur ne saurait endurer une autre humiliation. Mon corps meurtri ne se retournerait pas.

De retour à l'hôtel, je n'eus pas le courage de sortir pour m'acheter à manger. Quand bien même les kebabs fleurissaient dans la ville, je n'avais plus faim.

Les propos orduriers d'Antoine m'avaient sali l'âme comme lui seul savait le faire. Je n'avais plus la force de prédire ses réactions irrationnelles. Je m'installai au bar et sortis mon ordinateur pour réserver un vol. Je rentrais chez moi. Le plus tôt serait le mieux. Le ciel s'était obscurci. J'avais eu tort de viser un seul carré.

Il était dix-neuf heures, heure de mon rendez-vous téléphonique avec Laurine. Attablée au bar, j'utilisai le téléphone de la réception. Le mien gisait dans le Seyhan.

Les nouvelles étaient inquiétantes. Depuis sa confession à Laurine, Tom s'était renfermé sur lui-même. Je demandai au réceptionniste si je pouvais passer un autre appel à l'étranger. Je désirais informer ma mère des dernières affabulations de Rose, afin qu'elle mesure le degré de fourberie de sa chère amie. Je fus brève et n'obtins comme seule réponse que le silence entrecoupé de sanglots, aussi plaintifs que le remords qui la tançait. Malgré mon humeur morose, je n'avais nulle envie de m'enfermer dans ma chambre, au risque de partager ma « cellule » avec le fantôme vivant d'Antoine. Pas plus que de m'exposer au regard de la rue et surtout à celui des hommes. Les insultes d'Antoine, encore fraîches, avaient grignoté mon assurance. Ses jurons infâmes tournaient en boucle dans ma tête et me donnaient la nausée. Je m'installai donc dans le petit salon – ce qui ne me demandait qu'un effort de huit à dix pas du bar où j'étais assise – et pris un livre dans la bibliothèque, dans le but de détendre mes muscles tétanisés du fait de l'agression verbale que j'avais subie et de mon inquiétude grandissante au sujet de Tom.

Absorbée par ma lecture, je ne m'étais pas aperçue que la nuit était tombée. Le petit salon était cosy, éclairé par quelques lampes ici et là, l'ambiance tamisée et, sans m'en rendre compte, j'avais dû forcer sur mes yeux pour continuer à lire. Fatigués, ces derniers relâchèrent leur effort tout à coup, et mon regard dériva au loin... avant de buter, distrait dans sa fuite, sur une silhouette familière. Je sursautai en voyant Austin installé dans un fauteuil à quelques centimètres du mien. Ma vision, toujours brouillée par l'effort, m'amena à croire qu'il s'agissait là de mon imagination, une sorte d'illusion fantasque avant mon départ. Migraineuse, je me frottai les yeux, mais à leur retour de l'obscurité, Austin était toujours là, à m'observer, l'air amusé.

– Es-tu ici depuis longtemps ? m'enquis-je, vaseuse.

– Assez pour voir que quand tu lis, absolument rien ne te perturbe ! Il pourrait tomber un missile à côté de toi, tu ne bougerais pas d'un cil ! ricana-t-il.

– Très drôle ! Tu ne devais pas partir pour Göreme aujourd'hui ? Quelle heure est-il ?

J'avais faim tout à coup. La lecture m'avait creusé l'estomac et changé les idées.

— Vingt-deux heures. J'ai décalé mon départ de quelques jours. De toute façon, je ne pourrai pas jouer avant une semaine. On m'a fait venir pour faire taire les rumeurs…

Trois heures que je lisais ce livre intitulé *Arts et forêts,* qui mettait en lien les bizarreries de la nature et l'art contemporain.

— J'ai faim, déclarai-je.

— Tu as de la chance, moi non plus je n'ai pas mangé, proclama-t-il en me faisant un clin d'œil.

Son ton était à la plaisanterie. Quel adorable prétentieux ! Cette journée avait été harassante, néanmoins j'eus envie de la terminer en partageant un moment avec Austin. C'était certainement la dernière soirée que nous passerions ensemble.

— Me feriez-vous l'incommensurable honneur de votre compagnie pour le dîner ? demandai-je, narquoise.

— *With pleasure, my darling…*

Ce soir-là, la confusion jouait dans ma tête un air pur et mélodieux. J'en avais assez de défendre Antoine ! J'avais droit à une pause. Quoique je doute qu'il fût une bonne idée de la passer en compagnie de sa victime.

Après le dîner, Austin me proposa un dernier verre

au bar. Il était très tard et mon vol était tôt dans la matinée. Je déclinai son invitation et lui demandai de m'accompagner dans ma chambre... Austin fit des yeux ronds, décontenancé par mon effronterie, mais à presque trente ans, j'avais appris à savoir ce que je voulais. Ce soir-là, je n'appartenais qu'à moi-même, et je disposerais de mon corps comme je l'entendrais. Je lui tendis la main. Il me suivit, silencieux, avec beaucoup de pudeur. Je sentais son désir sur moi. Cette nuit allait être intense, et je ne regretterais rien. *De toute façon, Antoine pense déjà que j'ai couché avec lui !*

La porte claqua et m'enferma avec Austin dans la chambre. Je tressaillis. Je sentais sa présence suave et charismatique derrière moi. Son regard suivait les lignes de mon corps, par-delà mes épaules, le long de ma nuque, jusqu'à mes lèvres. J'anticipai le moment où son corps pèserait sur le mien, me consumant tout entière. Mon cœur se mit à battre au rythme de la symphonie que jouaient mes pensées. Je croyais que ce serait facile…

– Détends-toi, m'imposa-t-il d'une voix caressante.

J'expirai longuement. Mes pensées se déshabillèrent à mesure qu'il fit glisser mon chemisier le long de mon dos. Je laissai ses doigts me parcourir, me découvrir. De longs frissons s'installèrent sous ma peau. J'avais envie de lui. Je me retournai timidement.

Je fuyais son regard. Ses doigts jouaient sur ma bouche. Il me releva le menton pour me forcer à le regarder. Puis il m'embrassa. Pour la première fois, j'embrassai un homme sans penser à un autre… C'était lui et moi, et c'était bon. Notre baiser avait un goût d'éternité.

J'avais du mal à réaliser ce qu'il s'était passé la veille. Je pensais ne rien regretter, mais au petit matin, une vive douleur me creusait l'estomac. Austin me caressait langoureusement l'épaule tout en la couvrant de petits baisers. J'eus envie qu'il disparaisse. Cependant, le mal était fait et bien fait. Car l'érotisme d'Austin était puissant, et je sentais encore son empreinte sur moi. La nuit dernière, je l'avais autorisé à pénétrer une partie inavouable de mon cœur.

Je sortis brusquement du lit et allai me poster sur le balcon. Il était très tôt. Le ciel crépusculaire s'invitait dans la chambre et inondait Austin de ses couleurs chaudes. Sa peau ressemblait à celle d'un abricot. À cette heure matinale, la température était agréable. C'était une très belle journée d'août. Austin me rejoignit et me tendit une cigarette. Je fumais de temps à autre. Cela me détendrait. Je tirais sur ma cigarette furieusement, le regard au loin, naviguant sur les vagues de l'aube.

Austin m'examinait d'un air interrogateur. Je tentais de contenir ma gêne. Je n'étais pas ici pour lui et il le savait. Il jeta son mégot dans la rue en s'approchant lentement de moi. Puis il déposa un baiser rebelle sur mon front en me tenant fermement la nuque. *Humm.* Ce geste d'attachement improvisé me procura un tel réconfort que j'en eus la tête qui tourna, l'analgésie que je ressentais quand Antoine m'embrassait ainsi. Cela lui arrivait souvent autrefois, et les lèvres d'Austin m'avaient replongée dans le même état de catharsis.

J'avais lu récemment - dans le cadre de ma formation en coaching - une technique qui consistait à associer une pensée positive ou un souvenir agréable à un geste en particulier. *L'ancrage.* Je ne l'avais encore jamais expérimenté, sauf à l'instant même, quand les lèvres d'Austin s'étaient plaquées sur mon front. Je m'étais alors pincé fort sur le bout de l'index !

— J'avais une vie avant, tu sais…

Mon projet me manquait. J'avais vraiment tout abandonné pour Antoine.

— Waouh ! C'est notre nuit ensemble qui te rend si morose, constata-t-il tristement.

— Peut-être, soufflai-je en tirant sur ma cigarette.

— Alors ? Raconte… C'était quoi ta vie ?

Nous nous sourîmes tristement.

— Eh bien, j'ai été mère très tôt. Et puis, j'ai monté une association d'art-thérapie. Je voulais réparer les gens. Pff ! C'est idiot quand on examine froidement ma vie.

— Je la trouve très courageuse, moi, ta vie.

Austin me releva le menton, et planta son regard plein de tendresse dans le mien qui pleurait timidement.

— Le sarcasme te va mal. Crois-moi, tu feras un coach redoutable parce que tu as connu le malheur, n'est-ce pas ? Et parce que tu es douce et pleine d'empathie.

— Comment peux-tu en être aussi sûr ? Tu ne me connais pas…

— Quand j'étais en Angleterre, durant ma convalescence, hum…, j'ai consulté tes réseaux sociaux. Et je vois le mal que tu te donnes pour aider ce gars qui ne le mérite absolument pas ! Alors je n'ose imaginer quel tabac tu feras quand les personnes en vaudront la peine. Ne doute pas de toi.

Ses mots si généreux me firent l'effet d'un électrochoc.

— Tu as raison. Je rentre chez moi reprendre ma vie là où je l'ai laissée !

— *Great !*

— Et… j'aimerais que tu en fasses partie !?

Austin m'embrassa, d'une sorte de baiser pressant et lascif. Et « j'ancrai » sa chaleur à nouveau.

— *I promise you*, souffla-t-il à mon oreille.

Ses bras m'enveloppèrent telles des ailes noires

d'elfe qui protège son enfant. J'éprouvai alors un sentiment de sécurité jamais égalé. Même le regard perçant d'Antoine ne pouvait m'atteindre. Une forteresse. Je n'étais pas femme à me lover dans le réconfort d'un homme, mais je me noyais trop souvent dans celui d'Antoine ces temps-ci, aussi mordant soit-il. Si Antoine était mon ancre, j'avais trouvé en la personne d'Austin mon fleuron, et il ferait de moi sa reine.

Arrivée dans la zone d'embarquement, mon cerveau commanda à ma main de faire signe à Austin. Il me répondit d'un geste tout aussi douloureux, la promesse d'un au revoir. Je m'installai dans mon siège en serrant ma ceinture afin de me soustraire à la tentation de le rejoindre. En me pinçant l'index, je sentis la chaleur d'Austin irradier autour de moi. L'ancrage était absolument magique ! Je songeai à le tester lors des ateliers à mon retour.

Mes sentiments à l'égard d'Austin étaient forts. Au décollage, ce constat resta sur le sol turc, car pour l'heure, je devais m'occuper de mes propres affaires… Aller voir Rose, la broyer, la terrasser, l'humilier, la salir comme elle m'avait salie ! Découvrir également ce que cachait le rictus d'Antoine. Car je n'avais confiance ni en l'un ni en l'autre.

Alors que j'avançais vers la sortie de l'aéroport de Roissy, j'ancrai une nouvelle fois le baiser d'Austin sur mon front, en laissant derrière moi celui d'Antoine.

34

Ma mère m'attendait, postée au milieu du jardin, peut-être depuis des heures. Ses yeux gris clair, noyés dans le chagrin. Elle avait dû prendre le premier train pour Paris dès qu'elle avait su pour Rose. Ce revirement de sa part me poussa dans ses bras et nous nous apprivoisâmes l'une l'autre. Quel soulagement de la voir ainsi pour moi, aimante et pleine de compassion ! Dans cette position entremêlée, ma colère envers Rose déborda et se déversa sur ses épaules. À mesure que les tremblements de mon corps s'espaçaient, d'imperceptibles soubresauts envahissaient le sien. Ma mère me berça doucement en me chantant la berceuse de Brahms, ma préférée. Sa voix mélodieuse et brisée me transporta dans un autre monde, dans lequel régnait la toute-puissance de l'amour.

Quand j'entrai dans la chambre de Tom, c'est à peine s'il me regarda, ou alors comme une méchante sorcière. Mon cœur se serra. J'avais espéré que Tom ne croie pas à ces folies. Je m'approchai lentement de lui, tel un dompteur cherchant à apprivoiser un animal féroce. Il était prêt à bondir sur ses deux jambes pour m'échapper. Ce qu'il fit. Je lui attrapai la main au vol et le soulevai de terre pendant que son petit corps se débattait sans résistance. Tom resta silencieux tout du long de sa petite bataille d'enfant. Il finit par appuyer sa tête dans le creux de mon cou en poussant de petits cris d'animal perdu. Son corps se ramollit dans mes bras, vaincu par l'assaut de mes baisers.

– Je t'avais demandé de ne pas retourner chez Rose, grondai-je en pleurant et en le pressant contre moi.

Je le pris par les épaules et accrochai son regard.

– Tu n'iras plus jamais ! Entends-tu ? Cette femme est folle et dangereuse !

Le mal était fait. Tom ne me regardait plus de la même façon. À sept ans et demi, il avait atteint l'âge de raison pour comprendre qu'une partie de l'histoire était vraie : mon amour pour Antoine, alors pourquoi l'autre ne le serait-elle pas ?

Je ne dormis pas cette nuit-là. Mon cerveau s'employa à élaborer une riposte. Un retour de flamme contre Rose. Elle avait détruit ma relation avec Tom et, par là même, sa vie, probablement. Je réalisai avec horreur quelles conséquences irréversibles cela pourrait engendrer. J'allais faire payer à Rose sa cruelle imprudence ! Pour un enfant, aller en prison signifie que l'on est méchant, malhonnête et menteur. Tom était si droit, si juste. Quand il jouait au policier et au voleur avec sa sœur, c'était toujours lui le policier. Rose méritait la prison sans doute autant qu'Antoine. Comment Tom réagirait-il si Rose y allait aussi ? Je repris espoir…

Le plan était ficelé ! Ce matin même serait décisif, car c'était un jour de marché. Avec l'aide de ma mère, je m'introduirais chez Rose pour trouver quelque chose qui me placerait à mon avantage et dont je saurais tirer profit. Ma mère sonna chez elle. Rose ignorait que sa *chère amie* la méprisait dorénavant autant que moi. Une fois à l'intérieur, ma mère ouvrit en tapinois la porte de service. Elles partirent ensuite faire leur marché ensemble. Cette vision m'oppressa, mais je me recentrai sur mon objectif. J'avais le trac ! Ce n'était pas dans ma nature de jouer au cambrioleur. J'escaladai le muret, les mains moites. *Ce n'est pas le moment de glisser, Mégane !* Un bruit sourd se fit entendre lorsque j'atterris de l'autre côté. Je ne me souvenais pas que le terrain était aussi pentu de ce côté-là du mur, et je tombai de haut. Ma cheville se tordit dans un grossier craquement d'où partit une douleur atroce qui remonta jusqu'à ma hanche. Fort heureusement, la porte de service était bien ouverte. J'entrai.

J'avais longuement réfléchi avant : où Rose cacherait-elle ses secrets ? Je commençai par la chambre à coucher. Je fouillai dans ses tiroirs. Il y avait une tonne de barbituriques. La perfide avait à l'évidence des choses à se reprocher. Cette pensée exacerba ma fièvre. Je vermillonnai de manière intraitable. Je tombai sur un portrait de Rose et de son mari lors de leur voyage de noces. Leur visage glacial me fit grimacer. Pourquoi le dissimulait-elle dans le tiroir à chaussette ? Je trouvai également une très belle bague dans son étui, ornée d'une inscription gravée : « *À jamais, Rose et Patrick* ». À toutes fins utiles, j'emportai les médicaments pour connaître les ennuis de santé de Rose, mais je laissai le portrait et la bague aux chaussettes. Je fouillai dans le bureau et y trouvai un tas de papiers : assurances, avis de décès… *Quel désordre !* Je pris tous les papiers et les fourrai dans mon sac avec les médicaments. Avant de partir, je jetai un coup d'œil dans la cuisine. Tout y était à sa place. Cependant, je me retournai sur un gant anti-chaleur accroché au mur, bien trop poussiéreux à mon goût pour une utilisation quotidienne. Je me félicitai pour mon sens de l'observation. Un petit objet s'y cachait… Il s'agissait d'un goutte-à-goutte d'huile essentielle. *Allez hop, dans le sac !* Dans le salon, un autre portrait trônait sur le rebord de la cheminée. Je ne reconnus pas l'homme avec Rose.

L'adrénaline me fit sauter le muret malgré ma cheville qui s'était mise à gonfler, et je courus dans l'allée comme une biche blessée. Je m'enfermai dans ma chambre. Si tout se passait comme prévu, ma mère laisserait Rose au marché et viendrait me rejoindre dans peu de temps. Il était plus prudent qu'elle ne soit pas avec Rose quand cette dernière s'apercevrait de la supercherie. La panique au bout des doigts, j'étalai le contenu du sac sur mon lit en cherchant une piste. Mes yeux balayaient les documents à la recherche d'un mot, d'un indice… Un puzzle ardu !

La porte claqua. Je sursautai puis restai pétrifiée, à l'affût d'un son rassurant, d'un pas familier… Le cœur au bord des lèvres, j'entendis la voix de ma mère qui m'appelait depuis le salon à l'instant même où mes yeux arrêtèrent leur ballet frénétique sur un prénom qui m'était jusqu'alors inconnu : « Flavien ».

— Maintenant que Rose sait que toi et moi nous sommes réconciliées, elle voudrait refaire un voyage avec les enfants. Elle insiste aussi pour les voir le plus souvent possible, dans ton dos bien sûr, déclara ma mère en entrant dans la chambre.

Cette requête me fit frissonner. Ma mère était restée évasive sur le sujet, et j'admirai son sang-froid.

Je ne devais pas perdre une minute, et découvrir un moyen de pression sur elle. Sinon, cette vieille folle viendrait frapper à ma porte un jour prochain.

35

Antoine avait payé une lourde amende et avait été libéré. Il regagnerait bientôt la France. Cette nouvelle aurait dû me réjouir. Au lieu de cela, je me sentais accablée par cette perspective : Antoine et Rose, si près de moi. Car durant les deux mois écoulés, je n'avais rien trouvé de tangible afin de les écarter définitivement de notre famille. J'avais lu et relu les papiers. Seul un avis de décès, un certain « Flavien », mort quelques heures après sa naissance, avait éveillé ma curiosité.

Cependant, Rose n'avait pas cherché à revoir les jumeaux ni donné signe de vie depuis cette matinée où elle et ma mère avaient fait leur marché ensemble. Ce sournois silence m'oppressait. Rose, *a posteriori,* avait dû trouver les tiroirs vides, les papiers manquants ainsi que les médicaments dérobés. Trop d'éléments pour qu'il s'agisse d'une simple coïncidence.

Sous la douche, le jet me fit du bien. Il m'apporta le coup de fouet dont j'avais besoin. Je dus néanmoins me forcer à quitter ces eaux purifiantes, car ce soir-là, je dînais avec Austin. Il était de passage à Paris pour tourner une scène de son film.

Quand Laurine arriva, je l'entraînai promptement dans ma chambre, obsédée par tous ces papiers qui jonchaient le sol depuis deux mois. J'avais besoin d'un regard neuf, et Laurine avait l'esprit vif. Qui plus est, elle s'était attachée aux jumeaux. Elle accepterait de m'aider pour contrecarrer les projets de Rose. Laurine resta un long moment, silencieuse, devant les papiers, le portrait… Je ne savais pas trop ce que j'espérais. Je m'assis sur le lit, les membres endoloris de fatigue, en jouant nerveusement avec mes ongles.

– Je pense que Rose avait un amant, lança-t-elle à demi rêveuse.

J'y avais déjà songé, mais je ne voyais pas ce corps rêche et solide se ramollir et devenir tendre au contact d'un amant attentionné. Rose était faite pour la haine.

– Regarde comme ils ont l'air amoureux ! reprit-elle en me tendant le portrait.

J'empoignai le cadre. La photo n'avait pas été prise par un professionnel, la luminosité n'était pas suffisante. Cette photo avait été prise sur le vif. On y voyait Rose avec un homme, mais rien n'indiquait qu'ils fussent amants. Elle était jeune, plus jeune que lors de son mariage. Il est vrai qu'ils semblaient complices. À première vue, j'avais pensé à quelqu'un de sa famille... Laurine ne fut pas de cet avis.

– Quand bien même, qu'est-ce que ça peut faire que Rose ait eu un amant ! Son mari est mort et enterré ! Cela n'avance guère mes affaires, soupirai-je, découragée.

Nous descendîmes dans la cuisine. Les jumeaux regardaient la télévision. Tom était apaisé comme toutes les fois où Laurine était auprès de lui. Elle flânait autour du bar, tandis que je terminais de préparer le dîner.

– Qu'est-ce que c'est ? demanda-t-elle en désignant la fiole que j'avais trouvée chez Rose.

– De l'huile essentielle de lavande, je crois, répondis-je sans m'attarder.

Je poussai un juron en me brûlant avec le plat de lasagnes.

Laurine approcha le flacon sous son nez. La douceur qu'exprimait son visage prédisait la bonne odeur. Une grimace pincée vint la remplacer lorsqu'elle en renifla les effluves.

– La lavande, c'est bon pour les chocs émotionnels, tu le savais ? J'ai descendu le flacon au cas où…, dis-je en regardant Tom.

Laurine me fixa, perplexe.

– Ce n'est pas de la lavande, répondit-elle avec dégoût.

J'approchai mon nez à mon tour. Une odeur âcre et acide me picota les cloisons nasales et la bile remonta dans ma gorge aussi vite que si j'avais senti du vinaigre. Je pris la fiole et tendis le bras au-dessus de l'évier pour la vider. Son contenu avait manifestement tourné. Mais je suspendis mon geste quand mes yeux se posèrent sur la manique avec laquelle je venais de me brûler. *Pourquoi diable Rose avait-elle caché cette huile dans une manique ?* L'odeur répugnante du liquide me déroutait à présent. Je n'avais jamais senti rien d'équivalent. *Les médicaments trouvés dans sa commode pour le cœur… Est-ce que Rose a des problèmes cardiaques ?*

– Le père d'Antoine est mort d'une crise cardiaque, dis-je tout haut.

– Comment ? répondit Laurine.

J'étais toujours au-dessus de l'évier, des suées me coulaient dans le dos, je ne savais pas ce qui se passait. Mes pensées s'entremêlaient et se démêlaient à la manière de fils de laine qui mènent tous à la pelote. Je crus comprendre…

La sonnette d'entrée m'extirpa de ma transe. Austin m'attendait, magnifique, au-dehors.

Magnifique. Oui. C'est ce dont j'avais besoin.

Laurine alla ouvrir, tandis que je reprenais mes esprits. Elle se figea, pantoise. Ses manières m'agaçaient. J'entraînai Austin promptement par le bras pour le soustraire à cette jeunesse en fleur.

– Ferme la bouche, m'écriai-je depuis le jardin.

– Si jamais ça le fait pas, donne-lui mon numéro ! cria-t-elle depuis l'entrée.

Je pouffai.

– Trouve-toi un mec de ton âge, gamine !

Elle me tira la langue en me faisant un sourire complice.

– Jolie, ta nounou !

— Oh, toi ! N'en rajoute pas, grondai-je.

Pour notre première soirée ensemble, Austin avait privatisé le restaurant d'un grand hôtel parisien. Le grand jeu. J'adorai ! Je prenais la mesure de sa notoriété. Chauffeur, restaurant privatif… Je comprenais mieux l'air coi de Laurine en début de soirée. J'étais flattée qu'il ait choisi ma compagnie durant son séjour à Paris. Qu'avais-je de différent ? Était-ce parce que, contrairement à ses fans, je n'avais manifesté aucun engouement pour lui à notre première rencontre ? Je ne pouvais m'en attribuer le mérite, je n'avais jamais vu Austin auparavant. Quand bien même, avec mon métier, j'avais appris à ne plus m'exciter devant les acteurs.

Austin était plus que ça…

Pendant le repas, il me raconta les pièces qu'il jouait naguère. Il était passionné de comédie. Je regardai ses lèvres s'articuler et sourire. C'était drôle, c'est vrai. À mon tour, je lui racontai ma passion pour la peinture, mon association d'art-thérapie. Il m'écoutait tendrement. L'instant était féérique.

J'ai trop de recul sur ma vie, aussi, suis-je obligée de corriger ce terme : l'instant était *cruellement* féérique.

Il me caressa la joue. Tout comme moi, je constatais que son cœur était sur le point de basculer du côté de l'évidence. L'ordre naturel des choses.

Devant le porche, je laissai Austin entrer le premier. Laurine mourrait d'envie de faire sa connaissance. Bien qu'imaginer l'ado en folie me fît sourire, je préférais les rejoindre une fois l'hystérie retombée. L'humidité automnale me fit rentrer trop tôt. Laurine - la bouche peinturlurée d'un rouge pétant - faisait un selfie avec Austin. Ses joues étaient aussi grasses et rouges que les lèvres de la gamine. Austin s'amusait beaucoup. Pour endurer ce métier, il fallait sûrement apprécier le *package*.

Dans la cuisine, je fis crier le percolateur. Laurine prit congé, l'air béat, rassasiée de l'image d'Austin et de son empreinte sur lui. *C'est drôle ce sentiment qu'une chose nous appartient juste parce qu'on l'a marquée. N'est-ce pas le principe des autographes ?* Je n'éprouvais pas ce besoin, sauf pour Antoine, et j'aurais aimé que sa marque sur moi soit aussi fugace que le rouge à lèvres de Laurine.

Je plaçai ma tête sur l'épaule d'Austin. Les deux tasses fumantes devant nous. De ses doigts fins, il étirait en silence ma chevelure sur toute sa longueur. Sa main glissa le long de mon bras, sous ma manche. Ses doigts cherchaient le contact. La cheminée crachait les flammes de l'enfer - *Laurine, tu exagères !* Je retirai la triple épaisseur de vêtements qui me tenait à bonne distance d'Austin. Ses lèvres couvrirent alors mon épaule, mon cou. Les yeux vissés sur ma bouche,

Austin attendait mon invitation, telle une statue grecque, sensuelle et impénétrable.

À quelques centimètres de mon visage, il m'offrit un sourire tendre qui me saisit… L'instant accrocha une image insondable et universelle, ce sentiment si parfait, si éternel : le grand amour ! J'eus envie de crier ma délivrance, mes blessures m'en empêchèrent.

Mon corps s'embrasa. Je me précipitai lentement sur sa bouche. Comme il m'avait manqué ! J'enserrai son corps. Ma poitrine brûlante reflétait son désir. Il l'apprivoisa au rythme saccadé de sa respiration. Son excitation vibrait contre mon entrejambe. Je lui retirai sa ceinture et fis descendre son jean et son boxer d'un seul geste. Austin poussa un râle de mécontentement. Je m'en moquai. Je le voulais sur l'instant. Il m'assujettit alors à un rythme douloureusement lent. Néanmoins, son va-et-vient était trop sensuel, et la sensation trop délicieuse, pour que je lui refuse plus longtemps mon plaisir.

Nous fîmes l'amour pour la seconde fois.

36

Paris, Lisa,

Tom sous l'emprise de Rose. Ma mère sous celle d'Antoine. La mère et le fils, rongés, consumés l'un et l'autre par une passion commune : faire le mal autour d'eux. Les pièces du puzzle s'assemblaient lentement. Je comprenais désormais pourquoi Tom, enfant, était si perturbé et, plus tard, s'était réfugié dans la drogue. J'aurais dû commencer par là : vérifier si Rose et Antoine avaient un casier judiciaire. Bien sûr ! Mais pour l'heure, la tâche était au-dessus de mes forces. J'avais peur. Que ma vie s'écroule simplement et entièrement.

Je reçus un message de Tom : « *Je garde Charlie aujourd'hui ?* » Dans cet accès de liberté, je songeai à appeler Éric… Non. Je devais rester concentrée sur ma tâche. Je serrais toujours dans ma main le nom et l'adresse de mes nouveaux grands-parents. Il m'avait été facile de les retrouver à présent que je connaissais la véritable identité de Mathias, mon père : « Flavien Polinas », identité que Rose avait usurpée lors de l'échange des nourrissons. Pourquoi pas ? Pourrais-je être dans un état encore plus lamentable que celui dans lequel je me trouvais depuis ma conversation avec Rose ? Autant en finir avec tout ça !

Je sonnai à la porte. Un septuagénaire grand et

charismatique surgit de derrière et se planta devant moi. J'étais abasourdie. Pour autant qu'il m'en souvienne, il était le portrait craché de Mathias ! Une voix féminine résonna derrière lui. Je supposai qu'elle lui demandait qui c'était. Quand il lui répondit, son timbre posé et rangé fut celui d'un homme dont l'accomplissement ne faisait aucun doute. Une femme de mon âge environ se tenait à présent à ses côtés. Tous deux me regardaient… Je crois que j'avais toujours cet air ahuri sur le visage. La jeune femme, intriguée, me salua, et je peinai à lui répondre. Me retrouver devant eux me plongeait dans un profond malaise, car à cet instant, toutes ces « histoires » dans ma tête prirent vie devant moi ! Et ce fut douloureux. Le septuagénaire me pria d'entrer pour m'asseoir quelques instants. Excepté l'entrée sombre et exiguë, la maison était spacieuse, propre, elle invitait à respirer. Je repris peu à peu mes esprits. Ma poitrine se gonfla et mes joues retrouvèrent leur couleur rose habituelle.

— Comment vous sentez-vous, mademoiselle ? Vous étiez si pâle, dit l'homme.

Comment je me sens ? Je suis ta petite-fille, du fils que tu n'as jamais connu.

— Ça va mieux. Merci, répondis-je simplement.

La jeune femme me tendit un verre d'eau. Tant de sollicitude m'accabla, alors que j'étais sur le point de bouleverser leur vie de manière irrémédiable. Je bus l'eau, gorgée par gorgée. Mes pensées s'organisèrent de la même manière. Je ne devais pas brûler les étapes. *Commençons par les présentations.* Je levai enfin les yeux dans leur direction. Ils m'observaient de plus en plus intrigués et inquiets. Dans le fond mal éclairé de la cage d'escalier, il me sembla voir une ombre furtive… Je songeai alors à mon père. Je pris une profonde inspiration et…

— Je m'appelle…

— Lisa ? interrogea une voix dans les escaliers.

Je connaissais ce timbre. *Non ! Ce n'est pas possible !*

— Éric, tonnai-je, incrédule.

— Vous connaissez mon frère ? demanda la jeune femme.

Le frisson de la mort me parcourut l'échine. Je nageai en plein cauchemar. Serait-il possible que j'aie des sentiments pour… Qui d'ailleurs ? Je rejetai la tête en arrière en me pinçant les lèvres pour me persuader que cette situation était tolérable.

— Oui, hoquetai-je à mi-voix.

— Mais que fais-tu ici ? Où as-tu eu cette adresse ? Il y a un problème ? s'inquiéta Éric.

Leurs grands yeux ronds me suppliaient d'élucider le mystère de ma présence. Je ne sus plus quoi dire. La raison de ma venue ne devait plus être divulguée. Du moins, pas sans préparation. Car Éric éprouvait des sentiments pour moi. Il était clair qu'avant l'inquiétude, il était fou de joie de me revoir.

— Je voulais te parler et tu n'étais pas chez toi, alors j'ai regardé dans le dossier et j'ai trouvé l'adresse de tes proches, mentis-je.

— Ah oui ? répondit-il, surpris.

— Oui, euh… cela figure dans la partie concernant les enfants, mentis-je.

— Oui. Bien sûr ! Alors ?

La panique s'empara de moi, quand je remarquai un livre funéraire sur la table. J'évaluai à la hâte la situation, et constatai l'absence de la femme du septuagénaire… Je tentai le tout pour le tout !

— Alors, j'ai appris pour ta grand-mère, et je venais vous présenter mes sincères condoléances. Mais je me rends compte que c'était déplacé de ma part. Excusez-moi.

Je me levai. Je ne pouvais pas choisir pire moment pour leur dire la vérité ! Mais comment l'aurais-je su ?

— C'est très délicat de votre part, mademoiselle. Surtout si vous êtes une amie d'Éric, dit gentiment l'homme.

— Je suis son avocate à vrai dire, précisai-je pour ôter tout malentendu. Mais en effet, Éric est une personne que je tiens en estime.

— Pareil pour moi, lança Éric en me prenant la main.

L'ambiance se décontracta. Le grand-père et la

sœur d'Éric vinrent s'asseoir à côté de nous et, pendant un court instant, j'eus l'impression de faire partie de la famille. Je réalisai soudain que moi aussi, j'avais perdu ma grand-mère.

J'observai la photo qui se dressait à côté du livre funéraire, sur la petite table ronde drapée d'une nappe de velours noir. J'aurais aimé la connaître. Ses yeux étaient de la même couleur que les miens, et elle avait les joues roses… J'eus l'impression qu'elle me souriait tendrement, qu'elle s'adressait à moi comme si elle savait qui j'étais. Elle me disait qu'elle était fière de moi, qu'elle avait rejoint son fils, mon père, son bébé pour toujours dans son cœur.

Le temps avait passé pour tout le monde depuis. Pour l'heure, je décidai alors de garder mon secret. Ce serait entre elle et moi.

— Lisa, je te présente ma sœur, Adriana, et mon grand-père, Georges.

— Enchantée, dis-je en tendant une poignée de main.

— Non, répondirent-ils, avec ce qu'on vient de vivre, on peut s'embrasser.

Ils m'enlacèrent chaleureusement.

— Mes parents vont arriver. Ils règlent les dernières formalités au funérarium, s'exclama Éric.

— Oh ! J'ignorais que c'était aujourd'hui ! Je suis navrée, vraiment. Je vais vous laisser.

— Non ! crièrent-ils en chœur.

— Je tiens à te présenter mes parents, ajouta Éric. Ils seront ravis de te rencontrer. Tu as tellement fait pour moi. C'est grâce à toi si les jumeaux font encore partie de ma vie, si je peux encore… les aimer.

— Le jugement du divorce n'a pas encore été rendu, remarquai-je.

— C'est tout comme ! Mon ex-femme est revenue sur le mode de garde. Elle ne désire plus l'exclusivité. Un week-end sur deux, tout au plus…, annonça Éric en souriant béatement.

— Ma fille vous en sera éternellement reconnaissante, renchérit Georges.

Pourquoi n'avais-je pas été prévenue de ce changement ?

J'étais dans une cage, et j'avais envie de hurler ! Mon père avait une sœur. J'aurais pu avoir une famille, des cousins, être aimée d'eux, et me construire différemment.

Les parents d'Éric et d'Adriana m'accueillirent chaleureusement à leur tour. Ils ne furent ni gênés ni offusqués de ma présence. Après les présentations, le grand-père revint de la cuisine avec une bouteille de champagne :

— Elle l'a mis là…, dit-il en souriant.

Tous eurent le même rictus. Je ne compris pas, mais devais-je tout comprendre ce jour-là ? Bien sûr, leur visage dépeignait la tristesse, mais un autre sentiment plus solidaire, une sorte de couleur intime et secrète se manifestait dans leurs yeux. À l'instar de la défunte, ils brillaient avec la même étincelle, inextinguible, malgré les épreuves. Avais-je moi aussi cette couleur ? Serait-ce le rose de mes joues ? Ils entrechoquèrent leur verre. Le mien était déjà brandi au-dessus de ma tête, transporté par ma joie. Je leur souris, perplexe, car je me sentais bien.

— À Victoire ! Ma femme, l'amour de ma vie !

Victoire. Ça lui va bien ! Georges se dirigea vers elle. L'éclat de ses yeux laissa place à la morosité quand il réalisa brusquement que ce portrait serait tout ce qui lui resterait d'elle. Les lèvres tremblantes et les yeux gorgés de souvenirs, Georges se dressa, brandit son verre devant le portrait et, dans une intimité parfaite, lui rendit un hommage digne et bouleversant, celui qu'elle méritait.

— À maman ! s'exclama émue la mère d'Éric.

— À mamie !

Je me contentai de boire une gorgée de champagne en paraissant aussi digne qu'eux. Je n'ai jamais été en paix avec la mort. Elle est sournoise et menteuse !

— Puisses-tu faire la connaissance de ce fils qui t'a tant manqué, ajouta Marielle - la mère d'Éric.

— À Flavien ! proclama Georges.

Je m'étouffai en m'efforçant de ne pas recracher le champagne dans mon verre. Ma gorge me brûlait, irritée par cette souffrance masquée qui ne pouvait être effacée par ma seule venue ici.

Je me rafraîchis la gorge avec un linge humide, mais elle voulait toujours hurler. Peut-être s'égosillait-elle en silence ? J'éclaboussai mon visage, il était cramoisi. Je l'analysai sous toutes les coutures… Avais-je cette étincelle moi aussi ? Je sursautai en sortant de la salle de bain. Éric m'attendait sur le seuil de la porte. Sa sollicitude me toucha. Même attristé, il restait attentif à mon bien-être. Quand il me prit la main, je crus qu'il ne s'agissait là que d'un geste basique entre cousins, mais l'afflux de sang sur ses lèvres, gonflées de désir pour moi, me convainquit du contraire. Éric avait envie de m'embrasser. Je me pinçai les lèvres pour les soustraire à sa vue, mal à l'aise outre mesure.

– Je trouve ça adorable que tu sois venue aujourd'hui pour nous, pour moi…

J'étais dans une situation plus qu'inconfortable. La dernière chose que je souhaitais, fut qu'Éric pense que j'étais ici pour lui.

– Éric, je… je suis venue par simple courtoisie.

– C'est vraiment gentil de ta part, lança-t-il en resserrant ses mains autour des miennes, prêt à m'embrasser.

Mon cœur se jeta contre ma poitrine.

– Non, tu ne comprends pas. Je suis mariée, et je

suis ta… Je suis ta…

— Ton amie ?! finit-il.

Je hochai la tête. Éric lâcha ma main, déçu.

— Je te présente toutes mes condoléances. Je devrais y aller. Ta famille est un vrai trésor ! Tu as vraiment beaucoup de chance, ajoutai-je.

Nous nous quittâmes sur un sourire, contenu de sa part.

Au-dehors, j'accueillis la pluie comme un cadeau. La tristesse, la joie, la paix, de nouveau la tristesse, coulaient sur moi et se dispersaient dans la terre. J'avais une famille ! Confuse, je regagnai le parc avant de faire volte-face. Il était déjà tard, Tom et Charlie avaient dû rentrer.

Je me secouai dans l'entrée. J'étais trempée jusqu'aux os.

— Ah ! Mais je t'avais dit de profiter de ta soirée ! pesta Tom depuis la cuisine. Et comment veux-tu garder un homme dans ta vie en te secouant comme un chien mouillé ?

— Très délicat ! Merci mon frère.

— De nada !

Je n'aurais pas, de toute façon, laissé Tom et Charlie trop longtemps seuls tous les deux. Même s'il s'en croyait capable. Tom était trop instable, surtout après un joint.

Après le dîner, nous nous installâmes dans le salon.

Tom, assis dans le renfoncement de la fenêtre, le nez dehors, et moi, sur le canapé, blottie dans les bras d'un coussin. L'odeur du joint me retourna l'estomac, mais je ne dis rien. *Les temps sont durs pour lui.*

— Je suis allée les voir, dis-je en brisant le silence.

— Et alors ? demanda-t-il sans détourner le regard, accroché à la Lune.

— Tu ne devineras jamais… Je suis maudite, m'esclaffai-je avant de lui conter toute l'histoire.

Tom me regardait avec de grands yeux écarquillés, rougis et humides par la défonce qu'il s'offrait pour fuir sa réalité. La moue sur son visage trahissait son dégoût. Moi aussi cela m'avait dégoûtée, et puis j'avais réussi à relativiser :

— Après tout, à une autre époque, ou dans d'autres cultures, on se marie bien entre cousins, dis-je dans mes pensées.

Tom ne répondit pas. Il tira sur sa drogue comme un chien sur sa laisse, empressé de goûter sa liberté. Je lui demandai d'éteindre cette saleté qui empestait tout le salon, et probablement l'étage où Charlie dormait, mais il n'en fit rien. Habité par ses fantômes, Tom était rougeoyant comme un pétard à mèche. À la moindre étincelle, il exploserait. Il était un dommage collatéral, rien de plus, entre la haine d'une femme et la passion d'une autre. Je l'étais moi aussi, mais…, Oh ! Comme j'aurais aimé endosser leur courroux à la place de mon frère. Pourtant, je devais me lancer, appuyer là où cela ferait mal, une dernière fois. J'aurais voulu lui apporter des réponses plus probantes, plus justes, afin qu'il trouve la paix dans son âme. La vie l'était-elle ? Y avait-il une justice quelconque à faire souffrir un enfant ? Je ne savais pas par quel bout commencer.

— Je dois te parler de ma conversation avec Rose.

Cette phrase, vaguement murmurée, laissa son corps indifférent, mais à la manière dont il aspira sa drogue, je sus que c'était Rose qu'il aurait aimé engloutir.

Après ce long monologue, le regard vide devant ce feu de cheminée négligé et par conséquent à l'agonie, j'attendais une réaction de Tom. Il avait écouté sans ciller, et n'avait rien appris de plus que ce qu'il savait déjà au fond de son cœur. À savoir que Rose l'avait véritablement méprisé, lui, plus que quiconque, et lui avait volé les plus tendres moments de son enfance. J'espérais qu'il lutte, se prenne la tête entre les mains, crie, autant de signes d'encouragement envers la véracité de mon histoire. Je désirais tant qu'il se range à mes côtés concernant l'innocence de notre mère. Au lieu de cela, son corps demeura étrangement stable, dénué de soubresauts ou de tremblements. Mes paroles rebondirent sur lui, et ne rencontrèrent que l'écho du vent soufflant entre mes lèvres. La réalité m'apparut alors brutalement : la vérité n'existait plus pour Tom depuis longtemps. Rien ne saurait changer ce qu'il pensait de notre mère. Rien ne saurait changer le passé. Tom n'avait pas plus le choix aujourd'hui de changer ses croyances qu'il n'avait eu le choix de les croire jadis.

— Comment comptes-tu faire, Tom ?

— Faire quoi ? cracha-t-il.

— Arrêter cette merde ! Reprendre ta vie en main… La médecine ?

— Fous-moi la paix avec ça ! Occupe-toi de ta propre vie !

— Mais…

— Non, je suis sérieux ! Je suis revenu vers toi. Tu n'imagines pas ce que ça m'a coûté !

— Je ne comprends pas.

— Toi ! Nous ! Cette famille ! Notre putain d'histoire ! Je préférais rester seul. Et puis, à la mort de mamie, je t'ai revue, enceinte, épanouie. J'ai pensé que peut-être, j'aurais encore une place dans ta vie.

— Tu l'as ! Bien sûr que tu l'as !

— Non ! Tu ne m'accepteras jamais tel que je suis. Ce que tu veux, c'est une version plus réussie de moi : un « Tom » idéalisé. Un frère qui partage tes idées, tes croyances… Mais je regrette, je ne suis pas ce frère. Celui que tu cherches n'a jamais existé.

— Si ! proclamai-je. Tu es ce frère. Tu l'as juste oublié !

— Depuis trop longtemps, fit-il en se rallumant un nouveau joint.

Je me levai. J'allais me coucher, lasse. En partant, je pris soin de fermer la porte du salon.

— Si tu dégobilles encore partout sur le tapis, tu devras te trouver un autre endroit où dormir...

À mesure que je descendais les marches de l'escalier, l'odeur de pain chaud et de confiture à la fraise remontait le long de mes cloisons nasales. J'avais les jambes lourdes et la vision cotonneuse, comme si j'avais couru un marathon. Toute la nuit, mon cerveau avait joué au ping-pong avec le visage d'Éric et celui de Pierre. Je trouvai Tom dans la cuisine, lavé, habillé avec élégance, comme s'il allait à un entretien d'embauche. Je regardai ma montre, il était sept heures. Je n'en crus pas mes yeux. Tom n'avait pas pour habitude de préparer le petit déjeuner. Depuis trois mois qu'il vivait avec nous, je ne l'avais pas vu une seule fois se lever avant midi !

C'était lundi. Pour moi, la reprise d'une semaine de travail au cabinet, que j'accueillis avec soulagement. Pour Tom, à en juger par son apparence, ce ne serait certainement pas une semaine comme les autres…

Je le regardai, éberluée, attendant qu'il réponde à ma question silencieuse, mais le petit déjeuner se passa de même.

— Que fais-tu aujourd'hui ? m'enquis-je, n'y tenant

plus.

Il feignit de ne pas m'entendre. Il semblait nerveux. Son corps, malgré une apparence impeccable, ne savait dissimuler son chaos intérieur. Je ne devais pas trop le brusquer. S'il n'était pas prêt à me parler, j'attendrais le temps nécessaire.

Lorsqu'il sortit de la maison, je le remerciai pour le petit déjeuner, et lui lançai un « *Bonne chance !* », sans trop savoir pourquoi.

37

L'odeur du café mélangée à celle du papier m'emplit les narines à l'instant même où la porte de l'ascenseur s'ouvrit au quatrième étage de mon bureau. Une pile impressionnante de dossiers, encore lisses et vierges de toute manipulation, s'amoncelait au-dessus. Il était temps que je reprenne les rênes en tant qu'associée !

Je me plongeai dans les affaires en cours, lorsque de curieuses pensées surgirent. Ma journée ne se passerait pas comme je l'imaginais. Ma grand-mère me manquait. J'aurais aimé partager avec elle mes premiers pas en tant que maman, aussi difficiles fussent-ils. Curieusement, j'eus un mal fou à me concentrer, tandis qu'à la maison, avec Charlie, je ne pensais pour ainsi dire qu'au cabinet.

Assise à mon bureau, le téléphone me tira de ma rêverie. C'était Pierre, il m'informait qu'il avait fait bon voyage. Et qu'il était désolé de ne pas m'avoir appelée plus tôt. Je le sentais déjà si loin…

J'appuyai sur le bouton de l'ascenseur comme un automate. Ma voix, mes gestes, tout m'avait semblé irréel ce jour-là. Un peu comme si j'avais regardé « Lisa » se mouvoir, parler, jouer à l'avocate toute la journée, comme on peut jouer à la maîtresse étant enfant. Que m'arrivait-il ? Je n'avais pensé qu'à Pierre et à Charlie, ma famille.

Les portes de l'ascenseur se fermèrent en ouvrant celles de mon cœur. Je ressentis alors un immense soulagement. J'eus beau le réfuter de toutes mes forces, il sonna trop juste pour que j'y parvienne. Je déposai négligemment les dossiers que je devais étudier sur le siège passager de ma voiture, et démarrai dans un vrombissement assourdissant.

Je récupérai Charlie, les yeux rougis et l'air agité. Ses journées chez la nounou se passaient mal. Je n'en faisais pas cas auparavant… Malgré l'heure tardive, Tom n'était pas encore rentré. Il n'avait pas pour habitude de me prévenir de ses allées et venues, mais c'était la première fois qu'il partait si tôt et dans un tel accoutrement ! Je réchauffai un plat tout prêt pour Charlie. Ce soir-là, elle était exténuée et mangea à peine. D'humeur grincheuse, elle pleurait et remuait entre deux bouchées. En fixant la cuillère pour bébé, les yeux perlants, je me demandai si c'était la vie qui m'attendait : une vie solitaire de mère célibataire. Pierre me manquait. Il manquait à Charlie. La pauvre petite, à son âge, ne pouvait pas comprendre ni exprimer ses émotions. Ce n'était pas juste pour elle. Étais-je en train de suivre le même chemin que ma mère, rendu glissant par le mensonge, rempli de secrets et creusé de remords ? Le deuxième plat – qui m'était destiné – bipa dans le micro-ondes. Tel un gong, il me sortit de ma torpeur, m'extirpant du joug de ma mère. Je devais me mettre en marche. Dire la vérité à cette famille qui m'avait si parfaitement accueillie ! À Georges, mon grand-père, lui faire savoir qu'il avait une petite-fille et une arrière-petite-fille. À Éric, et à Adriana.

Ce soir-là, je pris le temps de m'occuper de Charlie. Pendant que je faisais couler l'eau du bain, elle hurlait de fatigue, et je pouvais entendre dans son langage toute sa peine et son désarroi. Je posai mes lunettes et la rejoignis dans le bain en la serrant fort contre moi. Lentement, ses yeux s'éclaircirent, du rouge au bleu ciel, jusqu'à la couleur de l'eau. Charlie avait les yeux de ma mère. Elle éclata de rire lorsque de petits canards jaunes s'animèrent devant elle. Quant à moi, je riais et pleurais tout en même temps. J'avais oublié qui j'étais à la mort de ma grand-mère, depuis que cette femme était revenue dans nos vies. Depuis le manteau. « La pièce interdite ! » Tom avait peut-être raison. *Dois-je laisser tout cela derrière moi ?*

Ma mère avait un amant. Les canards dansaient à présent. *Elle ne s'est pas suicidée.* « Coin coin. Que tu es jolie ! » *Mon père est mort assassiné.* « Coin coin. Oh là là ! Tu vas faire un gros dodo maintenant. Coin coin. » *Mon frère n'est pas mon frère*. « Ainsi font font font… » *Ma mère est morte assassinée* « … les petites marionnettes. » *Elle ne nous a pas abandonnés*. « Coin

coin. » L'air contrarié de Charlie me tira de ma rêverie. Effectivement ! Elle avait raison. Les canards n'ont pas de mains… J'éclatai de rire ; il emporta mon tourment. *Je n'abandonnerai pas ma Charlie.* Je la serrai à nouveau contre moi, peau contre peau. À quinze mois, ses os s'élançaient derrière les bourrelets de la plus tendre enfance.

Assise sur mes genoux, je la berçai dans sa chambre avec tout l'amour du monde. Le sentiment d'accomplissement que j'éprouvai alors dépassa tout ce que j'avais vécu auparavant. Je réalisai que cet amour m'appartenait. Il était en moi, et je pouvais le lui donner. Je pouvais tout lui donner, cela n'enlevait rien. J'étais toujours remplie d'elle. Cette force m'enveloppa, et je m'assoupis dans la chaise à bascule avec elle. Lorsque je me réveillai, Charlie dormait paisiblement au creux de mon sein.

Je pris la décision d'appeler Éric.

Dans l'obscurité du salon, les flammes de la cheminée pour seule compagnie, je pris une profonde inspiration. Mais lorsque mes doigts tapotèrent le numéro d'Éric, mon téléphone afficha un numéro inconnu… Je décrochai en pensant à Tom.

Rose était mourante ! Elle me réclamait à son chevet. *Moi !* Devant ma réticence, l'infirmier avait insisté. J'étais sa plus proche parente en vie à ce jour, avait-il dit. Ce qui était faux ! Il restait Antoine. À l'idée que je pourrais le revoir un jour, me retrouver face à lui, je fus prise de tremblements de terreur.

J'imaginai Rose, seule et mourante dans sa chambre aseptisée. Je repensai à sa vie misérable avec une effroyable indifférence, une singulière réjouissance, même. Jusqu'à ce que le sourire de Victoire, ma nouvelle grand-mère, vienne se greffer à cette vision. C'était une femme bienveillante et digne. Victoire avait dû apprendre à vivre avec la mort « présumée » de son garçon. Rose, quant à elle, ne s'était jamais remise de la mort du sien. Quelle double peine ! Quel abominable gâchis ! Ma haine à l'égard de Rose s'enhardit. *J'enfoncerai moi-même la dernière lame s'il le faut !*

Je demandai à Éric de m'accompagner. L'idée était sans doute déplacée, mais la mort me faisait peur. Elle fait dire bien des choses… Or, je savais que Rose détenait la clé de mon histoire. Je l'avais su le jour où elle m'avait donné ce manteau. Si j'avais su à quel point, j'aurais fait machine arrière toute. Mais rien n'est écrit à l'avance et pourtant, les caractères d'imprimerie se collent souvent trop vite pour que l'on puisse rattraper l'histoire !

— Rose, dis-je la voix éraillée de surprise – la mort lui allait si bien –, voici Éric, le petit-fils de Georges et de Victoire.

Rose, aussi malsain que cela pût être, s'était

intéressée à la famille de Flavien. Elle les avait suivis de près. Elle le regarda comme s'il était Dieu en personne, ou encore celui qui allait lui donner l'extrême-onction. Les yeux d'Éric s'arrondirent de surprise. Rose le salua d'un geste faible. Elle tourna lentement son regard vers moi. J'y décelai de la gratitude. Rose me remerciait d'être allée les voir. Pensait-elle que j'y étais allée en son nom ? Tout cela n'avait plus d'importance, elle allait mourir. J'avais accompagné Charlène, ma grand-mère, jusqu'à la fin. Je retrouvai sur le visage de Rose cette même expression. Ce voile blanc derrière les yeux, cette ombre sur le front comme si l'âme se faufilait, s'échappait de son enveloppe, laissant le corps vide, sans substance. Plus rien ne compte alors. Les erreurs passées, les violences et les souffrances causées, les crimes sont pardonnés. Ils s'effacent devant la mort.

Rose s'était endormie, ou peut-être avait-elle perdu connaissance. Au bout d'une heure debout, complètement immobile, j'avais les jambes raides et les orteils insensibles. Le mouvement était nécessaire. En pliant tant bien que mal mes articulations, je rejoignis Éric, silencieux, assis sur la chaise dans le coin de la chambre. Il se doutait à présent que les relations que j'entretenais avec Rose n'étaient pas tendres, à l'opposé même de celles qu'il partageait avec sa famille. Mais, retenu par une pudeur estimable, il ne tenta rien, et je lui en fus reconnaissante.

Rose ne bougeait plus. Alors, mes résolutions chancelèrent. *Ce n'est pas à moi de faire ça. Rose a encore un fils. C'est à lui d'être ici !* Mes pieds se mirent à fourmiller. Ils m'enjoignaient de quitter cette chambre. Sous le regard ahuri d'Éric, je me levai d'un bond et m'élançai vers la sortie, mais il était trop tard. D'une raideur cadavérique, Rose m'attrapa le bras. Son étreinte fut telle que je me sentis prisonnière de son linceul avec elle. Les yeux révulsés, dans un soupir interminable, elle laissa s'échapper une dernière phrase… Une expiation qui heurta mon âme et réveilla une douleur insoutenable, des mots coincés dans ma gorge depuis une éternité. Depuis un instant de bonheur volé. « *Ta mère… C'est moi qui… Tom… Il… il l'a tuée.* »

À travers ses peintures, ma mère rendait vivant et immortel tout ce qu'elle voyait. Si elle avait été là, elle aurait capturé l'instant précis où Rose serait emportée, et figé pour l'éternité ce tableau vivant au bord de l'extinction avec autant de satisfaction que moi, j'imaginai.

Tom, nous n'en avons pas fini tous les deux !

38

La dépendance était éclairée. Tom était rentré juste après le départ de la baby-sitter. J'essayai de chasser cette vilaine image de mon esprit…, mais les visages de Tom et de Rose se confondaient désormais. Son expiation n'était sans doute qu'une affabulation, un mensonge de plus.

Mais…

Il me fallait un allié dans cette nouvelle enquête, quelqu'un qui serait du côté de *ma* famille ! Éric ! C'était le moment de lui dire la vérité. Du moins, celle que je connaissais.

Je m'approchai de lui en prenant soin d'éviter les obstacles que la pénombre plaçait sur ma route. Sa chevelure ondulée d'ébène reflétait l'éclat de la pleine lune ce soir-là, telle l'écume des vagues chahutées par la marée. Pierre était blond et bouclé, ma fille avait hérité de sa chevelure indomptable, mais j'avais toujours eu un faible pour les bruns. Je caressai longuement son autre bras laissé à l'abandon en songeant à cette faiblesse que j'avais eue un soir de grande solitude… Et dire qu'Éric était mon cousin ! Je ne voulais pas le brusquer, mes mots suffiraient. Je profitais encore un peu de cet instant où il m'appartenait. Il se dandina d'avant en arrière en grommelant pour échapper à l'assaut de mes caresses qui le ramenaient ici et maintenant. J'hésitai, et retirai ma main. Mon regard convergea alors sur le seul point lumineux à l'extérieur, excepté la Lune : la dépendance, d'où je vis « La pièce interdite » dans toute sa profondeur. Tom était là-bas, mais je ne distinguai pas ce qu'il y faisait. Ma main se crispa malgré moi autour du bras d'Éric, et le réveilla en sursaut.

Après le choc, l'incompréhension, l'incrédulité vint la colère ! Éric m'agrippa par les épaules, les yeux exorbités, et me serra si fort que j'eus l'impression de me plier comme un éventail. Je suffoquai. Ses mains s'agitaient sur mon corps, ses lèvres remuaient sans produire le moindre son. Je comprenais sa souffrance, ce sentiment de n'avoir vécu qu'autour d'un abominable mensonge, comme un tourbillon qui nous aspire dans un monde parallèle, une sorte de cauchemar dont jamais on ne se réveille. Je vivais la même chose. Chaque matin, quand ma tête se décollait de l'oreiller, le fourmillement dans mon ventre m'éveillait dans mon cauchemar. Enfin, Éric desserra son emprise. Je roulai des épaules en grimaçant de douleur.

— Cette croix est la mienne, et j'accepte de la porter, songeai-je à mi-voix.

Éric avait toujours cette expression d'épouvante sur le visage, comme si son monde s'était écroulé, et je crois qu'il en était ainsi.

— Attends ! fis-je en me précipitant à l'étage.

Je revins avec une photo, un portrait de mes parents.

— Voici Mégane et Mathias : mes parents, ton oncle et ta tante.

Toujours mutique, il prit le portrait entre ses mains. À ce moment, je réalisai qu'Éric lui ressemblait. Ses cheveux noirs, la finesse de ses traits. Ses mains se crispèrent autour du cadre. Exsangue, Éric fissura le verre. Je sus ce qu'il pensait : « *Et Victoire alors ? Elle est morte sans connaître son fils ni sa descendance, sans connaître la vérité !* » Le cadre vint se fracasser au sol dans un bruit de verre et de métal assourdissant. J'eus peur qu'Éric ne réveille Charlie. Dans cet état, il lui ferait peur ! J'essayai de le calmer, de le raisonner, mais il était comme aliéné. La douleur le submergeait. Elle le contrôlait. J'ouvris grand les bras pour l'attraper et le contenir avant qu'il ne s'effrite, mais il m'esquiva. Sa fuite fut si rapide qu'il claqua la porte avant que je n'eusse le temps de refermer mon étreinte.

Je me flagellai pour mon impétuosité. J'avais été trop directe, bien sûr, trop impatiente, et à présent, il était parti. Peut-être ne reviendrait-il jamais ? J'étais trop affligée par le sort pour retourner là-bas, chez mes grands-parents.

Je me fis un chocolat et m'assis sur le perron. La tasse chaude entre mes paumes me réconforta. Il était une heure du matin. La nuit était froide et trop claire. À chaque expiration, je m'amusais à créer un brouillard éphémère qui se dissipait dans l'immensité du ciel.

Derrière l'un d'eux, la silhouette de Tom se dessina.

— Tu lui as dit, s'exclama-t-il en éclipsant la Lune.

Sa voix était flottante. L'écho résonna derrière moi. Je regardai son bras taché de sang.

— Qu'est-ce que t'as pris ? De la coke ?

— Va chier, Lisa, jura-t-il en partant.

— Rose est morte.

Tom s'arrêta.

— Tant mieux ! C'était une épave, dit-il sans se retourner.

— Elle a demandé à me voir, murmurai-je en m'approchant de lui.

— …

— Pour… soulager sa conscience…, soufflai-je en le toisant.

Le visage de Tom se vida de son sang. C'est ce que j'espérais.

— Tu m'as menti, Tom, assénai-je.

Le regard grave et profond, Tom n'était plus le petit garçon que je devais protéger.

— Et tu vas faire quoi ?

Sa voix se brisa. Je me retournai en direction de la maison et lançai par-dessus mon épaule :

— Te laisser te détruire…

Le silence de mort derrière moi m'accompagna dans l'abîme. J'allais laisser faire… La justice de Tom était implacable. Il en était conscient.

39

Je n'avais pas fermé l'œil de la nuit. Les mensonges de Tom me tueraient. Cependant, il m'était encore impossible d'envisager qu'il ait pu assassiner notre mère ni qu'il fût impliqué dans sa mort d'une quelconque façon. À contre-jour du crépuscule, je vis son ombre s'enfuir sur la pointe des pieds. Cette sournoise et menteuse. Tom sortait encore de ma vie. Je me précipitai dans l'atelier - une des raisons de mon insomnie -, mais tout y était à sa place. Que faisait Tom là-bas la nuit dernière ?

J'en avais assez de cette vie ! Charlie dormait encore. J'eus envie de la laisser là, de sortir à jamais de sa vie. Alors, quelqu'un la trouverait et lui offrirait la vie qu'elle méritait, non ? J'appuyai machinalement sur le répondeur qui clignotait - ce qui me fit penser qu'il fallait que je résilie l'abonnement, car qui avait encore un téléphone fixe de nos jours ?

« Bonjour, Monsieur Parisi, c'est Monsieur Alasoud, commissaire-priseur des ventes aux enchères de la maison Bertier et Fils. Nous attendons les tableaux et autres objets d'art, vendredi comme convenu. Nous mettons à votre disposition des manutentionnaires compétents. J'insiste donc sur leur emploi. Dans le cas où vous persévéreriez à vouloir les transporter vous-même, sachez que la maison ne pourra en aucune façon être tenue responsable en cas de dégradation. Nous en assumerons la conservation à

l'intérieur de nos locaux. Mes respects, Monsieur ».

Quoi !? Vendredi ! C'est aujourd'hui ! J'insultai mon frère, ce dégénéré congénital, de tous les noms d'oiseaux possibles avant de me calmer. J'aurais dû m'en douter. Tom voulait vendre aux enchères les tableaux pour acheter sa saleté de came. Et sans me consulter. Il n'en était pas question ! Je laissai six messages sur sa boîte vocale. Je paniquai. Je cherchai sur internet le lieu de la vente, mais la maison *Bertier et Fils* était l'une des plus grandes de la région, leurs succursales étaient nombreuses. Je me postai devant la dépendance, prête à faire barrage, mais seule face à Tom, je n'avais aucune chance. Il me fallait trouver un homme qui saurait lui tenir tête. Démunie et sous l'effet de l'adrénaline, j'appelai Antoine. Qui mieux que lui pouvait tenir ce rôle ? J'avais usurpé son numéro dans le portable de Tom, un jour, au cas où… Ce jour était arrivé ! Antoine décrocha à la première sonnerie.

Dans le jardin, je guettai l'arrivée d'Antoine comme une proie qui attend son prédateur. Savait-il que sa mère était morte ? Peut-être pourrais-je lui poser des questions ? Rien que d'y penser, mon corps fut secoué de frissons.

Charlie jouait avec les hautes herbes du jardin laissé à l'abandon – depuis que Pierre était parti, personne ne l'entretenait plus. Antoine s'avança dans l'allée. Il était encore bel homme. Quel âge avait-il ? Cinquante-cinq, soixante ! Cette réponse m'asséna un coup violent dans le ventre. Ma mère aurait environ le même âge... Antoine se posta devant moi. J'avais fait le bon choix. C'était un homme charismatique. Je me noyai dans ses prunelles mélancoliques. J'attrapai alors Charlie qui passait par là. Je m'y agrippai de toutes mes forces afin de rester ancrée sur cette pelouse mal entretenue, pour ne pas être happée par l'histoire qu'Antoine était en train de dérouler dans ses yeux…

— Je suis désespérée comme vous l'imaginez ? bredouillai-je.

— Oui, se contenta-t-il de dire.

Je n'eus pas le temps de poursuivre, car un Combi Volkswagen hippie des années soixante-dix, entièrement tagué, surgit en faisant crisser ses pneus devant le portail. Mais enfin, que croyait Tom ? Que j'allais le laisser prendre ce qui m'appartenait sans réagir ! Il sortit du van, l'air insouciant et joyeux, avec deux de ses « amis » junkies.

Antoine me regarda, l'air perplexe.

— Empêchez-les !!! criai-je, paniquée.

Antoine mit quelques secondes avant de comprendre.

— Non, Lisa, je ne m'interposerai pas, lança-t-il froidement.

Aurait-il peur de Tom ? *C'est impossible ! Cela ne peut*

pas arriver ! Je précipitai Charlie dans les bras d'Antoine sans tenir compte de sa surprise, et courus vers mon frère. *Mon frère…* Des larmes amères coulaient toutes seules sur mes joues. *Mon frère… Comment peut-il nous faire ça ?*

Les deux junkies arrêtèrent d'un seul geste mon assaut, que je pensais indestructible. J'y avais mis toute ma force. Je hurlai entre leurs bras tandis que Tom, infaillible, empoignait les tableaux un à un, ceux d'Antoine, de nous, les sculptures… Je l'insultai, je les insultai tous.

— Aaaaarrhh ! Ne fais pas ça, Tom. Je t'en supplie mon frère ! Comment oses-tu ? Bâtard ! Drogué de merde ! Qu'est-ce que tu leur as promis ?

Je tapai des pieds, ce qui fit glousser mes détenteurs. J'implorai Antoine. Je hurlai son prénom encore et encore, en vain. Cette hystérie était bien trop éprouvante pour durer. Mes membres me lâchèrent brusquement et je pendis telle une balançoire entre leurs bras. Impuissante. Lorsqu'ils me libérèrent, j'enflai de rage. Comme une lionne affamée, je me jetai sur eux. Je les mordis. Je les cognai jusqu'à ce qu'Antoine intervienne. Il m'écarta avec fougue par l'épaule en déchirant mon pull et mon soutien-gorge. J'avais la joue en feu, je crois que l'un d'eux m'avait giflée. Mais je n'avais rien senti sur le coup. La fureur est un bon analgésique.

Les pneus crissèrent à nouveau, mais cette fois, ils emportaient avec eux tout ce qui avait de la valeur à mes yeux, tout ce qu'il me restait d'elle. Je gisais sur le sol, les joues maculées de larmes et la gorge desséchée, les genoux meurtris. Antoine me tendit la main pour me relever. Je le fis basculer en avant en le tirant violemment. Il ne tomba pas.

— Je suis désolé, dit-il simplement.

— Sortez de chez moi, fulminai-je.

— Crois-moi, Lisa, c'est mieux ainsi.

Antoine s'éloigna sans un regard de plus. Qu'avait-il voulu dire ? Voir les tableaux sortir un à un de l'atelier l'avait autant déchiré que moi.

— C'est comme si on l'avait déterrée, elle ! hurlai-je.

Antoine se figea, puis il reprit sa marche nonchalamment.

— Vous saviez ? Pour Tom ? m'écriai-je.

Enfin, il se retourna. Il baignait dans son ombre. Le visage à contre-jour, je le vis plisser les yeux de malice tandis que les miens aveuglés par le soleil tentaient de rester ouverts.

— Je sais tout…, Lisa.

Et il s'en alla.

— Votre mère est morte ! m'égosillai-je.

J'aurais voulu que ces paroles le foudroient.

— Oui ! Tant mieux ! Je ne l'ai jamais aimée, jeta-t-il, déjà loin.

Sa silhouette disparut graduellement dans la brume. J'étais abasourdie.

— Maman pas pleurer.

Une petite voix derrière moi brisa le silence. Charlie s'approcha d'un pas encore hésitant et posa une main dans mes cheveux.

Les enfants sont si sensibles. Comme des éponges, ils absorbent la vérité du moment. C'est ainsi qu'ils apprennent. C'est pour cela qu'ils sont si authentiques.

— Maman a perdu une chose importante aujourd'hui. Mais ça va. Tu es tout ce que j'ai de plus précieux, dis-je en la serrant dans mes bras.

Charlie avait très vite appris le mot « pleurer ». Cela m'attristait beaucoup.

40

Ma sœur chérie,

Je t'ai menti, c'est vrai ! J'étais si petit. Je m'échappais, quelques fois. J'allais chez Rose. Elle me disait des choses… terribles, et je l'ai crue. Je n'ai aucune excuse. Je n'ai même pas le droit de te demander pardon.

Petit à petit, maman et moi avons perdu notre complicité. Et puis il y a eu cet homme, Austin, qui voulait l'emmener en Angleterre. T'en souviens-tu ? À nouveau, Rose a su trouver les mots qui font mal. Elle m'a fait croire que maman ne m'emmènerait pas avec vous. Nous séparer tous les deux ! Tu imagines ? La machine était en route. J'étais pris dans une sorte de cercle vicieux. J'avais peur. Alors j'ai plongé et bu les paroles de cette perfide. À mesure que je me méprisais moi-même, j'ai commencé à véritablement détester maman.

Et Rose semblait gentille. Je croyais qu'elle me voulait du bien. J'étais bête. Mais à la mort de maman, je ne l'ai jamais revue. Jusqu'à il y a peu. Elle a repris contact avec moi et m'a donné de l'argent. Je la méprisais, mais tu me connais, j'en ai profité. Je crois qu'elle se servait de moi pour se rapprocher de toi. Toi seule comptais pour elle !

Je me rends compte aujourd'hui que j'aurais dû t'en parler avant. Mais le silence est une drogue aussi puissante que les autres... Quand tu commences, tu ne peux plus t'arrêter. Les mots s'emmêlent et se perdent au détour de tes pensées. Je ne sais pas bien parler de ce que je ressens, tu le sais, mais j'espère que tu comprends ce que je veux dire.

Mais il y a pire ! En me persuadant que maman avait tué papa, qu'elle voulait m'éloigner de toi parce que je connaissais son secret, j'en ai fait une complice de mon mal, et une ennemie. C'était elle ou moi !

Un jour, j'ai dit à Rose que je voulais que maman meure…

J'ai vraiment envisagé de la tuer, tu sais. Mon Dieu, j'en frissonne. Mais je n'étais qu'un gamin. Jamais, je n'aurais eu le courage d'aller au bout de mes délires ! Rose m'a demandé si je voulais qu'elle s'en occupe à ma place. Je me suis mis en colère. J'étais effrayé. Elle a compris ma détresse et m'a juré qu'elle ne ferait jamais rien qui puisse me faire du mal, ou à toi. Elle m'a donné sa parole.

Quoi qu'il en soit, je suis certain comme toi que maman n'est pas morte d'un AVC ! Et ce dont je suis sûr, c'est que, quelle que soit la personne qui a eu l'intention de la tuer…, j'ai été l'instrument de sa volonté.

… Je serai toujours coupable.

Tom

41

Cinq mois que Pierre était parti en Guinée. Excepté son coup de fil pour m'informer qu'il était bien installé, je n'avais aucune nouvelle. Sans doute, si loin, nous avait-il oubliées. Avant lui, mes relations ne m'avaient pas laissé une vision très flatteuse des hommes, mais je pensais que Pierre était différent. *Ses missions doivent beaucoup l'occuper.*

Éric ne donnait aucun signe de vie non plus. Avait-il dit la vérité à sa famille ? J'avais espéré en faire partie, mais c'était un leurre. Comment le pourrais-je après trente-trois ans d'absence ? La seule famille que je n'aurais jamais était partie loin de moi. Voilà la vérité.

Je tenais, serrée dans ma main, la lettre de Tom qui venait de m'anéantir… Et pourtant, après le terrible aveu de Rose sur son lit de mort, je l'attendais cette lettre. Que cherchait Tom encore ? Cela ne lui suffisait pas de dilapider l'intégralité de l'œuvre de notre mère, il m'écrivait aussi qu'il avait été « *l'instrument de la volonté d'un assassin* » ! Cette lettre masquait encore la vérité… Quelle hérésie de croire que Tom changerait un jour !

Je ne me sentais plus à ma place nulle part. Mon entourage courait sur des chemins si étranges, sinueux pour Tom, vertueux pour Pierre, ou tristes pour Éric. Quand bien même, ils avançaient sur leur route. J'étais la seule qui empruntait celle des fantômes. Sur cette voie impalpable, impossible de rebondir. Comme cette enveloppe qui renfermait la lettre de Tom, une laide messagère du mal, je cherchais à transporter la justice d'une histoire qui ne m'avait jamais appartenu, mon horizon, éclipsé tout du long. *Si je reste une minute de plus dans cette maison maudite, je vais mourir comme ma mère ou sombrer dans la folie comme Tom et Rose, à ne plus distinguer le bien du mal, la vérité du mensonge !* Je faiblissais à vue d'œil. Je savais ce qu'il me restait à faire : plier bagage et rejoindre mon mari.

Je fermai les yeux en demandant à mon cerveau droit de me construire une nouvelle vie de liberté, comme un idéal qui laisserait le passé derrière lui. Ensuite, je pris deux billets pour la Guinée. C'était déraisonnable, hors de mon cadre et pourtant, mon ventre m'enjoignait de le faire. J'aimais Pierre. J'avais voulu fuir cet engagement parce qu'il me faisait peur, parce que ma mère s'était épuisée à aimer plusieurs hommes en même temps, courant après le fantôme de son propre reflet. En avais-je fait autant ? Non ! Je n'aimais pas Éric. Il n'était qu'une réminiscence, une manière inconsciente de me rappeler à mon défunt père.

Cependant, une chose me tourmentait. Quand bien même Tom avait eu l'idée de tuer notre mère, devrais-je condamner l'adulte pour l'intention de l'enfant ? Ce

Tom-là n'existait plus et l'avait suffisamment détruit. Je ne pouvais le quitter sans faire la lumière sur ce qui le rongeait.

Lasse, je posai la lettre de Tom griffonnée, j'y avais annoté quelques pensées. Les scénarios les plus immondes se jouaient dans mon esprit. Rose avait promis qu'elle ne ferait pas de mal à notre mère, mais que valait sa promesse ? Qui d'autre lui en voulait ? La réponse s'abattit sur moi tel un éclair de foudre dans les yeux de Charlie qui me regardait du salon. *Elle grandit si vite*. Tout cela était allé si vite devant moi, et pourtant si lentement dans mes yeux. « *Je sais tout…, Lisa* ». Les paroles d'Antoine me revinrent en mémoire. Ainsi que celles de Rose : « *Antoine est responsable de la mort de son frère. Par deux fois* ». « Deux », ce chiffre était lourd de sens. Je le comprenais enfin !

Antoine était dans ma ligne de mire depuis trop longtemps. Tel un trou noir, il avait su se rendre invisible en aspirant ma lumière. Mais il brillait tout à coup dans ma sphère, la seule véritable étoile qui ferait naître la vérité comme le soleil le jour.

Je sortis du tribunal, placide. Le casier judiciaire d'Antoine encore imprimé sur ma rétine, des lignes et des lignes d'histoire, notre histoire. Le choc fut si violent que les mots cognaient devant mes yeux sans parvenir à entrer dans ma tête.

Pire, Antoine avait accepté notre rencontre lorsque

j'avais mentionné Tom. *C'est une très mauvaise idée !* Mais la confrontation était inévitable et désormais nécessaire afin d'emprunter au réel ce qui n'était pour l'heure à mes yeux qu'un ramassis de mensonges déterré dans un tribunal.

Je pénétrai dans le café. Le tintement de la porte me fit sursauter. Antoine était en avance. Je posai Charlie sur mes genoux comme un pare-feu entre nous, encore. Antoine la regarda tendrement.

– Ta mère l'aurait adorée, lança-t-il, ému.

– Je suis là pour Tom.

J'avais du mal à soutenir son regard. Sa présence meurtrissait mon âme.

– Vous étiez là quand il a volé mes souvenirs de famille, vociférai-je, « sur les deux tableaux » si je peux me permettre l'expression.

Non ! Je ne dois pas partir dans cette direction.

– Je vais partir, repris-je. Plus rien ne me retient ici, maintenant. Tom est fragile. Quand je ne serai plus là..., déglutis-je. Je ne vous demande rien, sauf de ne pas lui donner ce qu'il veut. De l'argent. Laissez-le tranquille.

Antoine laissa courir ses yeux pénétrants sur moi. Je frissonnai. Sa folie le rendait inaccessible. Enfin, je comprenais ce que ma mère y avait trouvé. Le charme et le mystère. Deux traits empruntés au danger.

– Sais-tu que Rose, dans son testament, t'a légué

tout ce qu'elle avait ?

— Je le sais. Et j'en ferai bon usage. Merci. Tom sait que je lui laisse la maison. Quant à l'argent, je ne lui donnerai que s'il sert à payer ses études. Sinon, il n'aura pas un centime. *Votre* argent l'a assez détruit.

— Tu n'es pas ma fille, mais tu lui ressembles tant... J'aurais aimé pouvoir t'aimer autant qu'elle.

— Pourquoi ne pas l'avoir aimée suffisamment.

— Je l'ai aimée plus que ma vie.

— Comment osez-vous ?

J'embrassai frénétiquement le front de Charlie - qui s'empiffrait de cookies -, sur le point de commettre un crime.

— L'amour de ma vie est mort, et j'erre depuis des décennies dans l'ombre de son fantôme.

— Je vous offre l'occasion de revenir dans la lumière en restant dans son ombre ! Je connais Tom. Le manque le guidera vers vous.

— Ta mère aussi me rejetait.

— Pas assez apparemment..., pour son salut.

Antoine déguisa mal sa surprise.

— Je sais tout..., Antoine.

Je me levai et attrapai Charlie, à présent installée par terre avec ses jouets.

— Attends !

Antoine m'empoigna durement. J'avais mal dans ma chair, mais le plus douloureux était dans mon cœur, car j'ignorais si je le voulais mort ou bien vivant afin qu'il ne réveille pas la passion de ma mère dans l'au-delà.

– Lâchez-moi, grimaçai-je.

– Ta mère était tout pour moi. Tâche de t'en souvenir, grommela-t-il entre ses dents.

Son ton sonna comme une supplique et, à en juger par ses yeux exorbités, elle avait viré à l'obsession.

– Si vous l'aimiez autant que vous le prétendez, vous laisserez Tom en paix.

Antoine me lâcha.

– Ce n'est pas ce qu'elle aurait voulu.

Je soupirai.

– Passé la porte de ce café, je ne me souviendrai plus de vous. Je vous effacerai de ma mémoire. Votre poigne est de feu et vous transformez ceux qui vous touchent en cendres.

Je m'éloignai. Mes pas s'allégeaient. L'image d'Antoine, comme cette tache ronde et lumineuse qui persiste au fond des yeux lorsqu'on regarde trop le soleil, s'effaçait de ma rétine au fur et à mesure.

– Maman triste ?

– Maman n'est plus triste. Elle ne le sera jamais plus !

Je lui rendis son sourire en me jurant qu'il remplacerait mes larmes chaque jour que Dieu m'accorderait.

Les bagages étaient dans l'entrée. Le taxi nous attendait. Je déposai la lettre à l'attention de mon frère, mon dernier adieu, dans la cuisine. Je ne fermai pas la porte à clé. Avec Charlie, nous traversâmes le long jardin. J'évitai de regarder le kiosque, l'atelier de ma mère, ainsi que la dépendance où « La pièce interdite » reflétait l'esprit de cette maison. Vide. Je déposai Charlie dans le taxi.

Malgré moi, je revins sur mes pas.

Quelle magnifique bâtisse ! Maudite sois-tu !

À l'aéroport, alors que nous étions sur le point d'embarquer, un homme cria mon prénom.

Éric.

J'avais eu raison de l'avertir de mon départ.

— À ton retour Lisa, ils seront prêts à t'accueillir. J'y veillerai ! lança-t-il à travers la foule.

Le vent avait-il tourné ou Éric se sentait-il redevable ? Le divorce avait été prononcé aux torts exclusifs de son ex-femme. Nous avions gagné !

Malgré tout, cette promesse éveilla ma joie lorsque je montai à bord.

M'accepteraient-ils comme l'une des leurs ?

Au décollage, je réprimai néanmoins un sanglot en songeant à Tom. J'embrassai le front de Charlie en imaginant mon frère, par-delà le hublot, guéri des blessures du passé, nous faisant un signe de la main, le visage pétillant de tendresse.

Si Tom ne s'était pas échappé ce jour-là…, tout aurait été différent.

42

Tom,

Sans rebord ni limite. Ta liberté t'aveugle autant que ta dépendance t'emprisonne. Avoir dilapidé l'œuvre de notre mère était pour moi un acte impardonnable, et pourtant... C'est moi qui te demande pardon aujourd'hui. Pardonne-moi mon frère. Je t'ai jugé irresponsable. Je n'avais pas compris ta souffrance.

Comment pouvions-nous nous entendre ? Toi, qui ignores ma nature, cet esprit cartésien, ces lois et ces juges. Une mélodie qui sonne à tes oreilles comme une seule note.

Pourquoi te dis-je tout cela à la façon de Mallarmé ? Sûrement parce que je n'ai pas le courage de te parler de ces maux qui nous détruisent tous les deux.

Dire que je ne t'en veux pas serait malhonnête. Mais tu te trompes certainement sur les raisons de mes ressentiments. Je ne t'en veux pas pour tes mauvaises pensées ni pour tes mensonges éhontés ! Je t'en veux parce que tu cherches à te détruire... Je suis ta jumelle, et quand tu as mal, j'ai mal aussi. Je sais que tu ressens la même chose, alors parfois, je ne peux m'empêcher de croire que tu le fais exprès pour m'affaiblir.

Je ne te quitte pas ! J'ai juste une famille qui m'attend en Afrique, et quoi que tu fasses, mon frère, tu en feras toujours partie.

Reste à la maison. Et laisse-lui te rendre ce qu'elle t'a pris. Ta quiétude et ta joie.

Tu sais bien, oh oui tu le sais bien, que les trois femmes de ta vie t'aimaient de toutes leurs forces !

Je te laisse entre de bonnes mains : les tiennes. Je sais que tu y arriveras !

Accorde-toi ton pardon parce que moi, je n'ai rien à pardonner :

Tu as été l'instrument du mal.

Tu n'es pas le mal.

Nous avons été trompés.

Bon vent, mon frère !
Je suis à jamais ta Lisa.
Je t'aime.

43

Automne 2014, Paris, Mégane,

Durant son séjour à Paris, Austin et moi faisions connaissance. Vite et fort. Nous avions tant de choses en commun. Entre autres, l'humour. Austin chassait les nuages, tel le vent attiré par la dépression. Elle me guettait, oui. Néanmoins, je faisais bonne figure avec lui. J'étais la Mégane de mon père. Mon père était un sage. L'humain est-il toujours aussi lâche face à la vérité, papa ?

La vérité. Tom n'y croyait pas. La vérité a besoin de preuves. Des preuves. Je n'en avais pas. Je consacrais tout mon temps libre à Tom, jour et nuit. Ma boîte était vide, si vide avec lui. Un fossé gigantesque s'était creusé entre nous.

Le moment tant redouté arriva. C'était un vendredi d'octobre, aux dernières lueurs du jour. Je reçus un appel d'Antoine… « *Il est là* ».

Je ne décrochai pas. Mon empathie pour lui avait contracté un microbe : ses mots blessants suppuraient la plaie de mon humiliation. Et Austin la désinfectait.

J'avançai vers la prison détourée par la brume. À chaque pas, l'humidité pénétrait ma chair plus profondément, jusqu'aux os. J'entrai dans une pièce à peine plus large qu'une cabine téléphonique. Une table, deux chaises. La table me parut un océan. Je m'assis tranquillement. J'étais en sécurité. Mon visage était paisible. Pourtant, quand Antoine apparut depuis le couloir des détenus, la vitre s'acharna encore à me rappeler mon affliction. Tel *L'Associé du Diable*, mon reflet était distordu. Le masque de la mort épousait mon visage.

– As-tu fait bon voyage ? dis-je, la voix embrumée, lorsqu'il entra.

Il hocha la tête et me décocha un sourire aussi tendre que mélancolique. Ses mains ligotées se posèrent sur la table. Mon océan. Les vagues arrivèrent jusqu'à moi. Je fondis dans un puits de souffrance dont seul notre amour pourrait ressortir.

– J'ai essayé de le convaincre de retirer sa plainte. Je ne pensais pas que ça irait aussi loin ! Antoine, tu m'écoutes ? Je suis désolée.

– Tu ne l'es pas.

Son regard me transperça. Antoine lisait en moi. Mon visage trahissait mon soulagement.

– Bah ! Tout ça est ta faute ! rétorqua-t-il.

– Ma faute ! Vraiment Antoine ! Ma faute ?

– Tu cherchais à m'éprouver avec ce dîner, comme tu le fais toujours. Cette façon que tu as de me fuir sans cesse, comme si tu pouvais m'échapper. Tu es à moi, Mégane ! Ne nie pas l'évidence ! Nous sommes faits l'un pour l'autre ! Nous sommes l'un et l'autre !

Sa voix résonnait étrangement dans la pièce. La

cabine se remplissait d'eau.

— Cet amour n'est pas raisonnable. Il ne suit aucune loi, aucune logique. Il apportera le déluge sur nos âmes consumées, ne le vois-tu pas ?

L'eau arrivait à hauteur de genoux.

— Antoine, ne vois-tu pas le déluge ? Il arrive !

— Notre amour est immuable comme la montagne, tumultueux comme le vent…

L'océan s'ouvrit. La pièce fut immergée en quelques secondes.

— Antoine, sauve-moi ! Je vais mourir.

— Peu importe, tant que je partagerai mon enfer avec toi, fit l'océan.

La bouche d'Antoine articula un « je t'aime » dans l'abysse.

Je me réveillai en sursaut. Samedi. Cinq heures.

Mon âme s'était remplie d'Antoine et se vidait à présent. Voilà ce que nous étions l'un pour l'autre : des vases communicants. Jamais le fluide de notre amour n'en réchappait. Une passion étanche et bien mystérieuse que notre existence tentait encore d'élucider, bien que la solution résidât dans ce que nous n'étions pas : deux vieilles âmes unies sans doute avant même que nous ne soyons.

Je ne dormis plus. Mes yeux fixaient les ténèbres. La vision d'Antoine, seul, attendant de mes nouvelles, me torturait. Je cherchais désespérément à échapper à son attraction. Comme les planètes autour du soleil, le champ d'Antoine était infini. Quel que soit l'endroit où il se trouvait, je sentais ses lignes sur moi. Il tirait les ficelles, jouant la pantomime de ma vie.

Ces sentiments n'avaient pas le droit de détruire ma famille ! Toutes les fois où Antoine apparaîtrait, et même en rêve, je devrais me représenter les sourires de mes enfants, afin qu'ils m'extirpent de ma destinée.

Le tournage d'Austin à Paris touchait à sa fin. Ensuite, il partait pour l'Égypte. C'était le dernier week-end que l'on passerait ensemble. Avec lui, j'avais le sentiment d'exister comme avant.

Je préparai du thé turc que j'avais rapporté de mon voyage. J'ignorai ce qu'Austin avait prévu, mais je comptais bien profiter de ces deux jours avec lui comme si c'étaient les derniers.

– Quel samedi splendide ! s'écria-t-il en entrant dans le jardin.

Son humeur fraîche et joyeuse emplit la demeure, jetant un trait de couleur sur mes pensées moroses. Il avait apporté des cadeaux aux enfants. Une Barbie pour Lisa. Un révolver, pour Tom. Classique, mais réellement touchant. Ils s'entendaient à merveille ces trois-là, malgré la barrière de la langue.

Austin s'assit sur le tabouret de la cuisine en se frottant le visage. La nuit avait été courte. La mienne aussi. Mais nous n'avions pas « fêté » la même chose.

— Je suis anglais, tu sais ? remarqua-t-il en regardant le thé turc.

J'éclatai de rire. Le moins que l'on puisse dire, c'était qu'Austin savait détendre l'atmosphère.

Il me raconta sa soirée, la seule que nous avions passée l'un sans l'autre durant son séjour. La clôture du tournage à Paris. Le long métrage sortirait à l'été. Un tremplin pour Austin qui ne le satisfaisait pas pleinement pour autant.

De quoi devons-nous nous satisfaire lorsqu'on a touché la cime ?

J'omis volontairement de lui parler du retour d'Antoine.

Je me satisferais bien d'un coin de liberté.

Lisa entra en trombe.

Tom était parti. *Pas aujourd'hui !* Je regardai Austin, mais mon siège était déjà vide. Je courus dans l'allée, dans la rue.

Tom pointait son révolver sur Rose…

La tension électrisait l'air entre nous. Austin, qui m'avait suivie ainsi que Lisa, l'emmena à l'écart. Je restai.

Rose et moi nous toisâmes. J'aurais aimé que le révolver soit un vrai.

— Vous entrez ?

Je lui fis une grimace.

— Depuis que votre mère m'a expulsée de ses

bonnes grâces, je ne reçois plus beaucoup de visites.

– Encore trop à mon goût, déclarai-je en songeant à Tom.

Je baissai les épaules et entrai avec une assurance mal affichée. *Pour Tom.* Rose me prépara du thé sans mon consentement. Je ne pus réprimer une angoisse froide en pensant au flacon trouvé dans sa cuisine… Elle se logea dans ma gorge et me brûla l'œsophage. Je la scrutai malgré moi. Rose était encore jeune, mais elle traînait une ombre bien trop grande pour sa maigre carcasse qui la rendait fourbue et diabolique. Je résolus de ne pas toucher à ce thé !

– C'est gentil de penser à moi pour le thé !

Je passai outre son sarcasme qui était - conjointement à son apparence - une de ses armes favorites.

– Je n'ai pas le cœur à plaisanter. Si vous ne laissez pas Tom tranquille, je vous poursuivrai pour diffamation et harcèlement !

– Vous êtes une belle catin ! Vous m'avez pris la plus belle chose que j'avais au monde, et vous osez venir me menacer.

Rose en était arrivée à croire à ses propres mensonges. Je restai interdite. Mon cœur quitta ma poitrine avec l'intention de lui arracher le sien.

– Je n'ai rien à voir avec la mort de Mathias, clamai-je les dents serrées.

— Sortez de chez moi ! éructa-t-elle.

— Je n'ai pas fini. Vous aviez un amant, catin vous-même ! dis-je en lui montrant le portrait manquant sur la cheminée.

Son regard s'assombrit.

— J'en déduis donc que vous êtes ce visiteur indésirable qui a fouillé ma maison...

Si nos yeux avaient pu tirer des balles, nous serions mortes sur l'instant.

— Et vous avez *empoisonné* votre mari ! Un poison qui, si la dose est quotidienne, fragilise le cœur. Vous saviez votre mari malade. Ah ! Quelle belle mort naturelle ! J'ignore la raison qui vous a poussée à commettre un crime aussi abject ! J'imagine que le mobile l'est tout autant… Mais je conjecture que si j'ai pu trouver le crime, je trouverai sans nul doute le mobile.

— Sauf si vous n'en avez pas le temps.

Rose me fit des yeux tyranniques, de démon. Je regardai le thé en me félicitant de ne pas y avoir touché.

— Encore des menaces ? Ne vous approchez plus jamais de Tom ni de Lisa. Sinon je continuerai à chercher. Et vous finirez votre piteuse existence au fond d'une cellule froide et moisie comme l'est votre cœur.

— Bravo, Mégane, bravo ! Vous êtes la parfaite

chrétienne depuis le début : vous voulez protéger vos enfants. Pff ! Mensonge ! Vous êtes une putain. Vous avez écarté les jambes et tourneboulé la tête de mon fiston. Quant à Antoine, il est parfaitement à sa place entre vos cuisses. Allez au diable tous les deux !

— Non, Rose, c'est là que vous vous trompez ! J'irai au paradis avec Mathias, et votre mari, et tous les gens que j'aime, tandis que *vous*, vous pourrirez en enfer avec le seul être que vous ne pouvez souffrir : Antoine !

Je souhaitais la déstabiliser. Rose était croyante - ce qui n'était pas mon cas. Cette dernière remarque sonna comme un sermon, et je crus bien voir Rose s'écrouler, acculée par la justice divine.

— Sortez !!! Suppôt de Satan ! Allez le rejoindre et rendez-le heureux qu'il retarde son trépas. Je n'aurai de cesse de le haïr ! Je lui fermerai les portes de l'enfer, dussé-je devenir l'enfer moi-même ! Il m'a tout pris ! Mon fils, mon fils et… Mon bébé, mon bébé, mon bébé !

Rose s'enhardit et se redressa sur ses deux jambes comme si elle était possédée par une force maléfique. Elle attrapa la lampe dans le coin du salon. Je m'élançai dans l'entrée et refermai la porte juste à temps. La lampe s'y fracassa de l'autre côté. Je pris mes jambes à mon cou, dit-on. Sitôt la maison de Rose disparue, je m'arrêtai pour reprendre mon souffle, retranché dans mon estomac. Il avait le goût du sang.

Rose n'avait pas démenti mes accusations. Mieux, son regard leur avait donné vie avec jubilation. Cette femme possédait une puissance terrifiante que je ne devais pas sous-estimer. Pire, je craignais que la raison ne lui ait été ôtée. Quand ? Pourquoi ? Par qui ? Je l'ignorais encore. J'éprouvai une peur violente. Savait-elle que les jumeaux n'étaient pas tous les deux d'Antoine ? Cette femme avide de malheur et de perfidie ne devait pas entrer dans la confidence. Dieu sait alors quel jeu plaisant elle trouverait à faire de Tom un martyr et de Lisa une princesse, profitant de leur frêle âge et de l'innocence qu'il apporte.

La peur m'accompagna ce jour-là, mais je feignis de l'ignorer. Austin me regardait, les lèvres en forme de point d'interrogation. Il avait le droit de connaître la vérité. Cette passion brûlante pour Antoine, cause de tous mes malheurs…

On se demande ce que fait une célébrité durant ses week-ends. La fête ? Le jeu ? Le sexe ? Du sport ? Du bateau ?

Non, elle fait ce que les gens ordinaires font au quotidien. Rattraper le sens de sa vie. Austin adorait les enfants et la simplicité d'un foyer. Il aimait s'occuper du quotidien.

Simplicité, hein… Il n'y eut rien de cela. À mesure que le soleil s'échappait, offrant son énergie à l'ailleurs, je déclinai. Ce soir-là, Austin prit la mesure de mes souffrances.

J'étais fiévreuse. Ma gorge était brûlante, ma salive une cascade de lave en fusion. Malade de Rose. Malade d'Antoine. En spectatrice depuis le canapé, je contemplais la vie tourner autour de moi. L'agitation d'une soirée pleine de vie, le bruit d'un jeu, de la vaisselle, de la brise au-dehors. La voix d'Austin, claire et forte.

Son baiser. Son sourire.

Mes yeux se plissèrent, cherchant l'obscurité ou un coin d'ombre. Mon cœur se mit à cogner à mes tempes. Une voix douce chuchota à mon oreille : *« Tiens bon Mégane, ne t'écroule pas ! »*, et mon corps bascula au sol comme un cheval qu'on eut abattu. Mes yeux révulsés indiquèrent mon enfer, aspirant quiconque oserait les regarder. L'enfer : un mal bien contagieux. Bien que je convulse, mon esprit, un instant lucide, songea à la douleur qu'éprouvaient les enfants à la vue de ce spectacle, avant de se brouiller entièrement dans la souffrance.

— Elle revient à elle…

Un homme m'apparut, flou. *Antoine !* Terrorisée, je reculai. Ma tête heurta violemment la table basse.

— Tenez-la bien ! Il ne faut pas qu'elle bouge. Elle risque encore de se blesser.

Cette voix ! Je repris mes esprits. Mes yeux firent

peu à peu la mise au point sur cette forme lugubre. Une silhouette se détacha. Il s'agissait d'Austin, bien sûr. Le pauvre me tenait la tête tandis que les jumeaux m'avaient agrippé les bras. Quelle frayeur leur avais-je causée ? Je me relevai bien trop vite à leur goût.

— Non, non ! Reste tranquille ! crièrent-ils à l'unisson.

Ma tête cognait fort. J'appuyai ma main contre cette douleur lancinante en haut de ma nuque. Un liquide chaud s'épancha sur mes doigts. Je saignais abondamment.

J'observai les allées et venues d'Austin dans le salon. Des pansements, du désinfectant… Sa silhouette mouvante était soporifique, offrant un fluide nourricier à mes rêves. Je m'assoupis brutalement. Je sentis alors que ses bras me soulevaient tandis que je sombrais dans les ténèbres avec Rose.

Sept heures. La maison était profondément endormie. Quelques lumières éclairées aux fenêtres alentour indiquaient que la vie se réveillait. Sinon, l'aube. *L'automne donc.* Je voulais me rattraper de la veille. Je m'affairai aux préparatifs d'un petit déjeuner improvisé à l'anglaise ! Œufs brouillés et pancakes seraient au menu. Il me manquait le bacon - comme indiqué sur la recette -, mais cela ferait l'affaire, je n'avais pas prévu de me lever de si bonne heure.

Environ une demi-heure plus tard, Austin me

rejoignit. L'odeur des pancakes embaumait toute la maison et l'avait sans doute tiré du lit. En s'asseyant au bar, son sourire ensommeillé, aussi radieux que la clarté de l'aube, éclaira ma journée. Amusé par l'effort, son visage se renfrogna cependant très vite, indiquant que mon petit déjeuner n'était pas le reflet exact de celui qu'il prenait à l'ordinaire.

— Vous, les Français, il faut toujours que vous ayez le monopole de la cuisine, lança-t-il avec emphase dans un français parfait.

Un accent irrésistible ! Il me prit la spatule des mains et l'agita prétentieusement en me désignant le tabouret. Je m'exécutai en m'asseyant mollement. Il sortit alors des champignons du frigo, d'un placard, du pain de mie et des haricots blancs - que j'utilisais pour faire le cassoulet. Je le considérai avec curiosité, les effluves inconnus virevoltant dans mes narines.

— *Here is !* lança-t-il, affamé.

Il posa triomphalement le plat devant moi. L'ensemble formait un mets hasardeux qui ne me tentait guère. Qui plus est, je me demandai par quel moyen j'allais faire entrer tout cela dans mon estomac encore endormi. Malgré tout, je fis honneur à son plat avec toute la bonne volonté qu'il méritait. Austin était si doux envers moi.

— Tu as aimé mon p'tit déj ? s'enquit-il, triomphant.

J'acquiesçai sans trop en faire afin que ma réponse soit crédible.

— Si tu viens vivre à Londres avec moi, je suis sûr que tu y prendras goût ! s'exclama-t-il avec un clin d'œil malicieux.

— T'es sérieux...

— Je ne serai pas souvent là, mais je crois que j'aimerais bien ça... Et puis, j'ai comme l'impression que tu as des ennuis ici.

— Je suis désolée pour hier, soupirai-je. J'ai fait une crise de panique, je crois.

Austin renversa la chaise en se levant. Il éclata comme un pétard à mèche, relâchant toute la pression accumulée jusqu'alors.

— Dans sa plus violente expression, il semblerait !

— Oui, à la hauteur de ce que j'éprouve... Je dois t'expliquer, pour Tom et pour Antoine, m'étranglai-je.

— Tu ne me dois aucune explication, Meg.

— J'y tiens beaucoup. Sans doute as-tu remarqué le malaise de Tom, cette distance entre nous. Il y a une raison à cela. Et quand tu sauras, tu me mépriseras, soupirai-je fébrilement.

— Jamais !

Austin me sourit tendrement et s'installa confortablement pour me signifier qu'il avait tout son temps. Quel homme délicat !

Je me lançai, le teint cramoisi :

— J'ai aimé deux hommes au même moment, et le hasard a voulu que les jumeaux soient issus de deux pères différents.

Austin en resta bouche bée.

— Je comprends que Tom soit si perturbé.

— Non, les enfants ne sont pas au courant. Ce n'est pas ça… La mère d'Antoine ! Une femme tyrannique a raconté à Tom des horreurs à mon sujet.

Une boule se forma dans ma gorge, m'empêchant de poursuivre.

— Et Tom l'a crue, supposa Austin.

J'acquiesçai. La digue céda en m'arrachant un cri de douleur.

— C'est en effet compliqué à gérer pour toi toute seule, soupira-t-il. Antoine pourrait sûrement t'aider…

Austin rougit, mal à l'aise. Il culpabilisait tout à coup d'avoir porté plainte.

— Non ! Antoine n'a jamais été un père pour les jumeaux. Je lui ai même interdit de les approcher. Notre histoire est impossible ! C'est un combat de tous les instants. C'était…, corrigeai-je, mon combat avant que tu n'entres dans ma vie ! Antoine n'est qu'un reliquat dans mon cœur, clamai-je pour m'en convaincre.

Mais j'échouai lamentablement. Pourtant, cette vérité attendait patiemment que je me retourne pour me gifler. Je n'en fis rien, hélas. La gifle m'aurait tuée... Austin retint un soupir de tristesse, lorsqu'il constata mon jeu pathétique.

— Antoine est dangereux. Tu devrais te méfier de lui.

— Oui… Tu n'es pas le premier à me mettre en garde.

— Peut-être, mais je suis le premier à prétendre…

Il déglutit longuement, les mots pesaient lourd dans sa gorge.

— … À prétendre t'aimer plus que lui, finit-il.

L'intensité de son regard me fit chavirer. C'était la plus belle déclaration que l'on ne m'ait jamais faite ! J'avais beaucoup de chance qu'un homme comme Austin me fasse un tel aveu. Mais j'avais tant souffert. Je contemplai ses beaux yeux débordant d'émotions sans parvenir à me livrer. Je l'embrassai tendrement. Il était préférable que je laisse parler mon corps à la place de mon esprit dérangé qui ne laissait aucun répit à mon cœur.

— Je vois bien que tu l'aimes, regretta Austin en s'éloignant de mon visage. Si je pouvais l'effacer de ta vie… Mais tu y es trop attachée.

— Je t'aime, toi !

Austin soupira de soulagement devant cet aveu sincère. L'excitation au bord des yeux.

— Venez en Angleterre alors ! Le voudrais-tu ?

— J'y ai déjà songé, répondis-je à mi-voix, pensive.

— Oui, comme un rêve… La réalité te ramène à lui, Meg.

— Il n'y a aucune réalité faite pour Antoine et moi, affirmai-je.

— Aucune qui ne t'apparaisse. Mais lorsque tu seras en Angleterre, loin de lui, tu en chercheras tous les chemins pour y revenir.

— Mais enfin, où veux-tu en venir ? Que cherches-tu ? À me torturer !

Perdue et frustrée, j'écoutai Austin jusqu'au point de ne plus comprendre ce qu'il cherchait à entendre.

— Pardon, je suis une brute ! Oublie tout ça. Sauf ma proposition. Je suis très sérieux.

Un sourire complice étira nos lèvres et je réitérai mon baiser avec toute la force de mon âme, même si elle ne m'appartenait plus depuis longtemps.

Huit heures. Les jumeaux dormiraient jusqu'à neuf heures au moins, d'autant qu'Austin leur avait permis de veiller tard la veille. Je l'attirai dans mes bras, l'entraînai jusque dans ma chambre et fermai la porte à clé. Il me suivit sans opposer de résistance. Il en avait très envie. Quant à moi, je le ferais plus par reconnaissance que le désir ne m'y obligeait. J'éprouvai une telle terreur, qu'elle me sanglait cette partie-là du corps.

C'était sous-estimer la sensualité d'Austin. Elle fut

immédiate. Son érotisme ferait fondre un bloc de glace en quelques secondes. Sa respiration irrégulière, ses gémissements plaintifs, son corps tendre m'emportèrent dans leur ivresse.

Je m'assoupis au creux de son épaule. L'image d'Antoine surgit dans mon esprit. Cet homme m'avait livrée pieds et poings liés au sort de ses misérables intentions.

Néanmoins, à mon réveil, j'accueillis cette journée comme une réserve de bonheur, de petits plaisirs éphémères, un sourire, la chaleur de sa peau, l'éclat de leurs yeux, un timbre de voix, joyeux… Avant qu'ils ne disparaissent lorsqu'Austin s'en alla et me laissa seule avec… *lui*.

44

Je me rendais tous les jours dans mon atelier. J'avais besoin de tenir un pinceau entre mes doigts pour y voir plus clair, réfléchir à mon avenir. Mais si je fuyais, Antoine et Rose me traqueraient, où que j'aille. Oh ! J'étais perdue ! Mon téléphone me tira de mes divagations. Flora, la propriétaire du hangar que je sous-louais pour mes ateliers d'art-thérapie m'informa qu'elle avait trouvé une personne plus « constante » dans ses activités, et que le planning était rempli pour les prochains mois. En raccrochant, j'y vis clairement un signe, une réponse à mes interrogations silencieuses.

Flora m'attendait afin que je débarrasse le lieu de mes affaires personnelles. Méticuleusement, je rangeai les balles antistress, les coussins, les bougies, les CD… dans des cartons.

Je repensai à *notre* danse.

Flora me regardait d'un œil en coin. Mon air hagard ne lui avait pas échappé. « *Pauvre jeune femme qui s'est fait passer à tabac par son amant* », se disait-elle. Je n'eus pas le courage de lui parler.

C'était *notre* danse.

Flora me demanda avec une grande délicatesse ce que j'allais faire à présent. Bonne question ! Professionnellement, je n'en avais aucune idée. Car si j'animais un atelier, dorénavant, j'aurais la crainte qu'Antoine ne surgisse, promettant une vérité que seule une idiote comme moi voudrait entendre. Mais sur le plan personnel, je commençais à être sûre d'une chose : j'allais partir vivre en Angleterre !

Je sortis de la voiture en vitesse, les bras lestés de mon ancienne vie, mais l'esprit libre. Ma vision se figea alors devant un tableau irréel pour mon cerveau tout excité par ses perspectives : mes bonnes résolutions. Antoine et les enfants étaient en train de franchir le seuil de la maison ! Lui, un sourire sur les lèvres, tenant les cartables des jumeaux en bandoulière. Eux, *mes enfants*, fredonnant. Ils coururent vers moi quand ils m'aperçurent. Il n'y eut que moi pour faire tache sur la toile ! Seulement moi qui mesurai l'aspect singulier de la situation, et sa gravité.

— C'est Antoine qui est venu nous chercher à la garderie. Tu es malade ? s'enquit Lisa en me baisant la joue. C'est vraiment notre papa, maman ? ajouta-t-elle, perplexe.

Tom me frôla avec indifférence et mépris. Il ne semblait pas affecté par la présence d'Antoine.

P… pa… papa ? Lisa avait-elle dit papa ?! Antoine entra chez nous sans y être invité. Il s'essuya les pieds dans l'entrée, comme si : « papa rentrait à la maison ». J'étais en miettes. Il faudra que je pense à me balayer plus tard pour ne pas polluer la maison de ma présence toxique, car tous semblaient heureux, sauf moi.

La présence des enfants dans le salon et l'heure du goûter approchant m'obligeaient à prendre patience, à enfiler mon costume de maman pour jouer le rôle qui m'était attribué dans cette comédie funeste se déroulant sous mes yeux ahuris !

« *Antoine a dit que tu nous avais confiés à lui* ». La phrase de Lisa était lourde de conséquences. Mes dents se mirent à claquer quand j'aperçus l'air satisfait d'Antoine.

— Les enfants, allez dans vos chambres faire vos devoirs. J'ai à parler avec Antoine.

— C'est une belle journée, s'exclama-t-il lorsque nous fûmes seuls.

Une belle journée, oui… Elle est très horriblement belle ! Étions-nous réellement en train de parler du beau temps ? J'eus besoin de prendre l'air. Je me remémorai ces tendres moments que nous avions passés avec Austin et les enfants dans le jardin. Ils appartenaient désormais à une autre dimension, celle des rêves. Antoine franchit le seuil de la maison. D'un pas léger, il vint se placer derrière moi. Son souffle tranquille frottait contre mes épaules. Il érodait ma raison, arrondissait l'angle de mes pensées, formant presque un chemin… empruntable à grande foulée.

Je décidai de fuir dans la partie nord de la maison – ma préférée. Les hautes herbes de part et d'autre de l'allée me procurèrent un bien-être salutaire. Tout au bout, je m'assis sur le banc pour réfléchir à mes problèmes et philosopher sur ma vie. Si tant est que l'on pût régler le « problème Antoine » avec de la philosophie. Car pour l'heure, je ne sentais plus l'enveloppe charnelle qui était censée me contenir !

Antoine me suivit de près. Je fermai les yeux. *Ce n'est qu'un mauvais rêve.* Sous mes paupières, je me retrouvai dans le noir sur ce banc : il serait un peu moins de dix-huit heures, j'aurais fini de ranger les affaires récupérées chez Flora, et m'apprêterais à récupérer les enfants à la garderie. N'était-ce pas ce que je faisais ? Antoine s'assit à côté de moi. Son parfum entêtant emplit ma bulle, poreuse, me ramenant à la réalité. *Non !* Il n'y aurait pas de soirée paisible à fantasmer sur un voyage.

J'essuyai mes mains moites sur mon jean. Antoine, traquant la moindre faiblesse, le remarqua. Il était le chasseur, et moi la brebis. Leurrée par l'éclat du soleil scintillant sur les feuilles mortes, elle s'abreuvait sans jamais étancher sa soif. Je balayai ces feuilles du pied en attendant qu'Antoine disparaisse. Il bloqua mes cuisses entre ses mains chaudes et sèches. Elles ne tremblaient pas. Cela rendrait le tir plus adroit et sûrement fatal ! Antoine jubilait de sa comédie. Cependant, je ne lui donnerais pas le change. Je restai muette et fermée, tel l'écho de son assaut silencieux.

Je connaissais ce regard. Le même qu'à l'atelier ce soir-là, aussi cruel et tranchant. J'attendrais aussi longtemps que nécessaire. C'était sans compter une nouvelle crise qui se préparait. Elle vermillonnait dans mon ventre, creusait l'intérieur de mes joues… La bile remonta dans ma bouche, et je vidai mes tripes sur l'herbe à côté de lui.

— Je ne t'ai même pas touchée, grommela Antoine.

Ma gorge me brûlait. Je voulais de l'eau. Ma catalepsie m'empêcha de combler ce désir.

— Maintenant que je suis rentré, je vais te proposer un marché. Sois attentive, ce sera le dernier.

Le dernier ? Mes oreilles bourdonnaient.

— Je vais m'installer ici avec toi et les enfants. Et je désire que jamais tu ne leur dises la vérité au sujet de la double paternité. Je serai leur père à tous les deux !

Je crachai, tant le goût était mauvais. L'ordonnance d'Antoine relança les spasmes de mon estomac, et je vomis de nouveau. Antoine adopta une moue dégoûtée, mais ne leva pas le petit doigt pour me venir en aide. Puis il se leva de toute sa hauteur, en lançant cette invective :

— Bon ! Eh bien, si nous sommes d'accord, je ne vais pas te déranger davantage. Tu es bien malade, grimaça-t-il. Tu devrais consulter un docteur.

La chasse a été bonne !

Lorsqu'il s'éloigna, je repris courage.

— Qui a payé l'amende lorsque tu étais en prison ? bégayai-je.

Antoine se retourna, dévasté et triomphant à la fois. De toutes les questions que j'aurais pu lui poser, c'était celle qu'il attendait.

— Rose.

— Ta mère… avait un amant.

— Ma douce Mégane, avoir un amant est chose courante, non ? proclama-t-il.

— Son regard me cingla. Je déglutis.

— Comment c'est son nom déjà, à ton bel Anglais ? Un acteur très connu ! Waouh, Mégane !

Silence.

— Austin. Quel nom déplorable ! Pas étonnant qu'il l'ait changé pour la scène.

La tête toujours penchée sur l'herbe, je souhaitai qu'Antoine eût été frappé des dix plaies d'Égypte.

— Dis-lui que le destin nous a réunis, souffla-t-il en feignant un clin d'œil. Et je doute qu'il ait un jour l'occasion de nous séparer. J'y veillerai ! gronda-t-il.

Je saisis alors la portée de ses mots, comme pour Mathias.

Antoine m'espionnait. Ma poitrine s'enfonça comme s'il m'avait frappé avec tout son élan. Je m'affaissai dans l'herbe, les fesses dans le vomi. Il gémit d'écœurement.

— Je vais peut-être emmener les enfants. Le temps

que tu te rétablisses.

— Non ! hurlai-je. Je…, je vais bien.

— Comme tu veux. Je vais revenir demain. Je crains que la joie de me revoir sans barreaux entre nous ne t'ait quelque peu troublée. Je me trompe ?

Ce sarcasme !

— Mais oui. Euh… Enfin, non ! Je veux dire que je suis si heureuse de te revoir libre que j'ai du mal à réaliser, mentis-je piteusement.

— Mmm. Mmm. OK. À demain, alors !

— C'est ça, à demain !

Antoine me lança un regard qui ne laissait aucun doute sur la sentence si je venais à m'enfuir.

Je montai comme un automate prendre une douche, sale et secouée que j'étais par sa « visite ». Puis je m'enfermai dans ma chambre au cas où Antoine m'observerait encore, et j'appelai Austin. Il décrocha à la troisième sonnerie. La panique ne me permit pas de sortir les mots dans le bon ordre. Je dis tout en vrac et de travers : Austin crut que je le quittais. Déclenchant ainsi sa colère, j'attendis cinq bonnes minutes avant qu'une petite fenêtre de silence s'ouvre sur ma tristesse. Je pleurai.

— Pourquoi tu pleures ? Antoine est libre. Tu peux avoir la conscience tranquille maintenant.

C'était tout l'inverse ! Oh ! S'il savait à quel point !

S'enfonçant plus profondément dans ce quiproquo,

Austin poursuivit :

— Je veux qu'il soit puni, mais plus que tout, je… - il ravala un sanglot –, je veux qu'il te mérite.

Les mots s'étranglèrent. Sa voix ressemblait au trémolo d'un violoncelle.

Non ! Austin pourrait m'arracher à Antoine d'un baiser.

— Ne raccroche pas ! Tu te trompes sur mes intentions. Tu m'as ouvert les yeux ! Tu m'as montré qu'un homme…, m'étranglai-je. J'ai peur maintenant ! Antoine ne connaît pas le châtiment, ni le bien, ni le mal. Il n'a pas… d'âme ! Ou du moins, elle n'a pas la même forme que la nôtre. S'il te plaît, viens me chercher, et partons. Je…, je t'aime !

Un long silence suivit ma confidence.

— Tu l'as appelé sans cesse durant ta crise, confessa-t-il tristement.

— Parce qu'il me terrorise ! clamai-je, tout à fait persuadée de mon fait. Je suis d'accord. J'accepte ta proposition.

— La fuite est une très mauvaise motivation. Règle tes comptes avec lui une fois pour toutes ! Ensuite, si tu m'aimes, nous serons ensemble.

Je compris que j'avais tout gâché lors de cette crise absurde et incontrôlable. J'avais perdu la confiance d'Austin. Et si, pour la retrouver, je devais entrer dans l'arène avec Antoine, le défier jusqu'à ce que mort s'ensuive, alors je le ferais. Cependant, l'idée que ce combat de gladiateurs puisse être en l'honneur de mes propres funérailles m'obnubilait l'esprit.

– Dans un mois, tu n'entendras plus parler de moi !

Austin rit de bon cœur.

– C'est toi-même qui m'as dit qu'il était dangereux, ajoutai-je pour lui montrer la gravité de ma situation.

– Il l'est, assurément ! Mais quand même, nous ne sommes pas dans un polar ! Allons, je suis sûr qu'il t'aime trop pour te vouloir du mal. Tu t'inquiètes trop ! Et puis, je te retrouverai, plaisanta-t-il, alors que j'imaginais Antoine, victorieux, traînant ma dépouille dans la poussière jusqu'à ce qu'elle me recouvre.

J'en frissonnai.

– Allez, Meg… Du courage ! Je crois que… je t'aime aussi.

L'émotion que je décelai dans sa voix aviva une joie furieuse dans mon ventre. J'avais envie de l'aimer, lui !

Les bagages étaient faits. Eh bien soit ! Je n'irais pas en Angleterre puisque c'était impossible pour l'heure, mais je n'attendrais pas la « visite » d'Antoine, le lendemain. Cet homme me voulait du mal. Pire, il s'arrangeait toujours pour que je m'en charge à sa place ! Mathias, Tristan, Austin n'étaient que prétextes pour lui, parce qu'il cherchait à se venger. De quoi ? De qui ? Antoine, je l'avais enfin compris, en voulait à la terre entière. Parce que la création n'avait pas su l'aimer à sa juste valeur. Un ego démesuré ne fait pas bon ménage avec le rejet. La solitude d'un incompris. Un noir de souffrance. La naissance d'un assassin.

J'étais prise au piège de toutes parts ! D'un côté, Rose, avec ses calomnies et sa folie meurtrière. De l'autre, Antoine, et ses yeux partout. Tom au milieu, ma chair et mon sang, qui me traitait comme une indésirable dans ma propre maison ! J'irais donc n'importe où plutôt que rester ici. Je devais disparaître ! C'était ma seule issue.

Mes muscles se raidirent alors que mon regard s'engouffrait dans le taxi. Hors d'atteinte. Après ma piteuse performance, Antoine était resté posté dans la rue. Il paya le chauffeur de taxi, et les pneus crissèrent trop vite.

— Regarde, maman, papa est revenu ! s'exclama Lisa.

— Ma chérie, je ne sais pas ce que t'a dit ce monsieur, mais il est dérangé.

— Qu'est-ce que ça veut dire ?

— Ça veut dire qu'il n'a pas toute sa tête, mimai-je.

— Mais c'est qui alors… ? s'inquiéta-t-elle.

Je pris une profonde inspiration, consciente que ma déclaration allait déclencher le déluge :

— C'est ton oncle, le frère de ton papa.

La vérité commençait sur l'instant !

Lisa ouvrit de grands yeux en inclinant la tête. Elle cherchait la ressemblance… Mises à part les fossettes quand il souriait, Antoine ne ressemblait pas vraiment à Mathias. Je le remarquai en même temps que ma fille quand ses yeux se plissèrent d'incrédulité. Je crois, en réalité, que j'avais toujours cherché les traits d'Antoine sur le visage de mes petits amis, tous, excepté sur Austin.

— Coucou tonton ! s'exclama Lisa sans me laisser le temps d'intervenir.

Je m'étranglai.

Antoine me lança un regard fou, mais ne dit rien. Tom se cacha derrière moi. Il semblait avoir plus peur de lui que de moi, ce qui me mit aux abois.

— Les enfants, allez chez Laurine, tonnai-je.

Je m'assurai qu'ils traversent la rue sans encombre. Lorsqu'ils furent à l'intérieur, Antoine me retourna une gifle furieuse. Je tentai de m'accrocher à l'air râpeux alentour, mais la violence du coup me mit à genoux, entre les valises. J'actionnai mécaniquement ma mâchoire, elle fonctionnait toujours. Je pouvais encore parler, bien que ma langue fût retranchée dans ma gorge. Je repensai aux mots d'Austin : « *Antoine t'aime trop pour vouloir te faire du mal* ». Il fallait croire que non ! L'envie de lui sauter à la gorge m'enserrait les côtes. Je repensai au combat de gladiateurs. Mes funérailles. Antoine, prostré, les yeux injectés de sang et la main tremblante encore en vol, était lui-même choqué par la violence de son geste. Qu'est-ce qu'une femme face à un homme tel que lui ? Sa gifle sur ma joue, comme une excavation dans le sol, m'en apporta la réponse. Mais la colère n'a pas de sexe. Elle m'enjoignit de repousser les limites :

– Tue-moi, Antoine, ou laisse-moi partir pour toujours, marmonnai-je, souffrante.

Antoine devinait mes projets comme si, tous les soirs, pour se distraire, il lisait l'histoire de ma vie dans un livre posé sur sa table de chevet. J'imaginai un instant combien il avait dû pester quand il était arrivé à la page d'Austin…

Il marchait de long en large, les poings serrés, les nerfs à vif. Ils oscillaient dans le vide, sans air ni prise : une corde qui vibre silencieusement. Toujours agenouillée, je souhaitais qu'il s'écroule, asphyxié, ou qu'il m'assène le coup fatal. Qu'on en finisse ! À l'opposé, il reprit son oxygène entre mes cuisses en aspirant le tissu de mon jean avec une ardeur frénétique qui frôlait la démence. Je réfrénai sa fougue en contenant son visage entre mes mains. Ses yeux balayaient l'air entre nous. Au bout d'un moment, ils se fixèrent, médusés, sur mon air absent, détaché.

Antoine ne m'aime pas ! Ce qu'il venait de perdre n'était pas mon amour, non ! Moi, je l'aimais plus que ma vie, plus que mon amour de moi. Ce qu'il avait perdu ce soir-là, c'était ses illusions. Croire que je puisse le réparer, en dépit de sa volonté, de cet orgueil qui l'étouffait, ce désir insatiable de me posséder. Je lui échappais, et avec moi, cette petite part de bien qui le rattachait au reste des hommes.

L'obscurité l'envahit. Son enfance l'enveloppa, l'enfant mal-aimé, l'ado indésirable, le paria de l'amour ! Tous dansaient dans ses yeux, et mon cœur saignait. Je lui pressai le crâne pour en extraire ses démons, ou ses fantômes. En vain. Antoine n'était plus pour moi qu'une feuille noircie par le feu sur laquelle j'aurais écrit : *« Je t'aime ! »* La feuille s'effrita sur mes genoux et devint cendres. *Mon amour* pleura plus qu'un seul homme contre ma poitrine, éteignant les derniers lambeaux de papier encore en ignition. Une combustion inachevée. J'attendis, le corps raide et la mâchoire serrée, ce qui me parut un bout d'éternité, en réprimant le geste de mes doigts dans ses cheveux bouclés.

— Ne l'aime pas plus que moi, Mégane. Je n'y survivrai pas ! sanglota-t-il.

Ses cris étouffés arrachèrent les dernières chairs autour de mon cœur. Le sien battait à un rythme effréné, victime de ses pensées contradictoires : devait-il vivre pour m'anéantir ou mourir pour me laisser vivre ? Antoine se livrait une guerre dont nous sortirions tous les deux perdants.

Jamais je n'oublierai son expression lorsqu'il essuya ses larmes.

Deux âmes peuvent se détruire et s'aimer malgré tout au-delà de la vie.

Qui que fût Antoine, un démon, un ange, un homme, je lui avais donné mon âme, et il en disposerait à jamais. Quant à ma vie, elle saurait se frayer un chemin dans l'âme de ceux qui la portent : les jumeaux, Austin, les gens que j'aimais, pour guérir, et qui sait…, trouver le bonheur.

– Vas-tu revenir ? murmurai-je alors qu'il s'éloignait.

Il se retourna. Ses yeux rougeoyants avaient laissé place à une certaine forme d'acharnement.

– Tu ne m'écarteras pas ainsi, Mégane. Je ne le permettrai pas !

Et il partit d'un pas tranquille et silencieux. Un peu comme la vague s'échouant sur la plage bien après que le bateau est passé, la visite d'Antoine bourdonna longtemps à mes oreilles, du fait de la déflagration qu'avait provoquée sa gifle à mes tympans. Je me barricadai chez moi et n'osai plus en sortir ce soir-là.

Je devais trouver la force de continuer à fouiller dans le passé de Rose, car mon intuition grandissante me soufflait que si je faisais tomber l'un, l'autre, tel un château de cartes, tomberait aussi.

45

Été 2015, Paris,

Depuis ce soir-là où Antoine m'avait giflée, je ne l'avais revu qu'une seule fois. C'était à l'audience. Antoine s'en était bien sorti. Mille cinq cents euros de dommage et intérêt. C'est tout. Et un bon avocat. Au cours de l'audience, je n'avais pas pu m'empêcher de le regarder, d'une façon étrange, mais de le regarder.

Les bagages étaient faits et notre vol pour l'Angleterre partait dans trois heures. J'étais si heureuse, quoique nerveuse à l'idée qu'une nouvelle vie nous attendait là-bas. Austin avait terminé le tournage de son film *The burden of the combatants.* Il était à Paris depuis quelques jours pour jouer la nouvelle pub de la maison Givenchy sur les hauteurs du quartier Montmartre. Sa cote montait en puissance. À trente-cinq ans, son charme aussi. J'étais soulagée de cette coïncidence de calendrier. J'aurais eu du mal à partir, sinon. Il chargea les bagages dans le taxi. Lorsque j'appelai les jumeaux, seule Lisa répondit à l'appel. Tom était parti… J'acceptais son besoin d'isolement, le fait que ma présence l'angoisse. Je lui laissais de l'espace, et du temps pour le combler, comme le psy me l'avait conseillé. Mais je lui avais formellement interdit de retourner chez Rose ! De remplir son mal avec elle…

Je frappai à sa porte, haletante. Personne. J'appelai la police. Tom ne voulait-il point partir avec nous ? Il me faisait tant penser à Antoine. Voir le mal dans le bien, et le bien dans le mal, une image inversée, se noyant dans l'enfer, pensant voler dans le paradis.

En milieu d'après-midi, il rentra, enfin ! Nous avions raté l'avion. J'étais furibonde ! Lisa pleurait, morte d'angoisse. Tom n'avait pas le droit de nous faire ça, à Lisa et à moi. Je devais le punir sévèrement. Mes sourcils se froncèrent, mon regard se durcit. J'avais la haine au bord des yeux. *Mon fils !* Je vis alors son petit corps se tendre. Son regard doux et rêveur devint plus noir que l'encre. Mon petit Tom m'asséna un coup de pied dans la cheville pour me dégager de l'entrée que j'obturais. *Encore un…* Interdite et choquée par cette violence, je pleurai sur moi-même.

« Tom, mon amour, je t'aime tellement. Je ferai tout pour que tu retrouves ta joie d'enfant, ta confiance en la vie ! Tu l'as perdue en croyant des choses abominables… Mais Tom, comment peux-tu imaginer que j'aie pu faire du mal à l'un d'entre nous ? À ton père qui t'aimait aussi fort que moi ? J'aimais Mathias et jamais, je te le jure, je ne lui ai fait du mal. Il est mort dans un accident de la route. Un tragique accident. Rose t'a dit le contraire. Elle ment ! Tu es encore petit pour comprendre les raisons qui ont poussé cette femme à te dire des horreurs à mon sujet. Il y a des adultes qui usent de leur pouvoir de grandes personnes pour faire du mal aux plus petits, pour les garder près d'eux, mais ils ne les aiment

pas pour de vrai. Ils n'aiment qu'eux ! Le comprends-tu ? Moi, je t'aime comme tu es, mon fils, la chair de ma chair. Jamais, je ne te mentirais pour obtenir quelque chose de toi. Je te protégerai jusqu'à mon dernier souffle ». C'était le discours que j'avais répété pour Tom en attendant son retour. Il ne m'en avait pas laissé le temps. Quand bien même les mots se seraient envolés dans sa souffrance.

À présent, je ne trouvai plus Austin non plus - parti à la recherche de Tom. Décidément, je ne pouvais voir cette journée autrement que comme un mauvais présage pour la suite…

Le gyrophare de l'ambulance clignotait.

Austin fut laissé pour mort dans le parc des Buttes-Chaumont. Plusieurs coups de bâton en plein visage. Son œil gauche avait un aspect trouble et vitreux. Laissant présager une cécité permanente.

Je geignais à ses côtés.

Les êtres pacifiques - comme moi - ignorent la haine, pour autant, ils savent l'apprendre par mimétisme.

46

Quatre ans plus tard, été 2019,

Entra Lisa, costumée, en trombe dans le salon, récriant son texte pour la pièce de fin d'année de son club de théâtre. Nous applaudîmes. À douze ans, elle devenait une vaillante jeune fille. Tournoyant dans sa robe, elle occupait tout l'espace. Tom était fier d'elle. Nous l'étions tous.

Les yeux gorgés d'émotion, je regardai cette famille en devenir. Lisa, Austin, et moi. Tom… – rien n'était perdu. Lisa salua. Nous applaudîmes de nouveau. Je regardai l'horloge. C'était l'heure de notre rendez-vous. Tom et moi voyions un médiateur familial en sus de la psychothérapie. Cependant, je désespérais d'obtenir une amélioration dans nos échanges.

Le temps passait ainsi, m'enfermant dans ses joies et dans son piège… Car de nouveau cette coïncidence, ce calendrier : quatre ans, c'était la peine que purgeait Antoine, mais aussi le temps qu'il avait fallu à Austin pour se remettre de son traumatisme et retrouver une vie normale. Le temps encore pour renforcer notre amour, car au début, Austin n'accepta pas mon aide, comme il ne s'acceptait plus lui-même. Son esprit vagabondait alors entre la haine, le désespoir, et en bon dernier… l'amour, seule fenêtre où, patiemment, j'avais pu me hisser pour l'atteindre.

Les progrès de la médecine étaient fulgurants, mais non miraculeux. Austin avait recouvré une partie des couleurs, des formes…, son œil captait de mieux en mieux la lumière, mais il ne retrouverait pas sa vue d'antan. Elle demeurerait triste et terne comme la blessure dans son cœur. Sa carrière était au plus bas, bien qu'il eût rapidement retrouvé son charme. Sa souffrance n'était plus physique depuis longtemps. Je devais le porter désormais, l'élever plus haut que ce corps matériel qui lui rappelait sa quintessence perdue.

Après le rendez-vous, je m'isolai un peu dans mon atelier. Je songeai à Tom. Je commençai alors une sculpture en grès des jumeaux lorsqu'ils étaient tout bébé. Sans doute pour renouer avec ces années tendres où Tom voyait en moi… sa mère. En tailleur, dos à dos, le regard espiègle, Lisa tient un mouchoir filigrané – son doudou – dans sa main potelée, tandis que Tom s'attrape une mèche bouclée, le pouce dans la bouche. Il me tardait de palper cette œuvre dans le creux de mes mains.

Austin me rejoignit dans le kiosque. Comme Mathias de son temps, il aimait profiter de cet endroit paisible, baigné de lumière, de cet espace-temps propice à la créativité pour se consacrer à sa nouvelle passion : l'écriture. Il me faisait lire ses pages parfois quand il se sentait libre. Ce fut le cas ce jour-là. Cette comédie moderne ferait un tabac. Quand il serait prêt.

Je l'imaginai derrière une caméra - cette perspective le fit sourire. *On avance.* Tournant ses propres films : un œil attentif au jeu des acteurs, l'autre… le regard porté sur les émotions. Joie et fierté !

47

Le bonheur germait dans mon ventre comme un semi de fleurs au printemps…

À présent, il fallait partir ! La libération d'Antoine était imminente. Je la guettais tous les jours tandis que j'aurais aimé vivre aux antipodes de lui.

Nous nous assîmes dans le petit salon. Les enfants dégustaient leur brioche au sucre avec gourmandise, tandis que je me frottai les mains l'une contre l'autre pour canaliser ma nervosité. Le moment était venu de leur faire part de mes projets. Je commençai par les vacances… Avant la reprise d'une nouvelle année scolaire – et d'une nouvelle vie à Londres –, j'avais réservé cinq billets d'avion pour Nouméa. Nous allions rendre visite à Lucy, et ma mère nous accompagnait. Je jugeais bon de l'éloigner des tourments que Rose et Antoine avaient engendrés.

Lucy était hystérique au téléphone. Le petit Joy avait bien grandi lui aussi, et nous fêterions ses huit ans tous ensemble. Il était si mignon, ma mère et moi allions en être gâteuses. Je languissais terriblement de les voir et de goûter à ce paradis terrestre avec Austin. Regarder mes pieds par-dessous les eaux turquoise, le soleil, réchauffant ma peau pendant un petit bout d'éternité.

Cela fit l'unanimité ! Les jumeaux sautillèrent sur place en renversant le sucre vagabond sur le tapis, d'autant plus heureux d'apprendre que mamie était du voyage. Leur joie fut contagieuse et je les accompagnai dans leur ronde autour de la table basse. Tom me prit par la main… Je sentis mon cœur tressaillir dans mes veines, les couleurs revenir sur ma rétine. Je reprenais goût à la vie, car quelque part au loin, elle ne nous avait pas abandonnés.

La suite fut plus difficile…

Lisa était en pleurs. Différer notre départ après le spectacle n'eut qu'un moindre effet. Quant à Tom, le ciel lui tomba littéralement sur la tête. Je ne le savais pas aussi attaché à son école et à ses amis. Tom était plutôt du genre solitaire. De grosses larmes ruisselaient sur son visage silencieux. Il me regardait comme si je venais de répondre à l'une de ses questions secrètes. Elles étaient nombreuses. Il ne les partageait jamais avec moi, au grand dam du médiateur familial. Ma gorge se serra. Je lui pris les mains en lui disant que tout irait bien, mais il les retira brutalement. Puis il courut s'enfermer dans sa chambre. Je laissai Lisa le rejoindre à l'étage dès que le claquement de la porte retentit. J'espérais qu'elle parviendrait à le raisonner. Tom prenait la nouvelle trop à cœur, de manière démesurée, même, *comme si nous allions l'abandonner ici*. À dire vrai, s'il pouvait croire que j'avais tué Mathias, peut-être pouvait-il croire que je veuille me débarrasser de lui ?

Quelle drôle d'idée !

La soirée tomba. Il restait encore deux semaines à tenir. Deux semaines. Et je partirais sans qu'Antoine puisse me retrouver. J'aurais alors les moyens de reconquérir Tom dans notre nouveau foyer. Loin d'eux. Il verrait ma vraie nature. Il oublierait le reste. À l'instar de sa sœur, il apprendrait à aimer Austin comme un père, une figure de loyauté et de gentillesse. Tant que nous serions ensemble, nous serions heureux. J'avais confiance en l'avenir. Je me consacrerais à mes deux passions : mes enfants et l'art. Il est fait pour embellir ce monde, l'éclairer, telle la lumière dans leurs yeux géants d'enfants. Ce kaléidoscope qui jetait par-ci par-là des couleurs sur mes toiles.

Austin et moi baissâmes la garde un moment. Il le fallait si nous voulions tenir le coup jusqu'au départ. Nous profitâmes du jardin, des odeurs boisées et fleuries qu'offrait le début de l'été, pour nous enlacer tendrement. Austin me donna un baiser plein de promesses d'amour et de joies partagées, simple, beau comme la naissance du jour. Je plongeai mon visage dans son cou, je caressai sa peau si fine, là où se meut la ridule de la vie. Il sentait le jardin. La peau surchauffée avant le souffle de la nuit. Un parfum naturel qui ne s'enorgueillissait pas de sa puissance, mais qui durerait dans le temps. J'ouvris les yeux. Mon regard tira un trait, une tangente depuis la courbure de son épaule. Une ombre se dessinait derrière la palissade… Sûrement le grand saule dans l'allée que la brise faisait bouger. Je frissonnai.

Le jour du spectacle tant attendu arriva, et avec lui ma délivrance prochaine. Austin, ma mère, et moi prîmes place. *Demain, nous nous envolerons vers la Nouvelle-Calédonie. Ensuite, Londres !* Ma mère était légère, plus apaisée, comme moi. Nous avions retrouvé notre complicité d'antan. Elle avait cessé de jouer les moralisatrices depuis qu'elle s'était égarée avec Rose. J'étais profondément soulagée qu'elle nous accompagne dans ce grand déménagement, quand bien même je n'avais pas su lui dire combien Rose était diabolique, au-delà de l'imagination du commun des mortels. Qu'elle avait précipité son mari dans la mort. J'en avais d'ailleurs trouvé la raison... J'avais *tout* découvert !

Rose ne pourrait plus se mesurer à moi, à la rage d'une mère.

Il m'avait fallu quatre ans et beaucoup de détermination pour obtenir ces armes invisibles qui paraient ma ceinture et ne me quittaient plus dorénavant. Mais ceci, c'était *mes* affaires, et pour en revenir à ma mère, je pensais que les siennes devaient être tout autres à présent. À son âge, elle méritait sa quiétude. Il ne lui manquerait que le recueillement et l'intimité qu'elle trouvait là-bas, près de lui, sur sa tombe, tout comme à moi. Mais nos vies étaient ailleurs, désormais. Pour moi, près d'Austin et des miens aussi longtemps que possible, je l'espérais.

Installée au premier rang, une sensation aussi désagréable que familière s'installa dans mon plexus solaire lorsque j'imaginai ma Lisa en coulisses. J'avais le trac comme si c'était moi qui allais jouer. Tom s'assit dans la rangée de derrière, tout seul - toujours en colère -, jusqu'à ce qu'une femme d'un certain âge, mais bien arrangée, vienne s'asseoir à côté de lui. J'observai la scène depuis mon siège : Tom lui adressa un large sourire - comme j'aurais aimé qu'il me soit destiné. Puis je fus prise d'horreur ! Rose était la femme « bien arrangée » à qui Tom souriait ! Elle passa un bras autour de ses épaules. Ils semblaient deux amis complices.

Ils ne s'étaient jamais quittés.

Ma poitrine cherchait l'air, les bras ballants le long du corps : il mimait une de ses danses irlandaises, mais sur une chaise. L'humour ne sauve pas toutes les situations. Mon regard ahuri cherchait un point d'accroche. Ma mère fut le ciment. Mais le cône se rétrécissait à mesure que je me trouvai mal. Ma vision était comme à travers un œil-de-bœuf, donnant un air bovin et stupide à à peu près tout. L'humour, on essaie encore. *Maman !* À son air déconfit, je sus qu'elle n'y était pour rien. Le souvenir de Rose la faisait souffrir.

Et ce n'était pas fini ! Le spectacle continua quand Antoine fit son entrée de l'autre côté. Il se plaça au bout de leur rangée. Lui et Rose étaient tels deux raptors qui m'encerclaient. Ils se défièrent du regard, ils ne partageraient pas leur butin. Rose tendit une sucette à Tom. Il l'accepta avec appétence. La rage me gagnait. *C'est mon fils !* Les mains d'Austin et de ma mère se posèrent de part et d'autre de mes cuisses pour m'empêcher de bondir. En un claquement de doigts, j'aurais pu pulvériser cette vieille folle et renvoyer Antoine en prison parce qu'il avait enfreint la loi, l'interdiction d'approcher Austin. La seule raison qui me tint immobile fut encore la réaction hystérique de Tom si je tentais quelque chose. Je ne voulais pas gâcher son plaisir ni celui de Lisa. Cela faisait si longtemps que Tom attendait ce spectacle, voir sa sœur jouer sur scène. Rose et Antoine pouvaient-ils en dire autant ? S'en préoccupaient-ils, eux ?

Je me consumais en les observant. J'assimilai trop vite et trop fort, avec dégoût, que Tom n'avait pas respecté notre accord. Il avait enfreint les règles tout ce temps. J'avais perdu la bataille avec lui depuis longtemps. Ma souffrance fut alors indescriptible, presque indolore tant elle me brûla.

Il était trop tard… ou trop tôt…

Épilogue

« Salut, Mégane. C'est la première fois que je viens ici. C'est tellement calme ici ». Antoine étouffa un cri de douleur. *« Si tu ne m'en avais pas empêché, je serais avec toi depuis tout ce temps. Seulement, tu m'as rejeté, encore, comme tous l'ont fait en ce monde »*. Antoine se mit à genoux sur ma tombe. Il s'empoigna les cheveux comme pour se réveiller d'un mauvais rêve, mais la dalle froide exhuma une réalité accablante. *« Nous serions semblables ! C'est moi qui devrais être à tes côtés, pas ce dégénéré de Mathias ! Il n'est même pas mon frère. C'est un intrus, un indésirable, un imposteur depuis le début ! Pourquoi l'as-tu choisi, lui ? Bon sang, Mégane ! Pourquoi m'as-tu abandonné ? Nos corps nus s'entremêleraient à l'heure qu'il est, nous nous tiendrions chaud. Lui est froid, le sens-tu ? Moi je le sens sous mes pieds, il ne te réchauffe pas ! Cela me torture.*

Je suis vieux maintenant… Que penseras-tu de moi quand je te rejoindrai ? M'aimeras-tu encore avec les cheveux gris et le regard triste ? Cela ne devait pas se passer comme ça. Je devais être le père des jumeaux. Non ! Tu n'aurais jamais dû avoir d'enfants. Je les déteste ! Tout ça est leur faute ! Dès lors que tu les as mis au monde, tu m'as écarté. Tu les aimes plus que moi ! Et Tom, une version plus imparfaite de moi encore. Et Lisa, qui te ressemble tant que j'ai cru devenir fou quand je l'ai revue. C'était il n'y a pas si longtemps. Elle m'a appelé à l'aide. La pauvre ne s'imaginait pas que c'est moi qui avais acheté toutes tes œuvres à Tom.

Un drogué a toujours besoin de fric. Qu'est-ce que j'en ai à foutre qu'il se détruise ? Il a voulu ta mort. Qu'il aille au diable !

J'ai pris vingt ans, Mégane. Je voulais juste être avec toi. Mais quand je vous ai vus, ce soir-là, dans notre jardin, ton acteur et toi, et ta détermination à vouloir me quitter pour lui. Au début, je n'y ai pas cru, mais votre baiser… Pff, il a cassé quelque chose en moi. Il m'a montré le chemin que je devais suivre. Mon cœur n'a plus été capable de t'aimer telle que tu étais. Je t'avais perdue ! Cette idée m'a rendu dingue. Je voulais te retrouver à tout prix, alors j'ai eu comme une révélation... » Antoine perdait la raison, ses yeux égarés balayaient la pierre tombale avec frénésie comme s'il cherchait à voir au travers.

« *Tu n'y trouveras rien, Antoine, à part de la chair putride. Lève la tête ! Regarde ! Je suis juste au-dessus de toi, et si mon âme était solide, je te planterais un couteau en plein cœur, de dos, comme tu l'as fait pour moi ! Nous n'avons jamais été heureux tous les deux. J'ai appris à aimer un homme qui n'était pas toi, et j'en ai tiré une leçon : mon amour pour toi n'était pas raisonnable. Nous nous aimions par-delà la folie et nous en avons payé le prix. Quant aux jumeaux, tu as raison sur ce point, je voulais les protéger, mais là où tu as tort, c'est que je ne les ai jamais aimés plus que toi* ». Antoine pleurait tellement qu'il finirait par se liquéfier et s'infiltrer sous la dalle.

« *… Ce soir-là, au théâtre, je suis venu dans l'intention de prendre ce que tu me devais : Tom. Crois-moi, j'aurais à* *nouveau causé du tort à ton ami s'il s'était interposé, mais je n'en ai pas eu le temps… Ah ! Tu es une belle menteuse ! Mais je te pardonnerai tout, sauf de m'avoir éloigné de toi durant ces vingt années d'incarcération. Je t'aurais suivie jusque dans la mort et tu le sais !... »*

« Oui, je le sais, Antoine, et c'est précisément ce qui m'a fait peur. Je t'ai reconnu la veille du spectacle, derrière la palissade… J'ai vu ton ombre gigantesque sur le mur, tes cheveux hirsutes m'ont rappelé la chevelure de ta mère. Car si Mathias n'était pas son fils, toi en revanche, tu lui ressembles beaucoup ».

« … Et puis j'ai vu Rose près de Tom. Je l'ai observée intensément. Je savais de quoi elle était capable, et toi aussi tu l'avais découvert. Mais ce jour-là, tu n'as rien vu venir. Tom est arrivé avec un verre de soda… Tu étais si touchée par cette attention que ton visage s'est illuminé comme si Tom venait de t'offrir la huitième merveille du monde. J'en fus jaloux. Rose ne te lâchait pas du regard. J'ai compris que c'était elle qui avait demandé à Tom de t'apporter ce verre. Mon cœur battait la chamade. Tu ne l'as pas bu tout de suite. Tu as parlé à Tom, et il t'a souri. Ma gorge était sèche. Je voulais m'approcher de toi, t'embrasser et gifler ce verre dans ta main pour qu'il atterrisse sur le visage d'Austin. Tu m'avais tant manqué, Mégane, mon amour ». Antoine se coucha sur la pierre tombale.

« Tu m'as manqué aussi, Antoine. Pendant ces quatre années où tu étais en prison, avant ma mort, je t'ai imaginé chaque nuit dans cette cellule froide, tes yeux ambrés, vifs

de colère, rivés sur le mur, alors qu'Austin tentait de se réconcilier avec son image et avec la vie ».

« … Mais tu t'es tournée vers lui, Austin. Tu lui as parlé, puis tu lui as souri et… tu t'es caressé le ventre. J'ai reçu plus de cent poignards dans les côtes. Ce qui nous unissait était trop fort et tu m'avais encore trahi ! Je t'ai laissé boire… Je t'ai regardé mourir, avant que cet enfant ne voie le jour, avant qu'il ne te fasse oublier qui j'étais et obscurcisse mon amour pour toi… »

« Je ne suis pas surprise, Antoine. Notre amour n'était pas contenu, il débordait dans ce verre… Je t'aurais oublié, c'est vrai ! »

« … Bah ! Mais ce que j'ignorais, c'est que tu étais allée voir la police la veille du spectacle… »

« Oui, Antoine. Ton ombre sur le mur m'avait fait trop peur ce soir-là. Juste une ombre, c'est bête ».

« … Que tu connaissais la vérité à propos de Rose, au sujet de mon frère jumeau mort-né, de l'échange des bébés. J'étais au courant, moi aussi, grâce au test de paternité : Mathias et moi ne pouvions pas être frères. Je m'en suis servi, et Rose a payé mes amendes. Après ta mort, ta déposition a fait la lumière sur toute l'histoire : Rose a empoisonné mon père, parce qu'à la mort de Mathias, il voulait soulager sa conscience, dire toute la vérité à la police. Ce gynéco, Patrick Alton, a fourni le poison à ma mère. Dans le cas contraire, elle aurait divulgué leur liaison à sa femme qui détenait la moitié des parts de la clinique. Mais ce n'est pas fini ! Ce Patrick Alton est mon vrai père !

L'histoire se répète. Quelle ironie, n'est-ce pas ? Et toi, tu as fait du bon boulot. Ta mort, le lendemain de ta déposition, a tout de suite paru suspecte. L'autopsie a révélé un empoisonnement. Un mélange savant de curare et d'arsenic si violent qu'il s'est infiltré en quelques secondes dans tes muscles et a tout arrêté. Une mort silencieusement douloureuse, comme un coup de couteau en plein cœur… »

« Après ce baiser avec Austin, j'ai compris que je devais rendre justice à Tom ! La fuite en Angleterre n'aurait eu aucun effet si les doutes que Rose avait mis dans la tête de Tom n'étaient pas levés. Je voulais qu'il sache que cette femme était une menteuse et une meurtrière. Mais quand je me suis retrouvée devant ce gendarme, plein de compassion à mon égard, l'image de ton ombre m'est apparue. J'ai eu peur et j'ai parlé de toi. J'ai confié mes soupçons à propos de la mort de Mathias – ce silence qui a volé ma vie –, les menaces, les violences que j'ai subies ainsi qu'Austin. Tout est sorti en un flot de paroles incontrôlables ».

« … Plus tard, l'exhumation du corps de mon père a aussi révélé un empoisonnement. Ma mère a été condamnée à la réclusion criminelle à perpétuité. Mais il y a cinq ans environ, son état de santé s'est dégradé. Elle a été hospitalisée sous surveillance. Ce va-et-vient entre l'hôpital et la prison a duré trois années, puis on l'a placée en liberté conditionnelle. Patrick aussi est tombé malade en prison. Ma mère l'a toujours aimé. Elle l'a suivi jusque dans la mort. Elle est morte du cancer qui m'a rongé toute ma vie. Parce que moi, bah ! tu me connais, ma nature impulsive a été

exacerbée en prison, et j'ai purgé toute ma peine. Quand Lisa m'a appelé, j'étais sorti depuis quelques mois seulement. Elle connaît toute l'histoire. Elle me méprise. Elle est partie, Mégane. Ce n'est pas ma fille, mais je suis heureux de savoir qu'elle a tourné la page… »

« Lisa ! Ma chère Lisa. Laisse-la en paix ! Elle n'est pas moi. Elle est une bien meilleure version, bienveillante et forte comme je ne l'ai jamais été. Et maintenant, Antoine ? Crois-tu que je sois heureuse que tu aies passé un quart de ta vie en prison ? Tu as raison, pour Mathias. Il ne me réchauffe pas. J'ai froid et j'ai faim. Et Tom ? Parle-moi un peu de lui ! Ces vingt ans de prison ne t'ont-ils rien appris ? Il savait qu'il te trouverait ici. Il t'observe depuis le grand chêne. Je vais te dire ce qu'il pense » :

« Je n'essaierai pas de comprendre son geste, mais je comprends son amour. Antoine n'a pas vécu. Il n'a eu de cesse de l'aimer, tout comme elle. Il ne m'entend pas arriver. Pourtant je m'approche de lui bruyamment. Je ne cache ni ma présence ni ma colère. Je me tiens debout derrière lui. Il est à genoux, à ma merci. D'un geste, je pourrais lui briser la nuque. Il ne souffrirait pas. Mais ne suis-je pas aussi coupable ? N'est-ce pas moi qui lui ai donné ce verre ? »

« Aide-le maintenant. Aidez-vous l'un l'autre. Finis ta vie comme je l'ai toujours souhaité : sois un père pour ton fils ! Lui qui, durant toute son enfance, a cru à ma culpabilité et après ma mort, à la sienne. Tu n'as que trop été épargné ! Si tu as le courage d'affronter l'homme par amour de moi, alors je t'accueillerai à bras ouverts, même

tout cabossé, tout troué ou empoisonné. Antoine, maintenant que Tom nous regarde, je peux te le dire : je t'aime toujours. J'ai hâte que tu me rejoignes, que tu me nourrisses de tes lèvres pleines. Cela fait si longtemps que je n'ai pas de belles images devant moi ! Toi, avec tes cheveux d'argent, tu en seras la perfection. De cet amour absurde, je ne comprends que cela : le soleil qui entre dans mes yeux quand tu apparais. Je suis aveugle depuis… Mais je pourrai entendre les battements de ton cœur encore quelques instants, et nous partirons tous les deux là-bas, dans ce tableau, t'en souviens-tu ? Celui que j'avais peint pour nous seuls. Ses couleurs sont aussi vives dans mon esprit que la couleur de tes yeux. J'aurai froid, tu poseras ton regard sur moi, aussi rouge que le crépuscule, et alors je me sentirai renaître ».

Remerciements

Je remercie de tout cœur Maïlis Paire, directrice de la maison Red'Active Éditions pour son accueil et sa confiance, ainsi que Thalie Bannière, particulièrement, pour sa disponibilité, son sourire, et son énergie. Je remercie chaleureusement Nathalie Breul Makeeff pour ses corrections justes et avisées, ainsi que Joëlle Vialatte pour son soutien numérique et sa joie de vivre. Et tous les auteurs de Red » Active qui offrent une diversité et une richesse de mots et de sentiments dont je suis fière de faire maintenant partie.

Merci également à Alexandra Paire, pour cette merveilleuse couverture, ainsi qu'à Nathalie Pillon pour son soutien et sa collaboration graphique depuis le début de mon aventure d'auteure.

Merci… à mes bêta-lecteurs :

Céline Rollier, Gwenaelle Le Goff, Naïla Arrivé, Estelle Sandoval, Rémi Panetier, Cindy Galier, Marie Jacolot, Isabelle Damelincourt, Didier Ramos-Nuňez, Thalie Bannière, Christelle Collas, Aurélie Reboul, sans qui ce roman n'aurait pas sa tournure définitive.

Merci… à mes amis et à ma famille qui me soutiennent :

Mes sœurs, Aurélie et Charlotte, ainsi que mes

parents. Je vous aime ! Ma meilleure amie, Céline, toujours si loin de moi. Anne, ma maman spirituelle. Ma tendre cousine, Amandine, que j'aime fort. Mon mari, Guillaume, littéralement ma moitié, et mes enfants, Léonie et Baptiste, qui grandissent trop vite.

Merci… aux partenaires qui me font confiance, en particulier, Christelle Audegon de chez Feuilles et Thés à Saint-Chamas, ainsi que la librairie Le Sagittaire à Trets.

Enfin, merci…

À tous mes lecteurs qui portent mes personnages et les font vivre à travers leurs émotions.

Souhaitant qu'il y en ait une infinité…

« N'hésitez pas à me laisser vos impressions sur mon Facebook, mon Instagram, ou sur mon mail isabelle.reboul@yahoo.fr, c'est toujours un grand plaisir d'échanger avec mes lecteurs. »

Avril 2023

Dépôt légal avril 2023

Achevé d'imprimer en France par

Centre
Littéraire
d'Impression
Provençal

imprimerie-clip.com